LES CIGALES SONT DE RETOUR

Jean-Pierre Foucault

LES CIGALES SONT DE RETOUR

Albin Michel

À tous ceux
qui m'ont fait découvrir
et aimer la Provence :
merci

« L'homme du Midi ne ment pas, il se trompe. Il ne dit pas toujours la vérité, mais il croit la dire. »

« Le seul menteur du Midi, s'il y en a un, c'est le soleil. Tout ce qu'il touche, il l'exagère. »

Alphonse Daudet

Pour l'amour de la Provence...

CE MATIN, j'ai ouvert la porte de la mer et j'ai pris le chemin des douaniers, celui qui mène, en longeant la falaise, de rocher en rocher, jusqu'à mon village. De là, on peut déjà apercevoir les premières ruelles de Carry-le-Rouet et, au loin, la rade de Marseille qui s'étire à l'horizon comme un coup de crayon entre le ciel et la mer. J'ai marché au bord de l'eau, écoutant le bruit de la Méditerranée qui vient, à petites langues gourmandes, lécher le rivage. Un discret clapotis, aussi lancinant qu'un métronome, donne la mesure au chant des cigales qui reprennent en chœur leurs inlassables stridulations.

Soudain, pour une raison inconnue, le concert s'interrompt brutalement. Un silence inquiétant s'installe. Qui a bien pu effrayer les invisibles « grinceuses » ? Quel danger se glisse entre les chênes-lièges tordus et les cyprès marins dressés contre le ciel ? Quel esprit malin fait taire les cigales ? Un revenant, un marin perdu en mer, un esprit égaré qui voltige entre mistral et tramontane ? La nature retient son souffle jusqu'à ce que le chef d'orchestre lance un, puis deux grincements et, comme une mécanique mal huilée mais bien réglée, les cigales reprennent la mesure dans un air surchauffé, qu'elles font vibrer de leur chant hypnotique.

Oui, les cigales sont les sentinelles de la Provence. Depuis la nuit des temps attachées à leur éternelle partition, elles filent sans fin, petites Parques musicales, la lumineuse histoire de cette rive de la Méditerranée. Les écouter, c'est ouvrir ce grand livre des contes qui, pendant presque trois mille ans, a recueilli les récits fantastiques qui devaient enchanter mon enfance. Le chant des cigales s'entend avec le cœur. Il suffit de fermer les yeux pour le voir se dérouler comme un grand voile mouvant, doté de pouvoirs mystérieux. Tout comme les nuages, il peut prendre des formes surnaturelles.

Quand j'étais enfant, j'ai trouvé sur le sol une cigale morte ; léger comme une plume, son petit corps desséché était enveloppé du linceul de ses ailes repliées. Je montrai ma trouvaille à un vieux Provençal, un « papé » installé au frais sous un arbuste, qui faisait des ronds dans la poussière avec son bâton.

« Il te faut l'enterrer ! me dit-il.

– Non, je vais la garder dans une grosse boîte d'allumettes.

– Petit malheureux ! Ne sais-tu pas que les cigales ont jadis été des êtres humains ? »

Je restai coi. Il leva son bâton comme un magister donnant son cours au milieu du mirail.

« C'était il y a bien longtemps, tellement longtemps que les hommes ont oublié qu'ils vivaient alors sur la terre de Provence, heureux et sans contrainte. Des fontaines jaillissait du lait, et le miel était si abondant qu'il gouttait sur le sol à portée de toutes les lèvres. Les lions dormaient à côté des brebis et les loups, peuchère, léchaient les agneaux ! Les hommes vivaient dans l'oisiveté et la jouissance des biens que leur prodiguait la nature. Dès le matin, ils rendaient grâces aux dieux pour cette journée si belle qu'ils en avaient les larmes aux yeux de reconnaissance. Alors ils entonnaient une longue mélopée d'une pureté inouïe qui faisait taire les oiseaux et même le gazouillis des sources. Une telle félicité ne pouvait durer ! Il advint que les muses vinrent à passer en Provence. Tu sais qui sont les muses, pitchoun !

– Bien sûr, papé : ce sont des fées musicales.

– Et très jalouses de leurs arts ! Comment de simples mortels pouvaient-ils chanter aussi merveilleusement ? se dirent-elles. Cette outrecuidance méritait un châtiment dont ils se souviendraient ! Les muses transformèrent alors les hommes en insectes, les condamnant à n'émettre qu'un son unique et lancinant. Et c'est ainsi depuis la nuit des temps, les cigales tentent vainement d'apitoyer les muses et de retrouver leur voix perdue. Alors, dorénavant, lorsque tu trouveras une cigale morte, rappelle-toi que jadis, leur chant faisait fondre en larmes les pierres du chemin. Enterre-la donc, comme elle le mérite.

Un jour viendra où, à mon tour, je raconterai la Provence à mes petits-enfants. J'aime à penser qu'ils s'installeront autour de moi sur la terrasse, à l'ombre d'un pin, face à la mer, et j'ouvrirai ce livre. Je leur parlerai de ces hommes et de ces femmes qui ont forgé l'histoire de ce pays qui court du Rhône aux Alpes. Parce que cette terre est celle où j'ai grandi, parce qu'elle a été le refuge de mes parents, mes enfants y plongeront leurs racines. Ils pourront toujours compter sur la couleur du ciel, la chaleur du soleil et la douceur du vent pour devenir des hommes. Ma fille Virginie m'a promis un petit-fils, ma belle-fille, Sandrine, a déjà deux beaux petits garçons dont je pressens la curiosité prochaine. Pour eux, pour mes petits-enfants, j'aimerais rassembler ici les valeurs qui sont les miennes, que mon père m'a transmises et que je voudrais partager avec tous.

L'amour de cette terre et de cette mer, dans lesquelles je me plonge aujourd'hui avec le même bonheur que lorsque j'étais enfant, c'est l'amour de la nature, chantée par les cigales.

L'amour de la Provence, tout simplement.

Ulysse de Martigues

MA MÈRE, Paula, est une conteuse dans l'âme. Elle a fui la Pologne, encore jeune fille, pour trouver refuge à Marseille auprès de mon père. Aujourd'hui, elle regarde la Provence comme sa terre d'adoption et le creuset de tous les contes qu'elle aimait m'inventer. « Toutes les histoires commencent ici », disait-elle. Aussi n'avait-elle aucun scrupule à adapter les légendes provençales au goût polonais et à situer en Provence des légendes de sa terre natale. Du reste, tous les contes ne se nourrissent-ils pas d'autres civilisations ? C'est ce qui fait à la fois leur singularité et leur universalisme. De nombreuses histoires provençales ont emprunté aux mythologies plus anciennes, qui ont fait son histoire : grecque, romaine ou légende des premiers chrétiens..., et je comprends maintenant ce que voulait dire ma mère en situant en Provence la source de toutes ses légendes.

Pour nous, Provençaux, notre propre histoire a commencé ici. Ainsi ma mère me raconta un jour l'histoire d'Ulysse de Martigues, dont la quête s'éloignait grandement de celle de l'illustre héros d'Homère dont il portait le nom. Alors que l'un était roi d'Ithaque, l'autre n'était qu'un marin, simple gabier sur une tartane, ces petits bateaux qui sillonnent les côtes méditerranéennes. Tandis que le valeureux Ulysse partait intrépidement à l'aventure sur les flots salés, l'autre cabotait d'un port à l'autre, serrant le rivage pour s'y réfugier au moindre nuage menaçant. Lorsque Ulysse affrontait des dangers extraordinaires et des créatures lubriques tout au long de son odyssée, il songeait à la sage Pénélope qui l'attendait en son palais, penchée sur son interminable ouvrage. Ce n'était pas le cas d'Ulysse de Martigues, dont la principale occupation consistait à ravauder les voiles et à tresser des cordages sur la *Rascasse*, modeste barcasse dont le comble de l'audace fut de traverser l'eau jusqu'à Ajaccio ! Et de ne plus voir la côte rendait Ulysse nerveux !

Moi, j'aimais bien l'aventure d'Ulysse de Martigues que me racontait ma mère. Au point qu'un jour, à l'école, lorsque l'instituteur demanda à toute la classe : « Connaissez-vous les aventures d'Ulysse ? », c'est avec assurance que je répondis : « Oui, Ulysse de Martigues, tout le monde le connaît ! »

Mes camarades éclatèrent de rire, mais pas le maître, qui me fit les gros yeux !

La Grèce nous semblait à tous bien lointaine, alors que Martigues nous était beaucoup plus familière : nous allions souvent nous baigner dans l'étang de Berre qui reflète en tremblotant les clochetons de la vieille ville. Et, tard le soir, nous étions bercés par les accords tristes et langoureux que Vincent Scotto avait dédiés à cette Venise provençale, en hommage à Martigues, elle aussi bâtie sur une lagune.

Ulysse navigue ainsi depuis longtemps, depuis toujours pourrait-on croire, au moins depuis que Martigues existe ! Ici, tout le monde s'accorde à reconnaître qu'Ulysse est un homme honorable et le respecte, tant il est droit et méticuleux, honnête et loyal. Et méfiant ! Oui, surtout très méfiant, on dirait même aujourd'hui un peu parano !

Lorsque la *Rascasse* mouille au Vieux-Port de Marseille, les autres matelots se précipitent à terre et veulent entraîner Ulysse :

« Allez, viens avec nous ce soir ! Nous allons danser et boire au bal de Saint-Elme ! Laisse tes cordages et tes voiles, viens t'amuser un peu !

– Non, il n'en est pas question ! Vous allez passer la nuit à badiner avec des filles et à vous enivrer plus que de raison ! Pendant que vous chanterez à tue-tête avec ces gredines, des lascars vous délesteront de votre portefeuille, de votre argent et de votre montre sans même que vous vous en rendiez compte ! Ah ! J'en ai vu des fleurs de nave rentrer après une nuit d'ivresse, les poches vides et l'œil hagard ! Très peu pour moi.

– Ulysse, tu es un bonnet de nuit. Tu n'as aucune chance qu'un soir les filles t'élisent "prince de l'amour" à la fin du bal ! »

Ulysse décline ainsi à chaque fois toutes les invitations aux festivités qui font la joie des marins en bordée. Et lorsque les autres se moquent de lui et de sa méfiance envers le vin et les filles, il répond que l'un comme les autres vous tournent la tête à vous la faire perdre. Il n'hésite pas d'ailleurs à faire appel à son illustre homonyme pour rappeler à tous les membres de son équipage que l'essentiel des périls auxquels Ulysse fut confronté pendant l'odyssée avaient été provoqués soit par une ivresse coupable, soit par d'enjôleuses créatures :

« Avez-vous oublié Circé la magicienne, qui régnait sur l'île d'Æa ? Elle pouvait dresser les animaux les plus sauvages et les faire se coucher à ses pieds. Lorsque les valeureux marins débarquèrent sur son île, que fit-elle ? Elle les convia dans son palais pour les enivrer avec du vin de Pramnos ! Et quand ils eurent perdu toute conscience, elle les métamorphosa en pourceaux qu'elle fit enfermer dans sa porcherie ! Heureusement, Ulysse, se méfiant de Circé, était resté à bord et, grâce à un philtre magique, put sauver son équipage ! Et souvenez-vous aussi des sirènes, qui envoûtaient les hommes de leur voix cristalline pour les emmener sous les flots. Ulysse dut ordonner à ses hommes de se boucher les oreilles avec de la cire et il se fit solidement attacher au mât de sa nef pour ne pas succomber à leurs charmes. Et enfin, lorsque après avoir échappé à Charybde et à Scylla, il tomba entre les mains de la nymphe Calypso, il lui fallut l'intervention du messager des dieux pour le délivrer de sept ans de captivité ! Pas moinsse. Alors, les amis, vous ne m'ôterez pas de la tête que, pour les marins, les femmes sont le péril du bord de mer. »

Les autres ont beau se moquer de lui en lui prédisant qu'avec de telles idées il restera vieux garçon, Ulysse de Martigues est inébranlable dans ses convictions et intarissable sur le sujet : « Les femmes de la côte sont des gourgandines, qui n'hésitent jamais à tromper leurs maris dès qu'ils sont au large sur les bateaux : elles sont menteuses et malignes. Ce sont des ensorceleuses ! Si vous souhaitez vous égarer, allez rejoindre ces femmes-là. Quant à moi, soyez-en sûrs, j'épouserai une femme vertueuse et sage. Une femme qui n'aura jamais vu la Méditerranée, une à qui le vent marin n'aura pas tourné la tête, et le reste ! »

La femme dont Ulysse rêve est une femme fidèle, qu'il rencontrerait loin du port et de sa vie dépravée. Il s'imagine avec elle, heureux, bientôt père puis grand-père. Et, au fur et à mesure qu'il y songe, ses rêveries l'entraînent au loin vers celle qui l'attend – il en est sûr – là-bas, dans l'arrière-pays. Si loin de la mer, des bateaux et des marins qu'elle ne saura même pas faire la différence entre un aviron et une pelle à pain ! Elle chérira ses rides formées au coin de ses yeux, depuis le temps qu'il les plisse, face au soleil et aux embruns. Ne sachant pas leur origine, elle les trouvera mystérieuses et romantiques. Elle appréciera aussi ses mains marquées, rugueuses et brunies, imaginant les mille exploits que ces mains-là ont dû endurer pour être aussi meurtries. Bref, elle l'aimera en toute innocence, sans savoir qu'il n'est qu'un simple marin, un simple marin de Martigues.

C'est décidé ! Ulysse part à la recherche de sa Pénélope et entame son odyssée personnelle. Après un dernier et bref adieu à son bateau et à ses compagnons, sans hésitation, il jette son barda à terre et tourne le dos à la mer. Il ne veut pas lancer à la Méditerranée un ultime regard, de peur que la tentatrice ne le détourne de son projet. Il l'imagine qui déploie à l'horizon l'écume infinie et bleutée aux mille reflets du soleil. Il l'entend qui pleure de l'interminable feulement du vent dans les haubans. Elle se rappelle à lui lorsqu'il sent sous ses pas la terre ferme qui se dérobe devant sa démarche chaloupée.

Mais Ulysse tient bon. Pour bien montrer sa résolution, il ramasse dans une barque un aviron de godille, y attache son baluchon et, d'un pas plus ferme, prend les routes de l'arrière-pays pour s'enfoncer dans les terres vers le nord. Jusqu'où devra-t-il marcher pour rencontrer la femme de ses rêves ? Il n'en sait rien. Mais il sait qu'il ira jusqu'au bout de sa quête.

Ulysse parvient, dès le premier jour, aux abords de Martigues. Une étape dans sa ville natale lui semble indispensable pour se recueillir dans l'église, devant Notre-Dame-de-Miséricorde, protectrice des marins. Que lui confie-t-il aujourd'hui ? Ses espoirs de trouver le bonheur au bout du chemin ? Lui demande-t-il sa protection pour cette navigation terrestre qu'il redoute un peu ? On ne saurait dire : les prières sincères sont toujours silencieuses.

Cependant qu'il est agenouillé, une vieille femme s'approche de lui, glissant sans bruit sur les dalles usées ; sa voix rauque retentit sous les voûtes silencieuses :

« Je t'ai vu naître et je te reconnais, Ulysse. Que fais-tu donc ici ? Ne devrais-tu pas être sur ton bateau au large des côtes ?

– Qui êtes-vous pour interrompre un homme en prière ? Que me voulez-vous, vieille femme ?

– Ne crains rien, Ulysse. Je ne te veux pas de mal ! J'ai le don de deviner les choses, tu sais. Et je n'ai pas besoin que tu m'expliques pourquoi tu as laissé ton navire : tu cherches un trésor, n'est-ce pas ? Mais tu ne le trouveras pas ici. Il te faudra marcher longtemps vers l'intérieur des terres avant de faire cette rencontre qui changera ta vie. Et alors, tu seras bien surpris ! Pour un homme prudent comme toi, les surprises ne doivent guère être agréables. Cependant, c'est ainsi que tu seras heureux. Bonne chance à toi. »

Ulysse la regarde s'éloigner tandis que des souvenirs d'enfance remontent à sa mémoire. Il a connu cette vieille lorsqu'il était encore petit garçon. Elle était déjà très âgée, comment se peut-il qu'elle soit toujours vivante ? Pourtant, ne vient-il pas d'échanger quelques mots avec elle ? Ulysse frissonne dans la fraîcheur de l'église, et comme il n'aime décidément pas les situations déconcertantes, il sort sur le parvis en pleine lumière.

Quittant Martigues, Ulysse longe l'étang de Berre en direction des Alpilles. Le crépuscule s'annonce, teintant de rose le sommet des collines, lorsqu'il arrive à Istres. Alors qu'il est en quête d'une auberge il s'arrête soudain, stupéfait. Devant lui, semblant jaillir du roc, il découvre un énorme navire de pierre fendant des vagues minérales. Des arbres s'élèvent au milieu de l'imposante sculpture, figurant les mâts vivants de ce tombeau marin. À côté, une chapelle dédiée à Saint-Pierre-de-la-Mer rappelle que ce monument a été édifié en souvenir du très grand marin que fut le bailli de Suffren. Ulysse se dit alors qu'il est maudit, puisqu'un bateau de pierre le poursuit jusqu'ici. Il est encore trop près du littoral : les femmes de cette région, élevées à l'ombre de ce navire, ne peuvent ignorer les coutumes maritimes. Découragé, il prend tout de même une chambre à l'auberge du village pour se restaurer et se reposer. « On ne sait jamais, peut-être qu'une étrangère passera par ici... Que dans son pays, on ne connaît pas la Méditerranée... Peut-être que je lui plairai... », songe-t-il tout en mangeant la soupe au pistou. Il ne pense pas si bien dire car, au fond de la salle, une jolie brune le regarde du coin de l'œil. Lorsqu'il la remarque, son cœur se met à battre la chamade, plein d'espoir. Elle s'approche alors et lui chuchote :

« Bonjour, bel étranger, je suis la fille de l'aubergiste. Sois le bienvenu ! Mais... que viens-tu faire ici ? »

Alors qu'Ulysse, sous le charme, va lui faire sa déclaration, elle ajoute en riant :

« Et que comptes-tu faire avec ton aviron ? Prendre le commandement du bateau de pierre ? »

Ulysse ne répond pas, il baisse les yeux vers son assiette, laissant en silence la jeune fille se moquer de lui... Dès le lendemain matin, il reprend la route, son aviron sur l'épaule, bien décidé à s'enfoncer au cœur des terres provençales.

Il parvient ainsi jusqu'à Salon-de-Provence, traversant la ville sans s'arrêter. On peut s'en étonner : la ville est jolie, les filles ravissantes et l'on est bien loin de la mer ! « Pas question que je m'attarde, pense Ulysse. C'est ici qu'est né Michel Nostradamus, l'illustre voyant. Je suis sûr que toutes les femmes de cette ville ont hérité de ce don. Elles l'ont dans le sang et devineront tout de suite que je suis un homme de la mer ! »

Quelques kilomètres plus loin, au nord-est, il dépasse Vernègues et fait une pause au lieu-dit Château-Bas, où s'étend un parc luxuriant, écrin des vestiges d'un temple romain. Tandis qu'il admire les ruines, son attention est attirée par la charmante silhouette d'une jeune femme qui se promène parmi les fleurs. Soudain, il la voit se figer en poussant un cri de terreur. Ulysse, n'écoutant que son courage, s'élance pour la secourir. Il aperçoit, aux pieds de la belle, la tête d'un serpent qui jaillit de sous une pierre. Ulysse brandit son aviron et, assénant à la bête un formidable taquet, l'occit du premier coup. Il se tourne alors vers la promeneuse, toute blanche et tremblotante, en lui disant d'une voix assurée :

« N'ayez pas peur, mademoiselle, cette vipère ne risque plus de vous mordre !

– Merci bien, lui répond avec reconnaissance la jeune fille. Mais quelle arme extravagante avez-vous là ! Je ne savais pas qu'on apprenait à combattre les serpents sur les bateaux à rames ! »

« Décidément, je ne suis pas allé encore assez loin ! » pense Ulysse tristement. Il prend congé de la belle jeune fille, tourne les talons et reprend sa route.

Cette fois, il est décidé à aller le plus loin possible sans s'arrêter. Des jours durant, il marche et marche, sans répit. Il passe le fleuve de la Durance, et s'engage dans le pays de Vaucluse, cœur de la Provence. Il s'enfonce dans les collines du Luberon, traverse plusieurs villages entourés de murs de pierres séchées. Il s'arrête à peine, boit de l'eau à la fontaine de la place, puise un peu de fraîcheur sous les platanes en mangeant un morceau de pain frotté d'ail et, sans prendre de repos, poursuit sa route sans fin. Les paysans regardent passer cet homme et sa drôle de perche où pend son baluchon, et les chiens en aboyant l'accompagnent jusqu'à la sortie du village.

Aux alentours de Gordes, il dort une nuit dans une cabane de berger faite de pierres sèches, que les Provençaux appellent une « borie ». Chaque fois qu'il aborde un hameau, il espère toujours, mais les filles qu'il croise sur son chemin le raillent gentiment : « À quoi te sert cet aviron, matelot ? À godiller sur la Durance ? » Puis, elles s'éloignent en riant fort entre elles, comme le font les filles. Décidément, aucune de celles-là n'a besoin qu'on lui explique ce qu'est la marine ! Elles semblent en connaître un bon bout sur les marins et leurs avirons !

Mais aucune déconvenue ne peut plus arrêter Ulysse. Comme son illustre homonyme, il est maintenant embarqué dans un périple dont la signification le dépasse. Serait-il lui aussi la victime des dieux, dont on sait que le passe-temps favori était de regarder les mortels se débattre dans des pièges qu'ils avaient tendus ? Pas de doute, il faudra bien qu'un jour quelqu'un écrive son aventure, comme Homère le fit dans l'*Odyssée* ! Fortifié par l'idée grandiose de son destin, Ulysse décide de faire un détour par Fontaine-de-Vaucluse, où l'illustre Pétrarque écrivit ses admirables sonnets dédiés aux charmes de la belle Laure. « Cette ville doit posséder un pouvoir particulier pour avoir retenu le poète pendant dix-huit ans, songe-t-il en parcourant les rues de la bourgade. Cet endroit doit être tout à fait propice aux amours ! »

C'est alors qu'il croise une somptueuse jeune femme dont le regard noir le captive aussitôt. Il la suit jusque devant sa demeure, mais n'osant pas l'aborder, notre Ulysse, se sentant inspiré par Pétrarque lui-même, décide de lui composer un madrigal. Il compose d'un seul jet un court poème qu'il remet à la servante pour la belle... Mais n'est pas Pétrarque qui veut ! La belle lit le sonnet et part d'un grand éclat de rire. Elle ouvre sa fenêtre en s'éventant dédaigneusement avec le couplet et, avisant Ulysse planté devant sa porte, lui lance cruellement : « À lire tes vers, mon ami, on devine avec quoi tu les écris. Avec la rame que tu portes sur le dos ! » Humilié, Ulysse quitte bien vite Fontaine-de-Vaucluse, se promettant bien de ne plus boire de l'eau de cette fontaine-là ! Il prend alors le chemin escarpé des montagnes désertes, vers le nord.

Dépassant Carpentras, sa route le mène sur les premières pentes du mont Ventoux, où le thym, les genévriers, les fleurs de grenadier et les champs de lavande embaument l'air. Il grimpe par les sentiers vers cette montagne qu'on dit magique et, alors que le soleil descend lentement sur les oliviers, il aperçoit une bergerie. Il marche vers la petite bâtisse, la croyant vide et espérant y trouver refuge pour la nuit. Un chien court à sa rencontre en aboyant gaiement et en remuant la queue. Il flatte l'animal de quelques caresses et, rassuré par l'accueil, s'avance hardiment. Une jeune femme, alertée par les jappements du chien, se tient sur le seuil, observant attentivement le grand gaillard qui vient vers elle.

« Bien le bonsoir, madame, ou mademoiselle », ajoute-t-il précipitamment.

Ce qui fait sourire la jeune femme, dont les doigts dénouent machinalement le nœud de son tablier, tandis qu'avec la main elle tapote pour donner un peu de volume à sa jupe.

« Bonsoir, monsieur. Si vous êtes de passage, vous pouvez faire une halte ici et dormir dans la grange, derrière. Mais si vous cherchez du travail, j'aurais besoin d'un moissonneur cet été... Pas d'un boulanger, et malheureusement votre pelle à four ne servira à rien ici ! »

Ulysse sent son cœur traversé par une flèche que Cupidon lui-même a décochée de son petit arc infaillible. Soudain, il ne voit plus rien que les yeux d'un bleu si profond qu'il lui semble qu'il va s'y noyer jusqu'à la fin des temps. Le soleil n'est pas assez resplendissant pour illuminer la beauté de la belle. C'est elle, c'est la femme, celle qui prend un aviron pour une pelle à pain ! Ulysse en a les larmes aux yeux. Il ne peut plus parler tant les idées se bousculent dans sa tête : « Je resterai auprès d'elle tout l'été, travaillant aux champs tandis qu'elle emmènera les chèvres aux pâturages. Et, à l'automne, si tout se passe bien, je lui proposerai de l'épouser. »

Mais elle est si douce avec lui, si attentionnée, que dès le lendemain, il ose l'embrasser et demander sa main. Le mariage se conclut rapidement et les noces sont organisées au solstice d'été dans la chapelle du Groseau à Malaucène, tout près du mas fleuri de la jeune fille. Un grand festin est dressé pour les amoureux et leurs convives, qu'ils quittent à la fin de la journée sous une pluie de fleurs.

C'est alors que, sur le chemin du retour à la bergerie, tandis qu'Ulysse tient la main de sa femme dans la sienne, elle lui dit en souriant comme au premier jour de leur rencontre :

« Ulysse, as-tu une idée pour notre voyage de noces ? J'aimerais tellement voir la mer et aller dans les îles... Avec ta pelle à pain, tu pourras bien ramer jusque là-bas, non ?

– Comment, tu savais que c'était une rame ?

– Bien sûr, grand nigaud ! Mais quand je t'ai vu arriver ce jour-là, ta rame sur l'épaule et tes yeux battus, j'ai pensé que si un marin était venu aussi loin, c'est qu'il cherchait une femme qui ne connaisse rien à la marine, ni aux choses de la mer ! Alors, je me suis bien gardée d'y faire la moindre allusion. Et puis, j'ai su tout de suite que tu étais l'homme de ma vie.

– Moi aussi, je l'ai su tout de suite. Mais tu ne trouves pas quand même étrange... que je m'appelle Ulysse...

– ... Et moi, Pénélope ! »

Gyptis et Protis

J'AI GRANDI à Marseille, dans le quartier de Bonneveine, mais j'allais à l'école communale du Lapin Blanc, un autre quartier, pas très loin de chez nous. Je garde un souvenir ému de ces premières classes où la vie s'ouvrait à moi, imprévisible, mystérieuse et que je voulais merveilleuse. Il y avait ce silence respectueux, pendant les dictées, où chacun retenait sa respiration tandis que notre instituteur récitait, en accentuant bien les terminaisons, un extrait des *Misérables.* Y répondait le grattement de trente plumes Sergent-Major, écorchant le papier ligné, dans cette odeur unique d'encre violette et de poussière de craie.

Lorsque j'évoque cette période de mon enfance, le souvenir d'un objet précis s'impose à mon esprit. Ce n'est ni la madeleine de Proust ni le « Rosebud » d'Orson Welles, mais tout simplement le petit cahier de brouillon que nous distribuait l'instituteur à chaque rentrée scolaire. Il n'avait, à première vue, rien d'extraordinaire avec sa couverture à peine plus épaisse que les pages de mauvais papier, à l'intérieur. Mais au verso, entouré de volutes et de dessins naïfs, était imprimé un petit texte intitulé « L'histoire de Gyptis et Protis ». Il racontait la légende de la création de Marseille.

Je ne sais pourquoi, mais cette histoire me fascinait et, bien que je la connusse par cœur, je ne me lassais pas de la relire. En classe, pendant un cours qui m'ennuyait, ou le soir, pendant les devoirs que mon père surveillait attentivement, je parvenais à m'évader par la porte toujours ouverte à l'envers de mon cahier de brouillon. Et dans mon lit, je laissais mon imagination m'emporter au galop, de calanque en calanque, jusqu'à la grande crique du Lacydon. Là où tout avait commencé...

En ces temps anciens, les Ségobriges, une tribu d'origine celtique, s'étaient installés sur les rives méditerranéennes, au creux d'un superbe et calme golfe bordé de collines blanches resplendissantes. Ce peuple pacifique, qui vivait de pêche, de chasse et de cueillette, avait baptisé ce site exceptionnel Lacydon. Les Ségobriges avaient construit sur le rivage quelques maisons en pierre tendre, tirée des carrières ouvertes à flanc de collines. Une rivière, qui trouvait sa source dans les gouffres insondables creusés dans les montagnes de l'arrière-pays, apportait l'eau douce nécessaire. Dans le maquis, sangliers, rongeurs et toutes sortes d'oiseaux vivaient en abondance, offrant aux chasseurs de succulentes proies. La mer, enserrée par la courbure du rivage et pacifiée, au large, par un chapelet d'îles, constituait pour les pêcheurs un havre naturel où mouiller leurs bateaux.

Cette particularité n'avait pas échappé à un peuple entreprenant qui avait conquis pacifiquement tout le tour de la Méditerranée grâce à l'ingéniosité de ses marins, l'habileté de ses commerçants et l'éclat de sa civilisation. Les Hellènes, six cents ans avant J.-C., quittant les rivages de la Grèce, avaient ouvert les routes maritimes, venant enrichir leurs orgueilleuses cités, si jalouses de leur indépendance et de leur pouvoir. Parmi ces villes, Phocée, en Ionie – c'est ainsi que l'on appelait l'Asie mineure –, rivalisait en richesses et en prestige avec Athènes même, d'où la plupart de ses fondateurs étaient d'ailleurs issus. Mais Phocée s'était développée au point de ne plus pouvoir contenir en ses murs toute sa population. Il fut alors décidé que les jeunes gens les plus intrépides iraient conquérir d'autres territoires et, telles les abeilles, y construiraient de nouvelles ruches pour la plus grande gloire de leur cité d'origine.

On s'activa à préparer l'expédition. Une flotte de

plusieurs navires fut armée, et les équipages choisis parmi ceux qui avaient accepté de quitter définitivement Phocée pour bâtir ses futures colonies. Protis, un jeune et courageux armateur, était de ceux-là. Son autorité et sa sagesse étant connues de tous, il fut choisi malgré son âge pour diriger l'expédition.

Le départ approchait et les derniers préparatifs précipitaient la cité dans une agitation fiévreuse. L'aventure qui attendait les nouveaux colons n'était pas dépourvue de risques. Les dangers de la mer Méditerranée, dont l'apparence souvent paisible pouvait en quelques minutes se transformer en fureur impitoyable, étaient à juste titre redoutés de tous les navigateurs. Pour se protéger des colères de Poséidon, le dieu de la mer, les marins devaient s'en remettre aux autres dieux dont ils sollicitaient l'intervention avec force libations et autres sacrifices.

Phocée vouait un culte particulier à Artémis, la déesse vierge, fille de Zeus et sœur d'Apollon, qui avait toujours protégé la cité. Dans le temple dominant la ville, les prêtresses d'Artémis rendaient à la déesse de la lune et de la chasse un culte d'autant plus fervent que tous connaissaient son esprit rancunier et la rigueur du châtiment qu'elle réservait à ceux qui lui manquaient de respect.

Une nuit, Artémis apparut en rêve à la prêtresse

Aristarché, promettant de protéger l'expédition à condition que l'on embarque son effigie à bord, que grâces lui soient rendues tout au long du voyage et qu'un temple à sa dévotion soit construit dans la nouvelle colonie. Les prophéties d'Aristarché furent prises au sérieux par le sage Protis, qui s'empressa d'offrir à la prêtresse et à la statue d'Artémis une place de choix sur son propre bateau. Le jour du départ fut jour de liesse, mais aussi de tristesse. Et lorsque Protis fit jeter dans la mer une enclume, jurant solennellement que ses hommes et lui-même ne retourneraient à Phocée que lorsque le bloc de fer remonterait à la surface, les mères, les sœurs et les maîtresses pleurèrent, sachant que ces êtres aimés les quittaient à jamais.

L'expédition entama son long voyage vers une destination dont seul Protis connaissait l'existence : le golfe du Lacydon, dont plusieurs navigateurs avaient loué la disposition et la beauté naturelles. Gardant toujours la côte à main droite, ni trop près des écueils ni trop loin des refuges, le pilote prit la direction du soleil couchant, vers les Portes d'Hercule, là où la Méditerranée se jette dans le gouffre des Enfers. Le voyage dura plusieurs mois, au point qu'épuisés par la navigation, la peau ravinée par le sel, les yeux brûlés de soleil, les marins étaient prêts à renoncer. Protis leur rappela leur serment et évoqua la fureur d'Artémis si ceux qui s'étaient placés sous sa protection doutaient de la sollicitude de la déesse.

À peine avait-il terminé son discours qu'une vigie à la proue annonça qu'un chapelet d'îles se dressait en travers du bateau.

« Lacydon ! Lacydon ! Nous sommes arrivés au terme de notre voyage ! Rendons grâces à Artémis ! » Les équipages reprirent courage et les bateaux pénétrèrent majestueusement dans la rade, s'approchant du rivage où l'on distinguait les sommaires habitations des Ségobriges. Protis, les yeux émerveillés, contemplait le site en sachant que c'était ici, et nulle part ailleurs, qu'il fonderait la nouvelle Phocée.

Les Grecs sautèrent des bateaux qu'ils avaient échoués sur la plage et se dirigèrent vers le village, derrière le sage Protis qui avançait la paume de sa main levée, en signe de paix. Le village était désert, mais non loin de là, on entendait les cris et les chants des habitants. Des fumées odorantes montaient de grands feux où cuisaient toutes sortes de viandes alléchantes. Les Grecs, qui s'étaient nourris d'olives noires et de fromage de chèvre racorni par le long voyage, sentirent leurs estomacs protester. Un immense banquet était installé à l'ombre des pins, un festin que les Ségobriges offraient aux tribus voisines en l'honneur de Gyptis, la fille de Nann, leur roi.

La belle Gyptis était en âge de trouver un époux et son père la pressait de choisir, comme c'était la coutume, parmi les nombreux prétendants, princes et vaillants guerriers qu'il avait rassemblés pour ces agapes royales. Ils étaient venus de loin, de la lointaine Arverne, des territoires qui longeaient le fleuve Rhône, Gaulois, Ligures, Celtes, et parmi les convives, tous s'interrogeaient sur celui qui, à la fin du banquet, serait choisi par la belle. Ferri le Salyen, colosse à la vaillance redoutable, ou bien Asco le Noir, dont l'aspect était repoussant mais qui régnait sur un riche et vaste royaume ?

La belle Gyptis n'était pas pressée de se retrouver entre les bras de ces hommes dont aucun n'avait su toucher son cœur. Tandis que les festivités battaient leur plein, elle méditait, grave et malheureuse, sur les ambitions politiques de son père qui faisait peu de cas des sentiments de sa fille.

C'est alors qu'à la tête d'une troupe de marins grecs, elle distingua un beau et fier jeune homme. Il s'avançait vers son père et lui tendait en guise d'offrande de paix, un rameau pris sur un olivier. Le roi Nann était de bonne et joviale humeur, la cervoise et les boissons de grain fermenté y étaient pour quelque chose ! Il se leva devant Protis et demanda à ses compagnons de faire de la place aux Grecs affamés. On se poussa du coude, on se serra, on tapa sur les épaules des nouveaux venus en leur tendant des quartiers de volailles, des morceaux de viande dégoulinante de graisse et des gâteaux grossiers à base de farine de froment. Au bout de la table, Gyptis n'avait d'yeux que pour le chef des Hellènes et son cœur battit plus fort lorsque celui-ci leva sa corne remplie d'ambroisie dans sa direction. Elle rougit fortement, mais son regard ne quitta pas le visage bruni de Protis.

Les Grecs ne voulurent pas être en reste de ce festin où ils avaient été conviés avec tant de générosité et de simplicité. Pour remercier leurs hôtes, on tira des cales les amphores bouchées à la cire d'abeille, qu'on ouvrit en les renversant sur la table du banquet. Un vin lourd et noir s'en écoula ; parfumé avec de la résine, il dégageait une odeur forte et grisante. Protis en offrait la première coupe au roi Nann, qui trempa ses lèvres dans la boisson donnée aux Grecs par Dionysos, dieu du vin et de l'allégresse, né de la cuisse de Zeus.

Cette boisson nouvelle enchanta les guerriers ligures et gaulois, qui se disputèrent la place autour des amphores, tendant leurs coupes et même leurs casques pour qu'on les remplisse plus vite. Bientôt, nombre de convives roulèrent sous la table, enivrés par l'abus du capiteux breuvage. Parmi eux, Ferri le Salyen et Asco le Noir, emportés dans les bras de Morphée. Ils avaient perdu connaissance et bel et bien oublié le but de leur visite, servant ainsi les desseins de la déesse Artémis.

Le festin tirait à sa fin. Le roi Nann, encore qu'un peu vacillant, se leva et, interpellant solennellement sa fille, lui demanda de choisir parmi les hommes encore debout celui qui serait son époux. Gyptis, qui s'était bien gardée de toucher au nectar des dieux, leva sa coupe d'eau claire et la tendit sans hésiter au jeune capitaine grec, faisant de celui-ci son futur époux.

Leur union fut immédiatement célébrée. En cadeau de noces, le généreux roi Nann donna aux jeunes mariés la bande de littoral sur laquelle les navigateurs avaient débarqué, à l'est de l'embouchure du Rhône. Gyptis et Protis allaient y bâtir une cité florissante, une nouvelle Phocée, qu'on baptiserait Massalia.

L'architecte et le Diable

PENDANT L'ANTIQUITÉ, les Romains appelaient *Provincia Romana* la région conquise par l'Empire dans le sud de la Gaule. En la baptisant ainsi, les conquérants voulaient exprimer la proximité qu'ils y voyaient avec leur capitale et leur affection pour ce territoire qui semblait une extension de leur mère patrie. La Provence ne garda que la moitié de son nom de baptême en s'affranchissant de ses maîtres après la chute de l'Empire romain. Mais ceux-ci avaient laissé tant de vestiges de leurs constructions grandioses – des théâtres, des arènes, des aqueducs, des villas, des temples – qu'il était bien difficile de les oublier.

Pourtant, les Provençaux avaient une arme secrète pour brouiller les pistes et faire disparaître le souvenir de leurs colonisateurs : les fables. Ainsi, aux environs de Nîmes par exemple, à l'extrême ouest de la Provence, se dresse un pont majestueux, qu'une cinquantaine d'arches de pierre maintiennent au-dessus de la rivière du Gardon. On pourrait croire que ce chef-d'œuvre architectural est dû à l'empereur romain Claude, qui l'aurait fait bâtir il y a près de vingt siècles ! Eh bien, non ! Ce pont gigantesque, qui s'étire entre deux sommets, épousant la vallée comme une demi-toile d'araignée, ne peut être création humaine. En vérité, le pont du Gard a un autre maître d'œuvre, bien plus crédible, puisqu'il s'agit du Diable en personne.

Jadis, alors que le pont n'existait pas encore, les riverains étaient obligés, pour traverser la vallée, de descendre au fond des gorges où serpente une rivière diabolique, le Gardon. On ne peut soupçonner en voyant cette eau paisible qui s'écoule en se faufilant entre les rochers, s'étalant paresseusement dans de profondes cuvettes ou courant dans la pente avec un petit rire cristallin, que le paisible Gardon peut d'une minute à l'autre se transformer en un effroyable dragon. Alors, une immense vague s'avance où chevauchent les chevaux blancs de l'Apocalypse, emportant tout sur son passage, hommes et bêtes, charriant des arbres entiers arrachés à la rive, roulant des rochers comme de simple cailloux : le Gardon s'enfle en un terrible torrent, dont l'eau jaune et noire hurle et se tord comme les démons de l'enfer ! Et puis la rivière se calme, rentre hypocritement dans son lit, d'où l'on retire les corps sans vie des voyageurs imprudents. Ne subsistent quelque temps, témoignage de la fureur des eaux, que des troncs réduits en allumettes qui surnagent à la surface, au milieu d'une écume sale que le vent emporte par lambeaux...

En descendant au fond des gorges que, par endroits, le soleil n'atteint pas, on comprend à quel point ce pont était nécessaire. Las de devoir payer au diabolique torrent un lourd tribut humain, les hommes décidèrent de jeter par-dessus ces abîmes un pont qui les tiendrait à l'abri des flots !

Ils firent appel au plus renommé des architectes de la région, au plus sage aussi, maître Prosper, dont l'expérience et l'habileté pourraient seules mener à bien cette tâche gigantesque mais vitale. L'entreprise débuta un matin de printemps. Un millier d'ouvriers avaient été réunis sous les ordres du maître architecte, qui avait établi un campement sur le chantier même où ils vivaient en communauté. Chaque midi, ils prenaient leur repas ensemble, accueillant néanmoins les villageois curieux de l'avancement des travaux. Maître Prosper, quant à lui, déjeunait à part, puis profitant de la pause, flânait un peu dans les alentours.

Un beau jour, au cours de l'une de ses promenades, il se retrouva nez à nez – si l'on peut dire – avec un loup. Paniqué, il s'apprêtait à s'enfuir en hurlant lorsqu'il s'aperçut que l'animal le regardait avec des yeux dorés, remplis d'une grande douceur. La bête, qui était en fait une louve, ne semblait pas agressive et maître Prosper parvint à s'approcher d'elle lentement. Puis, encouragé par la passivité de l'animal, il lui tendit sa main ouverte. La louve ne bougea pas, se contentant de humer l'odeur de l'homme, sans montrer les crocs. De ce jour, l'architecte prit pour habitude, à chacune de ses escapades, d'emporter quelques morceaux de viande pour les offrir à la louvc, en gage d'amitié. Peut-être les premiers hommes procédèrent-ils ainsi pour apprivoiser les loups et en faire leurs plus fidèles compagnons...

Avec l'été, les piles du pont étaient sorties de terre, s'élançant vers le ciel pour se rejoindre en arches gracieuses et constituer déjà le premier étage du formidable édifice. Maître Prosper, perché à plusieurs dizaines de pieds au-dessus du vide, jugeait avec satisfaction de l'avancée de l'ouvrage, estimant qu'il pourrait poser la dernière pierre avant l'hiver. Il avait à peine achevé ses mesures qu'il entendit un formidable coup de tonnerre.

L'horizon se remplit de lourds nuages sombres et, bientôt, il fit presque aussi noir qu'en pleine nuit. Pourtant, maître Prosper eut le temps, à la lumière d'un éclair, d'apercevoir dans la vallée un grand chat noir dont le pelage chargé d'électricité crépitait d'étincelles comme un feu follet. Ses yeux brûlants comme des braises fixaient maître Prosper qui, malgré le vent violent qui se levait, l'entendit hurler comme un damné.

Saisi d'effroi, l'architecte s'enfuit jusque sur la terre ferme où il retrouva ses compagnons terrifiés. Bien lui en prit : l'orage qui éclata alors provoqua un tel déluge que le Gardon se tordit tel un monstrueux serpent saisi de fureur, enfla comme la tête d'un cobra mortel, et ses eaux déchaînées frappèrent les piliers du pont pareilles à de gigantesques béliers ! Sous l'assaut, les pierres jointes s'ébranlèrent et, soudain, l'ouvrage s'écroula. Les arches s'abîmèrent lentement dans les flots, provoquant une immense lame de fond qui vint lécher les pieds des bâtisseurs réfugié sur les hauteurs.

Puis, aussi vite qu'ils étaient venus, les nuages se dissipèrent et le beau temps revint. Les pierres du pont avaient roulé dans le lit du torrent, toute trace de l'édifice avait disparu. L'architecte aperçut la louve qui avait suivi la scène cachée dans les buissons, comme pour protéger son ami d'un péril plus grand encore. Le voyant sauf, elle le regarda encore longuement de ses grands yeux fauves, tentant de lui insuffler son courage. Maître Prosper se secoua, interpella vivement ses ouvriers abattus en leur ordonnant de reprendre le travail : « Rome ne s'est pas bâtie en un jour ! » grommela-t-il en reprenant son équerre et son compas.

À l'automne, de belles arcades enjambaient déjà à moitié le vide. Les ouvriers avaient œuvré deux fois plus vite et le nouveau pont semblait encore plus solide que le précédent. Maître Prosper avait fait doubler les piliers et le Gardon s'écoulait tranquillement sous les élégantes arches qui faisaient la fierté de ses bâtisseurs.

C'est alors que le ciel s'obscurcit brusquement. Un épais brouillard tomba sur le chantier, la rivière bouillonnait maintenant comme un chaudron de sorcière. Les eaux s'élevèrent sans que l'on comprenne pourquoi, et l'on entendit de sourds grondements provenant de la terre elle-même. Un grand chat noir bondit sur le pont et, à cet instant même, les pierres des voûtes tombèrent une à une ; bientôt, c'est tout l'ouvrage qui se désintégra dans un bruit de fin du monde, comme englouti dans une immense faille. Maître Prosper, incrédule, assistait impuissant à ce séisme qui venait une nouvelle fois emporter son ouvrage.

Lorsque la nuée se dissipa, il ne restait plus rien. La louve, qui se tenait assise à ses côtés, semblait pourtant le soutenir de sa détermination. Maître

Prosper ordonna alors à ses ouvriers de déblayer les décombres et que tous reprennent les travaux !

Comme ils connaissaient à présent parfaitement le terrain, la construction était avancée aux deux tiers dès les premiers froids hivernaux. Les arches de pierre s'alignaient gracieusement au-delà du milieu de la rivière et atteindraient bientôt l'autre rive.

Tandis que maître Prosper admirait avec fierté la dernière voûte édifiée, il aperçut pour la troisième fois le grand chat noir juché sur le pont ! L'animal en fureur crachait de dépit tandis que des petits nuages de fumée s'échappaient de ses oreilles. Il remuait la queue de droite à gauche et ses yeux étincelaient de colère. Comme pour répondre à sa rage, un vent violent se leva, un terrible mistral s'engouffra dans l'étroite vallée du Gardon, poussant devant lui les eaux qui se dressèrent comme des lames sur l'océan. Des tourbillons gigantesques soulevèrent des arbres comme de simples brindilles, broyèrent les rochers pour les emmener dans la pente. C'est toute la montagne qui semblait se soulever et, ma foi, on n'avait jamais vu pareil prodige.

Le premier choc fut tellement fort que le pont sembla se coucher sous l'attaque du vent, mais n'étant pas roseau, il ne put se redresser et s'effondra comme un château de cartes. Pour la troisième fois, le pont du Gard s'était écroulé.

Maître Prosper contempla une fois encore le désastre sans mot dire. Il ne restait maintenant de l'édifice qu'un amas de pierres surmonté d'un grand nuage de poussière. D'un geste las, il renvoya ses hommes : comment pourrait-il les convaincre de continuer à travailler sur ce chantier maudit ? Levant les poings au ciel, et s'emportant, lui si calme habituellement, il hurla : « Il faudrait que le Diable lui-même me vienne en aide pour que j'achève ce pont ! »

À ces paroles, le grand chat noir surgit devant lui :

« Le veux-tu vraiment ?

– Qui es-tu ? Je t'ai vu, maudit chat, avant chacun des cataclysmes qui ont détruit mon pont ! C'est toi le responsable ! Tu es le Diable !

– Bravo ! Tu as compris ! Mais sache que ce que le Diable défait, le Diable peut le refaire !

– Que veux-tu dire ?

– Je peux reconstruire ce pont en une nuit, si tu le veux.

– En échange de mon âme, peut-être ?

– Mais non, mais non ! Je ne suis pas si insensible qu'on le dit... Voilà, je me contenterai simplement de l'âme de celui qui traversera ce pont le premier.

– Je savais bien...

– Réfléchis, ce pont permettra de sauver bien des vies humaines, les hommes pourront traverser plus aisément, cela favorisera les relations d'une rive à l'autre. Tout le monde y trouvera son compte, et toi, succéder aux quolibets : il serait lynché pour commerce avec le démon !

C'est alors que la louve apparut, faisant courir un murmure de crainte dans la foule. Elle s'approcha paisiblement de maître Prosper, tenant délicatement dans sa gueule un levraut vivant. Tout le monde fit silence lorsque la louve laissa tomber le petit animal, qui se terra, tremblant de peur.

« Mon ami, je sais le pacte que tu as conclu avec Satan. Je t'ai apporté de quoi payer ton dû sans qu'il t'en coûte grand-chose ! » Puis la louve poussa un hurlement vers le ciel, provoquant un frisson de terreur dans l'assistance. Aussitôt, le levraut, croyant sa dernière heure arrivée, s'élança sur le pont qu'il traversa d'une traite. Le Diable, qui attendait de l'autre côté, son sac à âmes grand ouvert, vit s'y précipiter le pauvre levraut qui s'y réfugia en tremblant. « Diable ! dit le Diable en examinant l'âme du levraut qu'il venait de récolter pour prix de ses diableries, je me suis bien fait avoir ! »

Et comme le pêcheur rejette un poisson trop petit dans la rivière, le Diable, furieux, jeta le levraut dans les buissons et disparut dans un grand nuage de flammes, de fumée et d'étincelles qui montrait à quel point il était en colère !

C'est en souvenir de cette histoire qu'en cherchant bien, on peut voir gravées, sur une des arches du pont du Gard, l'effigie d'un lièvre bondissant et, entre deux piliers, celle d'une louve aux yeux fauves.

tu seras considéré comme le plus grand archit
l'univers ! Une petite âme de rien du tout, c'e
peu de chose en comparaison !

Le pauvre Prosper se laissa embobiné par le
ments du Diable, qui sut parfaitement mêler
ces et flatteries. Et l'architecte accepta le m
sans voir que son amie la louve assistait à la
cachée sous un rocher.

À l'aube du jour suivant, maître Prospe
n'avait pas fermé l'œil de la nuit, se rendit
chantier. Quel miracle ! Le pont étendait ses i
santes arcades de pierre d'une rive à l'autre, r
duisant avec la plus grande exactitude les plans
avait dessinés. L'architecte pleura de bonheu
voyant son rêve réalisé. Mais sa joie fut bien c
lorsqu'il se souvint du pacte qui le liait au Di
Il comprit soudain que le Malin s'était joué d
Car tous les habitants des deux rives du Ga
s'étaient réunis à chacune des extrémités du p
mais si tout le monde admirait le pont, aucu
voulait s'y engager le premier !

Maître Prosper prit conscience qu'il avait acc
un marché de dupes : le pont ne servait à rie
personne ne pouvait l'emprunter. Et son nom re
rait à jamais associé à un fiasco monumental :
qu'à la nuit des temps, maître Prosper demeure
l'architecte du Diable ! Déjà, il entendait les ex
mations qui fusaient et, bientôt, les pierres allai

Sainte Marthe et la Tarasque

L'HISTOIRE de sainte Marthe et la Tarasque nous ramène sur les bords du Rhône, il y a près de deux mille ans, au tout début de l'ère chrétienne. La *Provincia* était toujours sous domination romaine, mais le développement de la chrétienté allait bouleverser le visage de toute la région.

Quelque temps après la mort du Christ, Marie-Jacobé, Marie-Salomé, Marie-Madeleine et leurs proches furent chassés de Palestine. Abandonnées par les pharisiens sur une barque sans voile ni rame, les trois Maries ne durent la vie sauve qu'à la divine Providence qui jeta leur frêle esquif sur une plage de Camargue.

Marie-Jacobé, sœur de la Sainte Vierge, et Marie-Salomé, mère des apôtres Jacques et Jean, restèrent sur place, accueillies généreusement par les Camarguais. À l'endroit où elles accostèrent fut bâtie en leur souvenir la ville des Saintes-Maries-de-la-Mer.

Sara, leur servante, qui le resta fidèlement toute sa vie, devint la sainte patronne des Gitans. Lazare les quitta pour prêcher dans toute la Provence l'histoire et le message de Jésus-Christ. De nombreux saints l'accompagnèrent dans cette évangélisation qui marqua les débuts de la chrétienté en Provence. Marie-Madeleine, après avoir suivi un temps son frère, trouva un asile solitaire dans une grotte de la Sainte-Baume, où elle se repentit de ses péchés et vécut sa foi dans l'ascèse la plus totale.

Quant à Marthe, leur sœur, elle alla de son côté, remontant le cours du Rhône jusqu'à Tarascon, ville célèbre dans toute la Provence pour la forfanterie de ses habitants.

Tandis qu'elle marche ainsi le long du fleuve, Marthe traverse de splendides paysages qui, de plages de sable fin en champs de lavande, de plaines verdoyantes en collines mystérieuses, enflamment son imagination. Un pays s'offre à elle, aux mille couleurs et parfums sucrés. Tout au long de son chemin, transportée par les beautés terrestres, elle ne manque pas de transmettre la parole d'amour du Christ et ses promesses de félicités spirituelles.

Elle en est là de ses pensées élevées à la gloire du Seigneur, lorsqu'elle croise un groupe d'hommes armés chevauchant leurs montures avec fureur.

« Vous ne devriez pas rester sur le rivage, lui crient-ils, c'est dangereux ! Un monstre rôde entre le bois et le fleuve ! Il pourrait vous croquer d'un coup de mâchoire ! »

Marthe, affolée, court se réfugier vers les premières habitations qu'elle aperçoit au loin. Le village de Tarascon lui ouvre ses portes. Des paysans l'accueillent avec bienveillance et partagent leur repas avec elle. Marthe en profite pour se renseigner sur l'étrange animal qui sévit dans les parages :

« J'ai vu des hommes qui traquaient une bête près du fleuve. Ils étaient bien une douzaine. Quel monstre terrible est-ce donc, pour qu'ils soient si nombreux à le pourchasser ?

– C'est la Tarasque ! Ils sont partis la tuer. Notre fils a su qu'une traque allait être organisée, il est allé rejoindre l'expédition, répond le vieux fermier.

– Notre petit est valeureux, vous savez, comme tous ces volontaires, continue son épouse. Pourvu qu'ils la capturent ! ajoute-t-elle avec espoir. Cela fait des mois qu'elle tue les habitants des environs pour s'en repaître... Les gens n'osent plus sortir seuls, les rives du Rhône sont devenues infréquentables. La Tarasque y fait de grands ravages. On a retrouvé les corps des hommes qui s'y sont aventurés. Aucun n'en est revenu vivant.

– Cette fois, ils l'auront, c'est sûr ! déclare le

paysan avec assurance. Restez ici cette nuit, vous y serez plus en sécurité que dans les bois. »

Le lendemain, Marthe est réveillée aux aurores par des lamentations qui s'élèvent dans tout le village. Intriguée, elle se penche par la fenêtre et voit six hommes traverser la rue principale de Tarascon : ce sont les cavaliers qu'elle a croisés la veille au bord du Rhône. La peur et la défaite se lisent sur leurs visages couverts de sang et de blessures. Sur la croupe de leurs chevaux pendent les corps mutilés de leurs compagnons. Seuls la moitié d'entre eux sont revenus. Devant leur porte, les deux vieux paysans scrutent aussi le funeste cortège. Soudain, ils hurlent de douleur en reconnaissant le corps de leur fils en travers d'un des chevaux, le visage couturé de coups de griffes : « Il est mort ! Notre petit est mort ! La Tarasque l'a tué ! »

Tout Tarascon s'est réuni autour des rescapés. On allonge les dépouilles sur de grands draps blancs, on allume les bougies de la veillée. Les femmes pleurent leur frère, leur époux ou leur fils perdu. Les hommes tentent de comprendre ce qui s'est passé. Ah, ils font moins les fanfarons, à cette heure !

« Où se terre-t-elle, cette bête du démon ?

– On l'a repérée dans un trou gigantesque derrière un rocher sous le château. Mais quand on s'est approchés, elle a surgi devant nous et s'est enfuie dans les eaux du Rhône. Elle allait tellement vite qu'on n'a pas eu le temps de se défendre, explique l'un des survivants.

– Sa queue a balayé l'air et a fait trébucher un des chevaux... Tout ce que j'ai vu, c'était cette longue crête d'écailles et d'épines..., continue un autre.

– Moi, j'ai vu sa gueule pleine de crocs acérés, prête à se refermer sur celui qui lui barrerait la route !

– C'est un dragon ! Un dragon maléfique !

– En tout cas, elle a disparu dans les remous du fleuve en emportant un de nos hommes, celui qui était tombé de sa monture...

– On a essayé de le repêcher, mais deux autres gars sont tombés dans le tourbillon qui protège son antre !

– Le courant était trop violent, alors on a choisi d'attendre que la bête ressorte de l'eau. C'était moins risqué de tenter de la capturer sur la terre ferme. On a installé un piège qui devait la coincer à l'encolure.

– On s'est cachés dans les taillis et on a attendu. La Tarasque est ressortie de l'eau assez rapidement, mais au lieu d'avancer vers le piège, elle a foncé tout droit sur nous !

– Elle nous avait repérés. On s'est battus tant qu'on a pu, on lui a donné des coups de hache, on lui a jeté des pierres, on lui a tailladé le dos, mais elle en a croqué un, puis deux, puis trois ! Trois de nos compagnons sont passés entre ses crocs ! Elle secouait le corps des malheureux dans sa gueule en essayant de les avaler tous en même temps. À la vue du massacre, on a fini par s'enfuir, on a couru aussi vite que possible jusqu'à nos chevaux !

– Elle ne nous a pas suivis, elle a sans doute préféré emporter ses proies jusqu'au fleuve. Quand on s'est retournés, elle avait disparu.

– Un peu plus loin, les corps de ses trois premières victimes sont remontés à la surface du fleuve, ils flottaient près du rivage. Elle n'avait pas eu le temps de les manger. On les a tirés jusqu'à la berge et ramenés ici. C'est tout ce qu'on a pu faire.

– On n'a pas retrouvé les autres, elle a dû les avaler... »

À ces mots, les pleurs et les gémissements redoublent. La nuit passe, entre colère et larmes ; rien ne peut soulager les Tarasconnais de cette tragédie.

Affligée par la douleur de ses hôtes, Marthe se sent investie d'une mission divine : elle décide d'affronter la Bête. Avant que le soleil ne se lève, elle se lance sur la piste de la terrible Tarasque, sans arme aucune, si ce n'est la puissance de sa foi. En suivant les indications des chasseurs rescapés, elle se dirige à travers les bois sombres jusqu'au rocher que surplombe le château. Là, elle découvre les traces du combat de la veille : entre les marques de sabots des chevaux affolés et les larges griffures de la bête sur le sol, le sang noirci des blessés se mélange à la terre. Marthe repère la caverne de la Tarasque. Elle s'en approche et, d'une voix douce, appelle l'étrange animal : « Viens par ici, Tarasque... Sors de ton refuge et montre-toi à la lumière. »

Le silence se fait autour de la tanière du monstre. On dirait que la nature retient son souffle. Marthe se penche et aperçoit au fond du trou deux yeux rougeoyants qui la fixent. La bête ne bouge pas. Marthe se rapproche alors, tout en continuant à murmurer d'une voix sereine, comme une litanie : « Je viens en paix, n'aie pas peur. Tu ne risques rien, je ne suis pas armée. Je t'assure que tu ne crains rien. Viens avec moi. » Peut-être se parle-t-elle ainsi afin de conjurer sa propre peur. Ou bien tente-t-elle de pousser la bête au repentir, tout empreinte de la foi que Jésus lui a transmise. Peut-être encore pense-t-elle plus prosaïquement que la bête est repue par son effroyable repas et rompue par le combat qu'elle a mené contre la troupe de chasseurs. Quoi qu'il en soit, en marchant jusqu'à l'antre du monstre, Marthe a prié de toutes ses forces pour que son initiative soit bénie. Et à présent, elle sait que la Tarasque sera vaincue : elle peut le lire dans les yeux de la bête tapie, haletante dans le noir.

« Ce doit être une vie bien difficile que d'être traquée sans cesse à cause des méfaits que tu commets.

Je vais abréger ta souffrance, il le faut bien. Ton salut en dépend. Bientôt, tu seras en paix toi aussi. »

Et tout en la berçant de paroles apaisantes, elle parvient à s'approcher si près que d'un simple tour de bras elle enserre de son écharpe le cou de l'animal.

La bête, matée, la suit docilement. C'est cet étrange équipage, Marthe suivie du monstre enchaîné d'un bout de tissu, mené d'une faible main, qui parvient jusqu'à Tarascon. Même ces hâbleurs de Tarasconnais n'auraient pu inventer une chose pareille !

Pour ce miracle, les Tarasconnais reconnaissants ont élevé Marthe au rang de sainte et en honorent encore la mémoire. Quant à la Tarasque, dragon, panthère ou crocodile, bien que notre héroïne ait plaidé pour qu'on la laisse en vie, les Tarasconnais n'ont rien voulu savoir et la bête a été lapidée sur la place publique. Depuis, c'est son effigie en carton-pâte qui est promenée dans les rues lors de la fête de sainte Marthe en cette bonne ville.

Lorsque je me suis rendu pour la première fois à Tarascon, c'était pour mes « trois jours ». À l'époque, le service militaire était obligatoire, et tous les jeunes gens de la région devaient se rendre à la caserne de Tarascon pour y être jugés « bons pour le service ». Moi, je n'avais qu'une envie : être dispensé justement de mes obligations militaires. Et pour cause : je venais d'être engagé par Europe 1 et je craignais de perdre mon travail en disparaissant dans une caserne pendant un an. Ma Tarasque à moi, ce fléau que je devais terrasser, c'était le service militaire.

Dans le train pour Tarascon, j'ai inventé toutes sortes d'arguments à l'intention du médecin militaire qui allait décider de mon sort. Une fois devant lui, j'ai récité mon plaidoyer, en essayant de l'attendrir par mon air harassé, croulant sous le poids des problèmes. Puis j'ai conclu par un pitoyable : « Je suis très fatigué, j'ai des soucis, des absences... »

Il m'a écouté, puis il m'a déclaré d'un ton compréhensif :

« Oui, en effet, avec les problèmes que vous avez, je pense qu'on va vous dispenser du service militaire. Et ça vous prend souvent, ces absences ?

– Oui, oui, docteur.

– Et qu'est-ce que vous faites dans la vie ? »

C'est alors qu'au lieu de me taire, certainement influencé par les fanfaronnades locales, j'ai voulu moi aussi faire le malin :

« Je suis animateur à Europe 1 !

– Animateur à Europe 1 ? Tiens donc, et vous avez des absences, des soucis peut-être ! Espèce de tire-au-flanc ! Bon pour le service ! »

Marguerite et Honorat

LE BATEAU lâche les amarres tandis que je m'installe confortablement sur le pont. La navette maritime qui dessert les îles de Lérins, petit archipel surgi des eaux juste en face de Cannes, quitte tranquillement son mouillage sur la Croisette, derrière le palais des Festivals. De là, on peut déjà apercevoir les deux îles qui se silhouettent sur l'horizon comme deux vaisseaux fantômes immobiles, deux collines posées sur la mer, l'une derrière l'autre : Sainte-Marguerite et Saint-Honorat.

L'air marin est propice à l'imagination, et j'entends encore dans le vent ma tante Delphine me raconter, les sourcils froncés et l'œil mystérieux, que jadis, il y a bien longtemps, ces deux îles n'en faisaient qu'une, une seule petite terre au milieu de la baie. Mais elle appartenait au Diable, qui venait y passer ses week-ends ! Le Bon Dieu, pour se débarrasser de cette villégiature démoniaque, avait d'un geste de son auguste doigt séparé l'île en deux. Le Diable se retrouva donc un pied sur chaque morceau, obligé de faire le grand écart, ce qui est une situation ridicule, surtout pour un démon. Écumant de rage, il fut contraint, pour conserver un reste de dignité, de quitter cette posture instable et s'en fut dans un tourbillon de fumées pestilentielles !

Mais en quittant l'île, le Diable y avait laissé un sinistre cadeau pour se venger de son humiliante fuite. Cette histoire n'est pas terminée...

Il y a très longtemps, dans une contrée lointaine, sont nés un frère et une sœur, Marguerite et Honorat. Le lien fraternel qui les unit alors est si profond, si indéfectible que, dès leur plus jeune âge, ils ne se quittent jamais. Et plus tard, lorsqu'il leur vient l'envie de découvrir le monde, c'est ensemble qu'ils partent sur les routes. Ils parcourent les routes d'Europe, de l'Allemagne jusqu'en Italie, et découvrent la Méditerranée où ils embarquent sur un bateau qui doit les conduire en Provence. Leur destination est l'un de ces nombreux comptoirs romains qui jalonnent la côte. Sur leur route, ils croisent au large deux petits îlots. Ils sont si proches l'un de l'autre que le frère et la sœur ne peuvent s'empêcher de songer que ces deux terres jumelles sont la manifestation tangible de leur amour fraternel. Honorat et Marguerite se promettent solennellement d'y retourner un jour, tant ces îlots leur semblent destinés.

Pour l'heure, un autre destin les attend. Lorsque le bateau les dépose sur la terre ferme, ils se sont donné pour tâche de convertir les habitants de cette *Provincia* à la parole du Christ. Et c'est ainsi que, pendant des années, ils se feront connaître par leur bonté et l'exemple qu'ils offrent de cette vie chrétienne, pleine d'amour et de foi qu'ils diffusent autour d'eux.

Cependant, malgré les touchantes preuves de gratitude et de reconnaissance qu'ils reçoivent de toute part, Marguerite et Honorat décident de se retirer. Ils veulent honorer la promesse qu'ils ont échangée sur le pont de ce navire : rejoindre enfin les deux petites îles croisées à leur venue en Provence. Ils quittent un jour le continent sur la barque d'un pêcheur, qui les dépose sur la plus petite d'entre elles, la plus éloignée de la côte.

Il leur semble avoir pris pied au paradis terrestre. Des palmiers et des pins parasols plongent leurs racines dans l'eau, leurs feuillages battent lentement au vent. La terre rouge et la verdure de la végétation semblent un bijou niché dans un écrin d'eau bleu, ourlé d'une écume blanche. Des oiseaux chantent dans les arbres et les cigales entonnent leur lancinante sérénade.

Mais soudain, le sol se recouvre d'un tapis mouvant et d'étranges sifflements résonnent dans la brise marine : des serpents, des centaines de serpents, des milliers de serpents sortent de terre en un vomissement démoniaque ; se chevauchant comme dans la chevelure de Gorgone, ils sillonnent le sol et s'insinuent dans la moindre sinuosité qu'ils remplissent de leurs sinistres sifflements ! L'endroit en est infesté. Voilà le cadeau empoisonné laissé par le Diable débouté.

Marguerite et Honorat se réfugient dans un arbre qu'ils gravissent jusqu'au sommet, là où, ils l'espèrent, les serpents ne peuvent les atteindre. Marguerite est désespérée et pleure doucement sur l'épaule de son frère. Que vont-ils faire maintenant ? Ils ne peuvent redescendre sans risque de se faire engloutir par ces nœuds de vipères. Ils ne peuvent même pas parvenir jusqu'au rivage. Et, quand bien même, comment pourraient-ils nager jusqu'au continent ? Ils se voient perdus ! C'est alors qu'une petite voix se fait entendre :

« Étrangers, vous qui êtes plus grands que moi, écoutez-moi ! Même si je suis presque microscopique, je peux vous offrir une chance de sauver vos vies et cette île... Cet endroit est maudit et vit sous le joug des serpents. Aidez-nous, par pitié !

– Qui est là ? Qui nous parle ? Marguerite, entends-tu ? Vois-tu quelqu'un ?

– Non, mon frère, je ne vois personne, et pourtant, j'entends comme toi une voix qui nous parle...

– Regardez bien, je suis sur la petite feuille qui vous chatouille l'oreille...

– Honorat, ne bouge pas, je la vois, c'est une toute petite fourmi sur une toute petite feuille juste à côté de toi... Depuis quand les fourmis parlent-elles ?

– Depuis que l'homme veut bien les entendre... Tendez la main vers le creux de l'arbre. Là ! Voyez-vous ce trou dans l'écorce ? Il recèle un talisman qui nous sauvera tous. »

Honorat plonge la main dans le creux de l'arbre d'où il sort une pièce d'argent aussi large que la paume d'une main.

« C'est une pièce magique laissée là par l'un de vos semblables, il y a fort longtemps. On dit qu'elle peut réaliser tous les vœux à condition qu'ils soient prononcés par un homme pieux. Est-ce votre cas ?

– Oh oui. Mon frère est un homme bon, sa foi est grande... Essaie, Honorat, fais un vœu !

– Attention ! ajoute la fourmi, ce talisman, d'après ce qu'en a dit l'homme sage qui l'a laissé là, ne réalisera que trois vœux. Choisissez bien celui que vous ferez. Ensuite, il ne vous en restera que deux. »

Honorat brandit alors le talisman, face vers le ciel, et dit :

« Je souhaite que tous les serpents de cette île soient immédiatement exterminés. »

Un immense sifflement envahit l'air, puis le silence s'abat sur l'île. Tous les reptiles ont été terrassés.

Mais leurs cadavres s'amoncellent partout. Ils recouvrent l'île tant et si bien que l'on ne distingue plus le sol. Dans quelques jours, leurs corps en décomposition rendront l'air irrespirable ! Marguerite et Honorat ne pourront parvenir à se débarrasser de ces monceaux de dépouilles. Alors Honorat saisit à nouveau le talisman et lance : « Je souhaite que les eaux recouvrent cette île et qu'une grande vague emporte le corps de ces serpents loin de cette terre. »

Une lame d'eau s'élève alors sur l'horizon. La mer forme de gros rouleaux qui avancent sur l'île, la recouvrent, puis se retirent, emportant les cadavres des serpents.

L'île, maintenant nettoyée, redevient un paradis débarrassé du démoniaque reptile.

« Nous n'avons pas d'autre souhait à présent que de vivre tranquillement sur cette terre. Merci, petite fourmi : grâce à toi, nous sommes saufs, nous n'aurions pu survivre bien longtemps coincés dans ce palmier.

– C'est moi qui vous remercie, étrangers. Grâce à vous, c'est l'île entière qui est sauvée ! »

Marguerite prend alors le talisman des mains

d'Honorat et le laisse glisser dans le creux de l'arbre, son écrin naturel depuis des siècles.

Une fois descendus du palmier, le frère et la sœur se lancent enfin dans l'exploration des lieux. L'île s'étend sur quelques kilomètres seulement, comme une longue bande de terre allongée sur l'eau. En regardant vers le continent, ils aperçoivent à quelques brassées de là la seconde île, un peu plus grande, que Marguerite décide d'aller visiter. Elle se jette à l'eau et la rejoint facilement à la nage. Honorat, préférant rester sur la première île, commence à y bâtir sa demeure. Marguerite, elle, a choisi de cultiver son jardin sur l'autre.

Les pêcheurs qui sillonnent la baie alentour les saluent chaque jour et rapportent sur le continent les exploits du frère et de la sœur. La nouvelle qu'ils ont nettoyé les îles du Diable de leurs hôtes indésirables vaut à Honorat de nombreuses visites. Celui-ci accueille les pèlerins avec bonté et certains décident même de rester à ses côtés, pour vivre avec lui en ascètes. La bâtisse d'Honorat se transforme peu à peu, les bâtiments s'agrandissent grâce au travail de ses compagnons, et devient bientôt le plus célèbre monastère de Provence.

De son côté, Marguerite, définitivement installée sur l'île voisine regrette chaque jour un peu plus que le destin les ait amenés tous deux ici. Elle a longtemps pensé que l'archipel ressemblait au paradis sur terre, mais aujourd'hui, elle se désole de ne plus voir Honorat. En effet, la retraite monastique a séparé le frère et la sœur. Seuls les hommes sont autorisés dans l'abbaye, la présence d'une femme y serait inconvenante. Et les règles du monastère ne souffrent pas d'exception. Marguerite n'a donc plus le droit de voir son frère. Elle s'en désole tant qu'Honorat, pris de compassion, lui accorde la permission exceptionnelle de venir jusqu'à lui. Mais un seul jour, le jour où fleurit le cerisier du jardin de Marguerite. Ce grand cerisier dont elle guette chaque matin la floraison des bourgeons qui, une fois l'an, lui permettent de revoir son cher frère.

C'est en contemplant attentivement cet arbre, comme chaque matin, qu'une idée lui vient un jour. Ce n'est pas cet arbre-là qui la rapprochera de son frère, mais un autre arbre : celui qui les a sauvés lorsqu'ils ont abordé l'archipel ! Marguerite n'a pas oublié les trois vœux du talisman. En quelques brassées, la jeune femme atteint la rive de l'autre île. Elle grimpe le long du tronc de l'arbre magique, cherche le trou dans l'écorce, plonge la main et récupère la pièce d'argent. Puis, la tendant vers le ciel, elle prononce ce vœu : « Je veux que le cerisier de mon jardin fleurisse chaque mois ! »

Et c'est ainsi que, le troisième vœu ayant été exaucé, Marguerite put revoir son frère tous les mois jusqu'à la fin de leur vie. Depuis, les cerisiers de l'île de Lérins continuent, dit-on, à fleurir chaque mois : un tel prodige salue le souvenir de la piété fraternelle qui unissait Marguerite et Honorat.

La masco et le berger

AUJOURD'HUI, Claude, mon vieux copain d'enfance, veut m'emmener faire une randonnée dans l'arrière-pays niçois. Il me met l'eau à la bouche à la seule évocation de notre destination : la vallée des Merveilles, bijou du Parc national du Mercantour.

Il faut d'abord emprunter la vallée de la Roya qui serpente depuis Nice jusqu'à Tende, un village montagnard où nous laissons la voiture. De l'autre côté de la barrière enneigée des Alpes, commence l'Italie. Nous sommes à la frontière, à l'extrême est de la Provence. En marchant le long du mont Bego sur un sentier escarpé, nous parvenons aux abords des lacs d'Enfer qui reflètent le paysage déchiqueté des crêtes alpines. La vallée des Merveilles s'ouvre à nous, mystérieuse et attirante, sombre et lumineuse, vierge et marquée sur ses pierres de signes étranges et indéchiffrables.

« Qui a gravé ces inscriptions ? On dirait des gravures rupestres !

– On dit que ce sont les inscriptions de la masco..., murmure énigmatiquement Claude.

– Quoi ? Qu'est-ce que tu racontes ? Je croyais que ces dessins...

– Tsss..., m'interrompt-il. Je t'assure que dans la région, on attribue ces dessins à une masco. Ce sont des formules de sorcellerie écrites par une sorcière !

– Je sais bien qu'une masco est une sorcière, merci. Mais je ne crois pas un mot de ce que tu me dis à propos de ces inscriptions.

– Ah, tu ne me crois pas ? Alors écoute. Tout le monde connaît l'histoire de la masco de la Valmasque ! lance-t-il en prenant à témoin deux randonneurs.

– Bon, allez, raconte-moi ça... »

Nous nous asseyons au bord du sentier. De toute façon, nous méritons bien une pause après tout ce chemin parcouru !

Elle vivait seule là-haut, derrière le mont Bego, dans une des grottes à l'entrée de la vallée de la Valmasque. On peut la voir d'ici, regarde... là-bas, derrière la crevasse, la petite caverne dont l'entrée est à demi cachée par un rideau de végétation. Elle s'était réfugiée dans cet abri isolé, après avoir été bannie de son village natal. Pourquoi ? Personne ne sait exactement ce qui lui avait valu cet exil forcé, mais elle effrayait tant les gens qu'on en était venu à lui attribuer tous les crimes et les plus atroces forfaits. Personne n'osait plus lui parler, ni l'approcher.

Pourquoi faisait-elle si peur ? Eh bien, c'est qu'elle portait un masque ! Un masque noir qui recouvrait entièrement son visage, ne laissant voir que ses grands yeux verts, aussi énigmatiques que ceux d'un chat. Son regard avait pour beaucoup la couleur des poisons qu'elle devait concocter dans son antre ! Souvent, elle arpentait la vallée en ramassant des plantes dont on pensait qu'elle tirait des mixtures diaboliques. On disait aussi, à Tende, qu'elle s'était mise à converser avec les animaux et, parfois, qu'elle s'adressait même aux arbres. On la disait folle. Elle s'appelait Manon.

Un jour, pourtant, un homme lui parla. Manon n'en revenait pas, elle qui vivait recluse depuis tant d'années sans autre compagnie que les cigales et les oiseaux. Mais elle entendit bien une voix, toute proche de la grotte, un gémissement :

« Au secours ! Aidez-moi, je ne peux plus marcher...

– Qui est là ? Où êtes-vous, je ne vous vois pas, répond-elle en cherchant la provenance de la voix.

– Là, dans la crevasse... Je voulais aider cette maudite brebis à sortir de ce mauvais pas, mais je suis tombé à mon tour. Aidez-moi, je crois que je me suis cassé les os ! »

En se penchant au bord du précipice, Manon la masco finit par distinguer au fond une silhouette d'homme couché, courbé en deux, immobile.

« Ma brebis est morte ! Qu'est-ce qui m'a pris de la laisser courir toute seule dans cette vallée ? Cet endroit est maudit...

– Attends, je reviens ! » lance-t-elle.

Manon rebrousse chemin, court vers la caverne, d'où elle ressort avec une longue corde qu'elle laisse glisser le long de la paroi. Le berger s'en saisit et l'attache autour de sa taille. Après maints efforts, elle parvient enfin à hisser le blessé hors du gouffre. En s'appuyant sur son épaule et tout en boitillant, le berger réussit à marcher jusqu'à la grotte. Là, il s'écroule sur une couche de paille.

« Il faut que tu te reposes. Et que tu restes allongé jusqu'à ce que tu te rétablisses. Tu as dû te briser une jambe, je vais te soigner.

– Merci, mas... euh, femme ! Tu m'as sauvé la vie. Je m'appelle André, et toi ?

– Manon... »

Cependant, le berger n'ose croiser le regard de la masco : le masque noir qui recouvre son visage l'effraie. Que cache-t-elle là-dessous ? Une laideur épouvantable sûrement, ou alors les séquelles d'une maladie qui sont la marque de tous ses péchés, pense-t-il.

« Reste ici et attends-moi, je dois m'absenter un moment, mais je reviendrai bien vite, dit-elle.

– Je ne vois pas comment je pourrais partir de toute façon, je ne peux plus bouger », marmonne le berger tandis qu'elle s'éloigne.

Dehors, le soleil descend derrière le mont Bego et ses derniers rayons colorent les eaux des lacs. Manon parcourt les sentiers, cueillant et remplissant son panier d'herbes de toutes sortes.

Pendant ce temps, depuis sa couche, André observe l'intérieur de la grotte. Les braises d'un foyer presque éteint éclairent faiblement le fond de la caverne. Des pierres posées les unes sur les autres barrent l'accès de l'âtre. Autour de cet échafaudage de fortune, en équilibre sur le muret, s'entassent des fioles pleines d'onguents mystérieux et des paniers d'où dépassent des feuillages. Suspendue au-dessus des tisons, une marmite laisse échapper une odorante fumée bleue.

« Cette femme est une sorcière, c'est certain, et voici ses poisons », songe-t-il. La peur commence alors à s'emparer de lui.

Quand Manon réintègre la grotte, André la fixe avec terreur. Faisant mine de ne pas s'en rendre compte, elle se dirige vers la marmite dans laquelle elle jette quelques feuilles.

« As-tu dormi ? Tu as l'air de sortir d'un terrible cauchemar...

– Ma jambe me fait très mal, il faudrait que tu ailles chercher un médecin à Tende, ou bien le curé...

– Ne dis pas de sottises, tu ne vas pas mourir, ce n'est qu'une petite fracture. Tu n'as pas besoin d'un curé. Et je suis plus douée que n'importe quel médecin, tu sais : je connais les secrets des plantes médicinales. Ne t'inquiète donc pas, je vais m'occuper de ta blessure.

– Si tu veux m'empoisonner, fais-le vite, qu'on en finisse ! hurle alors le berger tandis qu'elle s'approche, un onguent dans la main.

– Alors, toi aussi tu as peur de moi ?

– Tue-moi puisque c'est ce que tu projettes !

– Je ne vais pas te tuer mais te guérir, calme-toi ! rétorque-t-elle fermement.

– Ta mixture sent le souffre..., gémit-il.

– Ce baume, je l'ai fabriqué avec du millepertuis, c'est un anesthésiant très efficace. Bientôt, tu ne sentiras plus rien.

– Non, je ne sentirai plus rien... car je serai mort ! Masco !

– Oh ! Tu es vraiment ingrat ! lâche-t-elle, agacée. Je reviendrai quand tu seras de meilleure humeur ! »

Sur ces mots, Manon sort de la caverne, laissant le berger seul avec sa peur et ses injures.

« Du millepertuis, mon œil... Il ne me reste plus qu'à attendre la mort ! » marmonne-t-il en observant le cataplasme posé sur sa plaie.

Malgré la détresse qui l'étreint, André finit par s'endormir sous l'effet tranquillisant de l'onguent. Lorsque Manon revient, ses ronflements résonnent dans la caverne. Elle en profite pour appliquer un bandage de feuilles autour de la blessure du berger. Sentant qu'on lui masse la jambe, André se réveille brusquement. « Tu vois, tu n'es pas encore mort ! raille-t-elle.

– Je reconnais que tu prends soin de moi. Mais les Tendasques disent que tu es une masco, que tu es dangereuse et que tu parles avec les démons des enfers. Et toutes tes potions, là, c'est de la sorcellerie, avoue-le.

– Toi qui es berger, qui connais la nature mieux que quiconque, tu sais bien que les plantes font des miracles et peuvent guérir bien des maux. La flore est ma seule ressource, je n'utilise rien d'autre. L'herboristerie n'est pas de la sorcellerie, il n'y a rien de plus naturel, au contraire.

– Que tu ne sois pas une masco, rien ne me le prouve, je me méfie quand même. Peut-être me soignes-tu pour mieux me posséder ensuite. Tu veux faire de moi l'esclave du Diable...

– Je ne suis pas une sorcière ! Tu ne devrais pas croire ce que les Tendasques disent de moi. Dans ce cas, moi aussi je pourrais me méfier de toi, car chez moi on dit que les bergers sont des jeteurs de sorts. Qu'ils commandent les nuages, prononcent des incantations, lancent des jets contre les étrangers qui croisent leur chemin... Qu'ils connaissent les secrets des puissances invisibles et n'hésitent pas à s'en servir. Et pourtant, je t'ai tiré de ce gouffre, accueilli chez moi, j'ai pansé ta blessure. J'aurais pu passer mon chemin si je t'avais jugé avant de te connaître.

– Pourquoi te craint-on alors, si tu n'es pas une ensorceleuse ? Pourquoi te fuit-on si tu n'emmasques personne ?

– Les Tendasques m'ont bannie pour une raison que j'ignore. Je me suis installée à Saint-Dalmas, juste à côté de Tende, il y a quelques années. Un jour, le comte est venu me voir pour me dire que le mauvais œil frappait le troupeau d'un berger. Que c'était moi qui l'avais emmasqué. Il m'a sommée de partir vers la Valmasque, là où les cornes du Diable m'attendaient, et de ne jamais revenir. Il me laisserait la vie sauve si j'acceptais de m'exiler. Je lui ai obéi. Comme je ne me suis pas défendue, il en a conclu que j'étais coupable d'avoir jeté un sort sur les chèvres du Tendasque. Depuis, tout le monde pense la même chose, tu n'es pas le premier à me considérer comme une masco.

– Regarde donc où tu vis ! Sur chaque paroi de ce mont il y a des centaines de créatures cornues gravées, qui tendent leurs fourches vers le ciel. Autour de toi, toutes les roches portent les signes diaboliques que tu as tracés. Tu converses avec les démons !

– Les dessins dont tu parles étaient déjà gravés dans la pierre lorsque je suis arrivée. Je ne sais pas d'où ils proviennent.

– Ce sont tes incantations démoniaques !

– Non, je te le jure, ce n'est pas moi qui ai dessiné tout ça. Au début, quand je suis arrivée dans la Valmasque et que j'ai vu tous ces rochers burinés de formes inquiétantes, j'ai eu peur moi aussi. J'ai compris ce que le comte de Tende entendait par “cornes du Diable”. J'ai cru que cet endroit était maudit. Cependant, il ne m'est jamais rien arrivé. J'ai vécu bien plus de mésaventures dans le monde des hommes qu'au milieu de la Valmasque. Alors je me suis habituée à cet étrange paysage. J'y ai construit mon abri, trouvé de quoi survivre, me nourrissant de graines, de racines et de fruits. J'ai fini par apprécier cette vallée, la beauté de ces lacs, de ces pentes enneigées qui, chaque hiver, la purifient, de ces forêts denses aux mille ressources. Quant à ces gravures dans la rocaille, eh bien j'ai pensé qu'elles n'étaient peut-être pas l'œuvre du Diable : des hommes ont probablement tracé eux-mêmes ces fresques mystérieuses il y a longtemps, pour représenter les animaux qui vivaient ici avec eux, des chamois sans doute, ou des cerfs.

– Je n'avais pas envisagé cela, murmure André, pensif. Les Tendasques ont toujours eu peur de cette vallée maudite à cause de ces dessins dont ils ne comprenaient pas la signification. Si tu es venue ici il y a quelques années seulement, effectivement tu n'as pas pu les tracer, ces effigies ténébreuses sont là depuis bien plus longtemps. Depuis des temps immémoriaux...

– Merci de le reconnaître. Écoute, André, il faut que tu te reposes, sinon tu ne guériras pas. D'ailleurs, moi aussi j'ai besoin de sommeil.

– Oui, tu as raison. Que cette nuit efface tout ce que je t'ai dit, j'ai été injuste avec toi, pardonne-moi. »

Manon lui sourit avec tendresse. Puis, ils s'endorment tous deux dans le silence de la nuit.

En se réveillant au petit matin, André aperçoit la jeune femme assise près du feu, dont les dernières flammèches semblent s'asphyxier. Dans l'obscurité du fond de la caverne, il ne distingue que sa silhouette, de dos. Elle semble penchée sur une petite bassine dans laquelle elle plonge ses mains qu'elle porte ensuite à son visage. Son masque est posé sur le muret de l'âtre.

« Tu l'as enlevé ? Montre-moi ton visage. »

Manon sursaute, saisit le masque et le plaque sur ses yeux.

« Je ne t'infligerai pas ce spectacle, répond-elle d'une voix étouffée.

– Pourquoi te voiles-tu ainsi ? Que caches-tu donc sous ce morceau d'étoffe ?

– Le passé. »

André ne comprend pas. Il observe silencieusement la jeune femme, espérant qu'elle s'explique. Manon soupire nerveusement.

« À quoi ressemble ton passé, Manon ?

– Je me souviens du jour où ma vie a basculé... J'ai eu une enfance heureuse, tu sais, mes parents n'étaient pas bien riches, mais nous vivions correctement, nous avions un toit, nous mangions à notre faim. Ce jour-là, mon père m'avait autorisée à jouer avec les autres enfants dans les champs derrière le village, c'était la première fois que ma mère me laissait seule, j'étais si fière ! Nous nous amusions comme des fous quand soudain Joseph, l'un des gamins, a crié en montrant le ciel. Une épaisse fumée noire envahissait l'horizon. Nous avons couru jusqu'au village : les maisons brûlaient, il ne restait rien. Les barbares avaient décimé tout le village, y compris mes parents. Je n'avais pas tout à fait sept ans, je me suis retrouvée orpheline comme tous les gosses qui étaient là avec moi devant ce spectacle terrifiant. Nous nous sommes cachés dans la forêt pour la nuit, de peur que les barbares ne reviennent. Puis, le lendemain, nous avons marché jusqu'au village voisin. Il était désert et tout avait brûlé aussi.

– Je me souviens de cette sinistre époque. Après les premiers raids, tout le monde s'est replié dans l'arrière-pays. Ma famille et moi en avons réchappé ainsi, en fuyant dans les montagnes. C'est comme ça que nous nous sommes installés à Tende. Mais continue, je ne voulais pas t'interrompre...

– Ce n'est qu'après deux jours de marche que nous avons trouvé refuge dans une ferme qui avait été épargnée. Une vieille femme vivait là, toute seule, elle nous a secourus. Elle nous a lavés, nourris et gardés chez elle. Nous l'aidions comme nous pouvions en chassant et en cueillant des fruits dans la forêt, elle nous consolait comme une grand-mère l'aurait fait. Elle s'est occupée de nous jusqu'à sa mort. Après, les disputes ont commencé entre nous : Joseph voulait garder la ferme pour lui seul. Il a chassé les deux autres garçons en leur jetant des pierres, ils sont partis, emmenant leur petite sœur avec eux. Puis il a voulu que je devienne sa femme. Je n'étais encore qu'une enfant, j'avais à peine neuf ans. J'ai refusé. Alors il est entré dans une rage folle. Saisissant à pleines mains des braises encore rougeoyantes dans l'âtre, il me les a jetées à la figure. Il ne sentait pas la douleur tant la colère l'avait envahi, mais moi, si. Mes cheveux se sont enflammés, j'ai senti les brûlures du feu me ronger le front et boursoufler mon visage. J'ai réussi à éteindre les flammes avec un torchon. Lui ne bougeait pas, se rendant à peine compte de ce qu'il venait de faire. Puis je me suis enfuie, il n'a pas tenté de me rattraper. J'ai couru longtemps, jusqu'à Tende. Mais à peine arrivée, on m'a chassée comme si j'étais l'enfant du Diable. Ma figure calcinée a effrayé tout le monde. J'ai trouvé refuge ici, où je ne risque pas de croiser quiconque. Personne ne vient jamais dans la Valmasque, tu le sais. Voilà pourquoi je porte ce masque : je suis défigurée. J'ai gardé les marques de ces brûlures, je crois que mon visage ne cicatrisera jamais !

– Enlève ce masque, Manon, je voudrais voir ton visage.

– Non, ne me demande pas ça.

– Tu as été capable de me guérir, pourquoi ne t'es-tu pas soignée ?

– J'ai essayé, j'ai fabriqué toutes sortes de baumes, mais...

– Alors je suis certain que tu es parvenue à effacer ces cicatrices. »

La douceur de la voix d'André la fléchit presque. Mais en sentant ses doigts effleurer le masque noir, elle a un mouvement de recul.

« Je te trouverai belle quoi qu'il y ait sous ce masque, crois-moi. Aie confiance, Manon... »

Des larmes perlent dans les yeux de la jeune femme. André les essuie doucement.

« Je suis hideuse, je ne veux pas que ma laideur te fasse fuir.

– Avec des yeux pareils, tu ne peux pas être laide. »

Avec délicatesse, le berger détache le cordon de lin qui retient le masque. L'étoffe glisse sur les joues de Manon et tombe à ses pieds. Son visage ne porte quasiment plus aucune cicatrice. Sa peau ressemble au pétale d'une fleur, à peine innervée par de fines lignes roses, dernières traces de ses brûlures d'autrefois. André la trouve resplendissante !

Cette belle histoire nous a replongés un instant à l'époque où la Provence était l'enjeu de guerres terribles entre les Sarrasins et les Francs. La France n'était pas encore unifiée et Charlemagne allait tenter d'y remédier, car tous voulaient posséder cette terre de soleil. Cette terre que les hommes avaient peuplée dès les premiers temps de l'humanité.

« Ces dessins, mon cher Claude, ne sont pas

l'œuvre de cette masco, ni du Diable ou de ses démons. Ce sont les hommes préhistoriques qui les ont gravés dans la pierre, n'est-ce pas ?

– C'est ce qu'on dit aussi, oui. Mais reconnais que la belle masco et son berger furent les gardiens bien inspirés de cette vallée des Merveilles. »

Les Alyscamps

JE PROPOSE à Évelyne, ma femme, de nous rendre au bistrot du Paradou, chez mon copain Jean-Louis, à Maussane-les-Alpilles, à côté d'Arles. Plats régionaux, vin rosé bien frais... le menu est simple et délicieux et, en moins d'une heure, nous atteindrons l'extrême ouest de la Provence : le sommet du delta du Rhône. Après le déjeuner, nous pourrons nous promener dans les ruelles ensoleillées d'Arles et prendre un verre sur la place du Forum, à l'ombre des platanes.

« La place du Forum, les Thermes, l'Amphithéâtre, les Arènes, nous n'avons que l'embarras du choix pour revisiter l'histoire de la présence romaine dans la région, fait remarquer ma femme.

– Oui, les Romains ont si bien façonné cette cité qu'Arles est vraiment restée l'un des symboles de la magnificence de l'Empire.

– On dit que l'Amphithéâtre est tellement grand

qu'il pourrait contenir toute la population arlésienne !

– Visitons les Thermes, c'est plus intime... Ou le Théâtre antique, ça te dirait ?

– Je n'ai jamais vu les Alyscamps ! Je préférerais que nous allions nous y promener. »

Sur le chemin qui mène aux Alyscamps, l'antique *Via Aurelia*, ma femme devient toute songeuse.

« Écoute-moi, quand j'étais petite, ma grand-mère m'a raconté une histoire sur les Alyscamps. Une histoire très triste mais fort belle, qui m'a longtemps hantée. C'est pour cette raison que je veux y aller. Aujourd'hui, j'ai envie de te la raconter.

– Bonne idée, je t'écoute !

– Eh bien, tu vois ce cyprès, là-bas, qui borde l'avenue... »

Évelyne me montre l'allée centrale des Alyscamps, qui s'étend majestueusement entre deux rangées de magnifiques cyprès noirs.

Un homme est assis là parce qu'il ne sait plus où aller. Il semble désespéré. Son regard erre de gauche à droite, de droite à gauche, comme s'il cherchait quelque chose autour de lui. Puis il prend sa tête entre ses mains, soupire et des larmes se mettent à couler, traçant deux petites rigoles dans la poussière qui macule ses joues. Un autre homme qui passe par là s'approche et l'interpelle : « Hé, l'ami ! Vous m'avez l'air bien triste. Puis-je vous aider d'une quelconque manière ? »

Surpris, l'homme se relève et fixe celui qui vient de s'adresser à lui avec tant de compassion.

« Je... Tout va bien, tout va bien. Ne vous en faites pas, j'ai juste eu un petit coup de fatigue, il se fait tard et...

– Rasseyez-vous, l'ami ! Nous avons tout notre temps, nous pouvons bavarder un peu, non ? Je me nomme Genest. Et vous ?

– Antoine. Je crois que je me suis égaré. Je cherchais quelqu'un, j'ai suivi les indications que l'on m'a données, mais je ne sais absolument pas où je suis maintenant, j'ai perdu ma route.

– Je peux peut-être vous aider. Qui cherchez-vous ?

– C'est une longue histoire et je ne veux pas vous déranger. Et puis, je n'ai plus aucun espoir de la retrouver. Oubliez.

– Oh, j'ai tout mon temps... Je vous écoute...

– Vous êtes sûr ?

– Puisque je vous dis que j'ai l'éternité devant moi ! Alors, c'est une femme que vous cherchez, n'est-ce pas ? Vous n'avez plus aucun espoir de la retrouver ? Il ne faut jamais perdre l'espoir, mon ami, il est notre seul guide. Qui est donc cette femme ?

– Angèle, ma douce Angèle. Nous avons tous les deux grandi à Beaucaire. Vous connaissez Beaucaire ?

– Oui, oui. Beaucaire, c'est en face de Tarascon. Une bien charmante cité. Mais continuez...

– Nous nous connaissons depuis l'enfance, Angèle et moi. Nous devions nous marier cet été, mais le destin en a décidé autrement. Un homme est venu un matin chez nous, il a demandé à parler à mon père. Ils se sont éloignés vers les champs, je ne les ai vus revenir qu'au bout d'une heure au moins ; l'homme nous a salués, puis il est parti. Mon père avait la mine défaite. Il m'a lancé comme ça, méchamment : “Le mariage est annulé. Cette Angèle est une créature du Diable !” Le visiteur lui avait révélé qu'Angèle et lui se fréquentaient depuis plusieurs mois en cachette. Qu'elle lui avait cédé, et portait même un enfant de lui. Comme il voulait attendre que ses affaires soient en ordre pour l'épouser, elle avait préféré accepter ma demande afin d'être mariée au plus vite et éviter le scandale. En apprenant ça, j'ai couru jusqu'à la ferme de ses parents, je voulais la voir, lui parler, qu'elle m'explique elle-même pourquoi elle avait agi ainsi ! Lorsque j'ai demandé où elle était, personne ne m'a répondu. Sa mère pleurait, les yeux dans le vague, elle bégayait : “Elle est partie, elle nous a quittés...” Je suis allé vers l'étang où nous avions l'habitude de nous retrouver à la tombée du jour, après le labourage. Je suis resté là plusieurs heures, sans bouger, en essayant de comprendre ce qui s'était passé. Sur le tronc d'un cyprès, nous avions gravé nos initiales avec un couteau. Je le regardais fixement, avec douleur. Et puis j'ai vu, juste en dessous, dans un creux de l'écorce, un morceau de papier qui dépassait. Elle m'avait laissé une lettre !

– Que vous a-t-elle écrit ? S'est-elle justifiée ?

– De son écriture maladroite, elle m'expliquait que son père allait annuler notre mariage : il voulait la forcer à épouser un homme qu'elle n'aimait pas, un étranger qui lui tournait autour depuis qu'il était arrivé à Beaucaire et qui un jour avait posé sur la table des dizaines de pièces d'or en faisant sa demande. Il avait assuré à son père qu'il s'occuperait lui-même de convaincre ma famille d'abandonner les projets de mariage. J'ai alors compris que ce nouveau prétendant était l'homme qui avait rendu visite à mon père le matin même et qu'il nous avait menti. Ma douce Angèle ne pouvait pas m'avoir trahi, je le savais ! À la fin de sa lettre, elle s'excusait du chagrin qu'elle me causait, disait qu'elle nous quittait et que ça valait mieux ainsi. Elle précisait qu'elle allait suivre le cours du Rhône là où il la mènerait. Il fallait que je la rattrape, je ne pouvais pas la laisser seule sur les routes ! Alors, j'ai marché le long du rivage, mais je ne sais pas jusqu'où elle est allée. Peut-être a-t-elle fait une halte dans un village, au moins pour la nuit. J'ai interrogé tous les gens que j'ai croisés, sans résultat. Ou alors, elle a avancé jusqu'à la mer et s'est embarquée sur un navire pour je ne sais quelle destination...

– Nous allons la retrouver, d'une manière ou d'une autre. Ne vous minez pas comme ça, l'ami.

– Si vous le dites ! Mais j'ai du mal à le croire...

– Tenez, prenez donc une gorgée à la gourde que voici, c'est un vin exquis... »

Saisissant le flacon, Antoine adresse à l'homme un sourire partagé entre l'espoir et l'accablement.

À cet instant, une ombre surgit de la nuit. C'est un homme à l'allure noble, dont le visage, quoique très beau, est lacéré de blessures. Genest s'écrie :

« Tiens, Vivien ! Regarde, nous avons de la compagnie, je te présente Antoine, un nouveau venu.

– Bien le bonjour ! lance Vivien d'un ton alerte.

– Vous voyez, Antoine, cet homme est un héros : il a combattu les Sarrasins comme personne !

– Ah ? répond Antoine vaguement.

– Ces mécréants... Je les ai fréquentés dès l'enfance, explique Vivien. Je les connais bien, c'est pour ça que j'ai pu les défaire à de nombreuses reprises.

– Tu devrais lui raconter un de tes exploits de

campagne, fait remarquer Genest. Ça lui remonterait le moral, ce pauvre homme est tellement déprimé !

– Si vous voulez... », répond Vivien en s'installant à leurs côtés.

Antoine lui tend la gourde à son tour. Le gentilhomme avale une rasade puis, d'un air inspiré, reprend la parole :

« Figurez-vous qu'à l'époque où ces païens se livraient au pillage dans tout le sud de notre royaume, mon père, qui les combattait vaillamment, avait été fait prisonnier. Le seul moyen de le faire libérer était de me livrer comme otage en échange. J'étais encore très jeune et ma mère s'était résolue à ce choix dans l'espoir que mon père me délivre ensuite. À peine arrivé là-bas, dans leur désert aride, j'ai été vendu comme esclave. C'est une brave Anglaise, dont la richesse était grande, qui m'a racheté et emmené avec elle dans son pays. Elle m'a adoptée et élevée comme une mère. Mais le désir de vengeance ne me quittait pas. Dès que j'ai eu atteint l'âge adulte, j'ai monté une armée d'hommes résolus eux aussi à en découdre avec ces infidèles. Nous avons fait le siège de plusieurs villes dont ils s'étaient emparés, nous sommes chaque fois revenus victorieux. Après ces batailles, j'ai retrouvé mes parents avec tellement de bonheur ! Leur joie n'avait d'égale que leur fierté. Mais la guerre n'était pas finie. Les

Sarrasins avaient pris Arles et il était impossible de les en déloger. Ils commençaient à construire des tours, des citadelles et même des palais, ils vivaient comme s'ils étaient en territoire conquis. Le grand Charlemagne a organisé une expédition qui devait leur être fatale. Alors j'ai rejoint mon oncle, Guillaume d'Orange, qui combattait à ses côtés. Je suis devenu chevalier par son épée. Lorsqu'il m'a adoubé, j'ai juré de ne jamais fuir devant les Sarrasins. Nous avons tous fait ce serment : nous devions les exterminer ou mourir !

– Charlemagne ? Guillaume d'Orange ? bredouille Antoine, incrédule.

– Oui, j'ai intégré l'armée de notre grand Roi. Et nous avons combattu ces hérétiques avec courage.

– Je vous avais dit que notre Vivien était un héros, ajoute Genest.

– Nous les avons fait reculer un temps, mais ils ont appelé des renforts, continue le chevalier. Leur nombre était tel que nous avons été, hélas, mis en déroute. Mes soldats tombaient sur le champ de bataille comme épis de blé fauchés. Certains ont voulu déserter, j'ai tenté de les rattraper pour les exhorter au combat. Seul, je ne pouvais pas résister à l'ennemi. Je n'aurais pas dû me retourner, je n'aurais pas dû me réfugier près de l'étang où je voulais laver toutes mes blessures. Car les infidèles se sont jetés sur moi comme des chiens enragés et m'ont porté tant de coups que j'en ai perdu conscience. Mon oncle est venu à mon secours, il m'a cru mort en me voyant étendu, inerte, mon sang rougissant les eaux. Il allait prononcer une oraison quand j'ai repris mes esprits. Il m'a porté sous cet arbre, je m'en souviens, et nous avons parlé. Je lui ai confessé ma fuite, et il m'a pardonné. Tu as tort, Genest, je ne suis pas un héros.

– Enfin ! Tu es dur avec toi-même, tu as été bien plus valeureux que tu ne le penses. Tous les poètes de la région ont chanté tes exploits !

– C'est vrai, ajoute Antoine, j'ai déjà entendu votre histoire de la bouche d'un troubadour. Mais ces événements...

– Toi aussi, tu es un héros, Genest ! rétorque Vivien. Les Provençaux se souviennent de toi. Tu es un saint homme et tout le monde te voue un véritable culte aujourd'hui.

– Tout le monde aurait agi comme moi à ma place, répond modestement Genest en se levant. Si nous marchions un peu ? La nuit est belle, les étoiles nous éclairent. J'aime beaucoup l'atmosphère de ces lieux, allons nous dégourdir les jambes. »

Les trois hommes s'avancent maintenant dans l'allée bordée de cyprès qui s'ouvre devant eux. Chacun semble perdu dans ses pensées. Antoine finit par rompre le silence.

« Vous venez souvent ici ?

– C'est que je vis ici, répond Genest. Alors forcément, j'y suis souvent. Vous voyez la bâtisse là-bas, au fond de l'allée, c'est ma demeure.

– Ah oui, je la vois. On dirait un peu une église. Vous êtes curé ?

– Non, je suis procureur.

– Procureur..., répète Antoine avec l'air de ne pas comprendre. Pardonnez mon ignorance, je ne suis qu'un simple fermier, je n'ai aucune idée de ce en quoi consiste votre métier, mais je suis certain que ce doit être une activité fort intéressante !

– Pas tant que vous le croyez. En fait, je hais ma profession. Parce qu'elle m'a obligé à devoir consigner des actes ignobles... Mais je me suis révolté. Je ne suis plus procureur aujourd'hui. J'ai abandonné ma charge, je me suis enfui.

– Comment ça ? Que vous a-t-on obligé à faire ?

– Il fallait que je signe les actes de condamnation à mort de chrétiens innocents. J'ai refusé. Persécuter ces hommes ne servait à rien, la mort ne leur enlèverait pas la foi. Et puis, je suis chrétien aussi, je ne pouvais pas accepter un tel déni de justice.

– Un chrétien et un saint..., ajoute Vivien.

– Mes supérieurs sont venus m'annoncer que le sort de ces hommes avait été scellé : ils seraient exécutés le lendemain à l'aube. De colère, j'ai jeté mes registres au sol et je suis parti, reprend Genest. Je ne pouvais continuer à être complice de ces persécutions. Je comptais m'éloigner le plus possible de la cité, peut-être même me cacher à la Sainte-Baume, là où sainte Marie-Madeleine s'était réfugiée après la mort de Jésus-Christ. Mais les soldats romains m'ont rattrapé alors que je traversais le Rhône...

– Les soldats romains ? reprend Antoine, étonné.

– Hé, vous n'allez pas répéter tout ce que nous disons comme un mainate... Mais au fait, vous ne m'avez pas dit que votre Angèle avait suivi le cours du Rhône aussi ?

– Oui, c'est ce qu'elle a écrit...

– Qu'est-ce qu'elle a écrit précisément ? »

Antoine sort la lettre d'Angèle de sa poche et la déplie : « Ne m'en veux pas, pardonne-moi le chagrin que je te cause, mais il vaut mieux que je vous quitte. Mes parents me mèneront jusqu'au rivage du Rhône, puis je suivrai le cours du fleuve. Je sais qu'ils ne me laisseront pas démunie, ils me donneront une lanterne et une pièce d'argent pour le voyage qui m'attend. Sois heureux même si c'est sans moi, adieu. » Une larme d'émotion coule sur la joue du pauvre fermier et tombe sur la lettre, diluant l'encre dans une petite flaque noire.

Genest et Vivien se regardent, manifestement troublés. Après un soupir, Vivien déclare :

« Cette femme que vous cherchez a suivi le Rhône à la lueur d'une lanterne, avec pour seule fortune une pièce d'argent ? Alors elle est ici. Antoine, votre bien-aimée est morte, mon ami. Hélas...

– Que dites-vous là ? Je ne vous crois pas ! »

Tout en arpentant l'allée, s'arrêtant devant chaque pierre qui la borde pour la scruter de près, le chevalier continue :

« Les gens peu fortunés, ceux qui n'ont pas les moyens de faire le voyage jusqu'au cimetière pour enterrer eux-mêmes leur mort, confient le cercueil au courant du Rhône. Il leur suffit d'accrocher une petite lanterne sur le devant de la bière et d'y clouer une bourse avec une pièce d'argent. Les méandres du fleuve stoppent la course des cercueils dans un renfoncement de terre juste sous le pont. Là, des hommes de bonne volonté tirent les cercueils sur la berge et les transportent jusqu'au cimetière. La pièce d'argent est pour eux. C'est la tradition.

– Non ! Ce n'est pas possible ! Mais... enfin, que cherchez-vous ? Répondez-moi ! hurle Antoine, désemparé.

– Vous avez dit son nom tout à l'heure, c'est bien Angèle ?

– Oui..., murmure le fermier, la voix brisée.

– Je suis navré », dit Vivien en lui indiquant une stèle.

Antoine s'approche, tremblant. Il se penche vers

le tombeau de pierre et déchiffre les lettres gravées formant le nom de sa bien-aimée. Juste à côté, une autre tombe a été érigée. Antoine est abasourdi : elle porte son propre nom. Il se tourne alors vers les deux hommes restés en retrait :

« Je ne comprends pas... Est-ce moi ?

– Oui, Antoine. Tu ne t'en doutais pas ? répond doucement Genest.

– C'est toujours difficile d'admettre sa propre mort au début. Mais on s'y habitue, tu verras, reprend Vivien. Nous sommes dans un cimetière ici, le plus grand cimetière de Provence, les Alyscamps.

– *Alysii campi*, déclare Genest, comme on disait de mon temps, en latin. Ça signifie "champs Élysées".

– Comment ça "de votre temps" ? demande Antoine, apeuré.

– De mon temps, du temps de l'Empire... L'Empire romain. Cette région est d'ailleurs devenue une nécropole à cette époque-là, juste après que les soldats romains m'eurent décapité. Ils ont laissé ma dépouille ici, il n'y avait que des marécages à cette époque. Par la suite, cette zone est devenue un cimetière.

– Cette tragédie a fait de toi un grand martyr ! Les chrétiens t'ont canonisé, saint Genest ! glisse Vivien.

– Vous... nous... nous sommes tous morts ? murmure Antoine.

– Oui, répond le chevalier. Moi, j'ai succombé à mes blessures dans les bras de mon oncle Guillaume. De nombreux guerriers carolingiens, mes compagnons d'armes, m'ont ensuite rejoint dans la tombe.

– Tu n'es pas seul, Antoine. N'aie pas peur, ajoute Genest en le prenant par les épaules. Angèle est là : tu vas la retrouver. C'est certain. Tu es aux champs Élysées maintenant. »

La chèvre d'or

NOUS DÎNERONS ce soir à Baumanière, un hôtel-restaurant que j'aime beaucoup, en contrebas des Baux-de-Provence, à l'est d'Arles. Évelyne a frissonné quand je lui ai annoncé que pour nous y rendre, il nous faudrait traverser le val d'Enfer, qui longe Les Baux. Pourtant, on est loin d'imaginer que ce nom maléfique désigne un endroit magnifique.

Dès que l'on arrive au village des Baux, la magie opère. Le val d'Enfer vous plonge dans une atmosphère féerique orchestrée par le décor inouï des roches sculptées par la nature qui entourent le village. Depuis Les Baux-de-Provence, avec ses maisons perchées sur cet éperon rocheux et le château qui surplombe le vallon, on peut voir les crêtes bleutées des Alpilles. Juste en bas, il y a l'hôtel Baumanière et son restaurant La Cabro d'Or, la meilleure table de la région. Le patron, Jean-André Charial, reçoit avec toute la générosité et l'élégance de sa bonne nature : « Ah, Les Baux ! On vient du monde entier pour les voir... et se restaurer chez moi, bien sûr ! »

Jean-André Charial a bien raison : Les Baux valent le détour. Tout en dressant la table où il nous a installés, voilà qu'il se met à raconter l'histoire de sa ville :

« S'il devait y avoir une capitale provençale, ce devrait être Les Baux ! Cette ville n'a pas changé, vous voyez, elle a gardé l'empreinte des seigneurs qui l'ont construite. La famille des Baux était une famille puissante, qui assurait descendre directement de Balthazar, l'un des Rois mages. Aujourd'hui, le titre de marquis des Baux est porté par la famille Grimaldi... qui règne aussi sur Monaco. Mais Balthazar est resté dans la mémoire des Baussenques – c'est ainsi qu'on désigne les habitants des Baux –, figurez-vous que de nombreux enfants sont toujours baptisés de ce prénom !

– Mais comment un Roi mage a-t-il pu arriver jusqu'ici, en Provence ? demande Évelyne.

– Balthazar a fui la Palestine après la mort de Jésus-Christ, comme les trois Maries, d'ailleurs.

– Les trois Maries, vous voulez dire : Marie-Jacobé, Marie-Salomé et Marie-Madeleine... qui ont débarqué aux Saintes-Maries-de-la-Mer, n'est-ce pas ? précisé-je.

– Exactement. Mais leurs routes se sont séparées ensuite. Les deux Maries sont restées en Camargue avec Sara, Marie-Madeleine est allée à la Sainte-Baume. Quant à Marthe, elle a suivi le Rhône jusqu'à Tarascon pour y combattre la Tarasque... Et Balthazar, lui, a marché en direction des Alpilles jusqu'à une grotte où il s'est installé. Comme il se promenait souvent dans les plaines environnantes, il a fini par croiser le chemin d'une jeune Provençale, qu'il a épousée.

Les Baussenques descendent de cette union. Les seigneurs des Baux portent d'ailleurs sur leur blason la comète aux seize traits d'argent qui a annoncé la venue de l'Enfant Jésus : l'étoile qu'ont suivie Balthazar et ses deux compagnons, Melchior et Gaspard.

– C'est incroyable, la Provence a construit ses villes sur des histoires d'amour... », murmure Évelyne en souriant.

À la fin d'un excellent dîner, Jean-André Charial nous apporte une bouteille de digestif et, ayant remarqué notre goût pour les légendes, nous lance malicieusement en trinquant : « Je suis sûr que vous aimeriez savoir pourquoi mon restaurant s'appelle La Cabro d'Or... la chèvre d'Or. »

Nous acquiesçons d'une seule voix.

Il tient son nom d'une légende née au temps où les Sarrasins avaient envahi les terres de Provence.

C'était il y a plus d'un millier d'années, et depuis, ce sont les bergers qui colportent aux veillées cette fantastique histoire. Même si aucun d'entre eux n'a jamais pu voir, de ses propres yeux, la chèvre d'or sans en mourir ou devenir fou, ils prétendent tous qu'elle arpente les montagnes provençales depuis plus d'un millénaire !

Le seul qui ait pu en savoir un peu plus sur cet animal fantastique s'appelait Balthazar. Pas le Roi mage, mais un berger à qui on avait donné son nom, comme à beaucoup de jeunes garçons des Baux, ainsi que je vous l'ai expliqué tout à l'heure.

Balthazar avait arpenté tous les pâturages bordant les Alpilles pour y faire paître son troupeau de chèvres. Mais mystérieusement, Balthazar voyait jour après jour ses bêtes disparaître une à une, et son troupeau fondre comme neige au soleil. Étaient-elles mortes dévorées par les loups, tombées dans un des ravins étroits de la montagne ou bien perdues dans la montagne ?... Ces disparitions étaient incompréhensibles et le berger en était désespéré. Bientôt, il ne lui resta plus qu'une seule petite chèvre, dont sa femme et lui prenaient le plus grand soin : elle représentait leur dernier bien.

Pourtant, elle finit un jour par échapper, elle aussi, à la vigilance du berger. « Suis-je devenu fou ?

Une seule chèvre à surveiller et je la perds quand même ! Sans elle, c'est la fin, je dois la retrouver coûte que coûte. » À ces mots, il entend dans le lointain le tintement d'un grelot. Balthazar se lance aussitôt dans cette direction.

Il emprunte un sentier escarpé où il croit déceler, dans la poussière, des traces de sabots. Mais le vent les efface au détour d'un virage. Puis, le tintement du grelot s'éloigne aussi, jusqu'au silence complet. Balthazar, désespéré, a beau chercher dans les plaines, les vallons, longer les ravins escarpés, s'engouffrer dans les brèches de la montagne : il n'y a pas l'ombre d'une petite chèvre.

Après trois jours de vaines recherches, le berger finit par reprendre le chemin de sa ferme. « Mais comment vais-je annoncer cette disparition à Babet, ma femme chérie ? Cette perte va nous précipiter dans la misère la plus noire. »

Lorsqu'il arrive en vue de la ferme, Babet s'élance à sa rencontre, trop heureuse de retrouver son mari dont l'absence l'a rongée d'inquiétude.

« Balthazar, pourquoi as-tu mis si longtemps à rentrer ? J'ai eu tellement peur qu'il te soit arrivé quelque chose !

– Il est arrivé quelque chose en effet, quelque chose de terrible, Babet. Notre dernière chèvre a elle aussi disparu dans les Alpilles, comme les autres. Je ne sais pas où elle a filé, je l'ai cherchée partout ! Je n'ai même pas retrouvé son cadavre. Nous n'avons plus rien ! »

Sous le choc, Babet ne répond d'abord rien. Puis elle tente d'apaiser son époux avec quelques paroles réconfortantes : « Nous nous en sortirons, tu verras. Après les ténèbres vient la lumière, tu sais. Et puis au moins, nous n'avons plus rien à perdre maintenant, non ? Nous trouverons une solution... »

Cette nuit-là, Balthazar ne parvient ni à s'endormir, ni à câliner sa chère épouse ; il tourne dans sa tête toutes les alternatives qu'il lui reste : commercer en ville ? Mais il n'a rien à vendre ! Travailler comme métayer ? Mais aucune parcelle de terre n'est libre ! Partir à l'aventure ? Comment pourrait-il abandonner sa Babet ? Que faire ? Quant à Babet, elle s'est endormie et a fait un rêve étrange.

Au petit matin, elle s'empresse de le raconter à Balthazar : « Je parcourais les sentiers à ta recherche, il faisait nuit, tout était si sombre. J'arrivais dans le vallon de la Fontaine, là où tu m'emmenais lorsque j'étais jeune fille. Tu te souviens ? Vers le petit kiosque du jardin abandonné... Tout à coup, j'ai entendu un bruit de clochette. C'était notre petite chèvre, j'en étais sûre. Alors j'ai suivi l'écho de la sonnaille et me voilà en train d'escalader le baou de Costapera. Je marchai longtemps dans l'obscurité la plus noire... jusqu'au val d'Enfer. Le tintement du grelot continuait de résonner devant moi, sans que je parvienne encore à le rattraper. Puis, soudain, au milieu des éboulis de pierres, s'est ouvert une grotte immense d'où sortait une lumière vive. L'entrée était à peine visible, mais à l'intérieur, c'était gigantesque, si tu avais vu ça ! Un véritable palais. Figure-toi que notre chèvre s'est plantée à cet instant devant moi. C'était bien elle, sauf que son pelage était tout doré, comme si une pluie d'or l'avait recouverte. Elle irradiait de mille feux ! Et derrière elle, je distinguais un trésor comme tu ne peux l'imaginer ! Il y avait des pierres de toutes les couleurs, des saphirs je crois, ou alors des rubis, je ne sais plus ; il y avait aussi des manteaux de soie et des couronnes en or, tout brillait tellement que j'en étais presque aveuglée ! Balthazar, il faut que tu ailles là-bas, et tu trouveras peut-être la chèvre d'or devant la grotte. Si ce trésor existe, nous serons sauvés et à l'abri pour toujours... »

Balthazar n'en croit pas ses oreilles : un trésor dans le val d'Enfer, pourquoi pas le paradis ! Il tente de raisonner sa femme :

« Ce n'est qu'un rêve, Babet, je n'ai pas pu retrouver notre chèvre en chair et en os, comment veux-tu que j'en dégote une en or ?

– Va vers le vallon de la Fontaine et suis le chemin de mon rêve, je t'en prie. De toute façon, vois-tu une autre solution ? »

Balthazar acquiesce et, prenant son bâton de berger, le voilà parti vers le val d'Enfer.

Après avoir franchi la porte du village, il s'engage sur le chemin de la Calade. Le sentier de pierres serpente autour d'une falaise d'où, jadis, les condamnés à mort étaient précipités. Tandis qu'il lève les yeux vers le sinistre éperon rocheux, un frisson parcourt sa nuque. Cette histoire de chèvre d'or ne lui dit rien qui vaille... Alors qu'il n'était encore qu'un gamin, son père lui avait dit : « Ne t'avise pas de courir après la chèvre d'or, elle te rendrait fou. » Mais après tout, il n'a jamais cru à cette légende de berger. Pendant de longues années, il a parcouru les Alpilles, traversé ses vallons, foulé tous ses sentiers, il a même dormi dans les grottes du val sans jamais croiser l'animal maléfique : elle n'existe pas, cette chèvre, sinon il l'aurait vue. Babet a rêvé, c'est tout, il en est sûr, elle a rêvé de ce trésor par peur de sombrer dans la misère.

« Pauvre Babet, que vais-je lui dire en rentrant bredouille ? Bah, je lui raconterai l'escapade, allons-y toujours, on verra bien... », songe-t-il tout en avançant dans le vallon de la Fontaine.

Le rocher de Costapera lui fait maintenant face. Il s'approche, en essayant de garder l'équilibre sur les éboulis caillouteux du val d'Enfer. Partout les roches sont crevassées, comme rongées par les orages et tourmentées par le mistral. Des silhouettes fantastiques se dessinent sur les pics du baou. Là, au milieu des « tafoni », ainsi que les Provençaux appellent ces escarpements sculptés par la nature, s'ouvre une grotte.

« Babet devait parler de ce trou, sans doute. Le trou des Fées... ou l'antre des Sorcières. Tous les conteurs ont une histoire sur le val d'Enfer, mais ce n'est qu'une grotte pleine de chauves-souris, voilà tout ! Tiens, je vais lui en rapporter une, ça lui filera la frousse et ça lui passera l'envie de me faire cavaler jusqu'ici pour rien ! Je pourrais même lui jouer un tour... », se dit-il.

De son côté, Babet s'inquiète encore. Exactement comme la dernière fois, son mari n'est pas rentré depuis cinq jours. Au sixième matin, elle se dirige vers les remparts du village. Du haut du belvédère, elle cherche du regard le moindre signe de la présence de son mari. « Pourvu que Balthazar revienne », songe-t-elle. Joignant les mains devant la poitrine, elle prie longuement saint Vincent pour qu'il n'arrive rien de fâcheux à son cher époux. « Faites qu'il revienne... et avec le trésor. »

C'est alors qu'elle aperçoit au loin la silhouette de Balthazar, noire de poussière, se détachant sur le calcaire du chemin. Elle court à sa rencontre et l'étreint de toutes ses forces. Puis, elle l'entraîne d'un pas impatient jusque dans leur maison, tandis qu'il tangue d'épuisement. Prudemment, elle attend d'être enfin à l'abri des oreilles indiscrètes pour lui demander :

« As-tu trouvé l'or ? Balthazar, raconte-moi tout, as-tu vu la chèvre ?

– La chèvre ? Elle était peut-être là devant moi, à l'entrée de la grotte. Ce n'était pas notre petite chèvre. C'était la chèvre d'or... ou alors une fée, je ne sais pas.

– Notre chèvre, une fée ?

– Je n'ai pas pu voir clairement qui gardait l'entrée. C'était une forme brillante, peut-être une chèvre, peut-être une fée, qui sait ? Cette grotte, on l'appelle le trou des Fées, alors c'est probablement une fée qui m'a reçu. Elle m'a parlé du trésor, elle m'a décrit tout ce qu'il contenait d'or et de pierreries...

– Mon rêve était donc vrai ! Est-ce que tu as pu l'approcher ? As-tu rapporté quelque chose ? De l'or ?

– Il y avait de l'or partout, même sur les murs, le salpêtre brillait... Je suis entré dans la grotte, la sorcière m'a dit...

– La sorcière ? Quelle sorcière ? Une chèvre, une fée, une sorcière, qu'est-ce que tu racontes ?

– Elle était au fond de la grotte, au milieu de sept chats dont les yeux passaient du jaune au noir en un instant. Ils me fixaient comme si j'étais une souris...

– Des chats maintenant ! Et le trésor ?

– Les chauves-souris ont voulu m'empêcher d'avancer, mais j'ai réussi à traverser leur antichambre. Après un long couloir, j'ai vu un puits, et devant, la fée... ou la sorcière, qui me tendait une cruche d'eau. Elle m'a demandé de choisir entre la droite et la gauche.

– Comment ça ? Quel drôle de choix ! Est-ce qu'elle s'est expliquée ?

– Elle m'a montré à droite l'entrée d'une caverne, la cafourno de la Chauchoviéjo, la caverne du Cauchemar. À gauche, il y avait un autre couloir...

– Qui mène au trésor ! Tu as choisi la voie de gauche, n'est-ce pas ?

– Le couloir était long et sombre. Un autre l'avait pris avant moi, d'après la sorcière. C'était un Sarrasin du nom d'Abd al-Rahman...

– Un Sarrasin ? Je ne comprends rien à ce que tu me dis. Balthazar, as-tu de la fièvre ? Tu as l'air en plein délire...

– Je suis seulement épuisé, Babet ! Mais je suis vivant et je suis revenu sain d'esprit parce que je n'ai pas voulu la voir, cette chèvre d'or ! Je n'ai pas pris le couloir de gauche, mais celui de droite.

– Comment ? Mais le trésor était au bout ! Pourquoi n'y es-tu pas allé ?

– Des bergers ont été retrouvés morts dans des crevasses près du trou des Fées, d'autres errant dans les vallons, clamant dans un délire incohérent qu'ils avaient vu la chèvre, reprend-il en se redressant. Petit à petit, tout m'est revenu... Mon père m'en avait parlé alors que nous gardions le troupeau ensemble, du temps où il était encore sur cette terre. Il croyait que la chèvre d'or rendait fou, il m'avait raconté ce qui se disait sur le trou des Fées. D'abord les chauves-souris, ensuite le puits et la sorcière avec une cruche d'eau. Celui qui accepte d'en boire doit choisir entre la gauche et la droite... à droite la caverne du Cauchemar, à gauche le trésor. Mais avant d'atteindre le trésor, il faut passer par la chambre de la Mandragore, puis par la gorge des Scarabées jusqu'à la cave des Fantômes, et enfin le pas de la Bambaroucho, la bête noire. C'est elle qui garde le trésor, pas la chèvre. La chèvre d'or est ailleurs, elle attire les gens cupides. Mais cette bambaroucho foudroie d'un simple regard quiconque l'approche. Je pensais qu'il s'agissait d'un conte à faire peur, mais quand je me suis retrouvé en face de cette sorcière, j'ai compris que mon père disait la vérité. Je me suis souvenu de sa mise en garde et je l'ai suivie : j'ai pris le couloir de droite...

– Veux-tu me rendre folle ? De telles bêtes infernales n'existent pas ! Mais le trésor, lui, est bien réel. C'est celui du Sarrasin, n'est-ce pas ? Il faut que tu y retournes !

– Tu ne penses donc qu'à ça, alors que j'aurais pu perdre la vie ! J'ai pris le couloir de droite et j'ai bien fait. La caverne du Cauchemar n'est pas si terrible, au contraire, elle m'a montré l'envers de ton rêve. J'ai vu sur les murs se projeter les images du songe que tu m'as décrit : les pierres du val d'Enfer, la lumière vive à l'entrée d'une grotte, la chèvre au pelage doré, les saphirs et les rubis... et puis j'ai vu la sorcière tenant la cruche d'eau, qui se dirigeait vers le couloir de gauche. La caverne du Cauchemar a alors reflété sur ses murs toutes les calamités qui m'attendaient près du trésor : la Mandragore, les Scarabées et... la terrible Bambaroucho. Au fond du couloir, la sorcière m'attendait, entourée de ses sept chats. D'une voix lente, elle m'a demandé ce que je souhaitais vraiment puisque je n'avais pas pris la direction du trésor. Je lui ai répondu que ce que je souhaitais le plus au monde, c'était te rendre heureuse, toi, ma Babet. Alors elle m'a laissé partir. J'ai marché quelque temps sans savoir si j'avais imaginé tout ça ou si c'était bien réel. Peut-être que j'ai rêvé à mon tour. Mais je suis revenu. Et sain et sauf. Je n'ai pas trouvé ta chèvre d'or. Celle qui gardait la grotte, c'était une fée, j'en suis sûr maintenant. Parce que si j'avais croisé cet animal maléfique, cette chèvre ensorceleuse, je serais aveuglé par la folie ou même mort à présent. Je te l'ai dit : la chèvre d'or n'apparaît qu'aux cupides.

– Tu crois qu'elle est vraiment en or ?

– Oui, je le crois, mais nous devons oublier tout ça. Je t'en supplie, Babet. Ton rêve aurait pu être mon cauchemar...

– Tu as peut-être raison, répond la jeune femme avec résignation.

– Écoute, nous n'avons plus de chèvres ni de moutons. Mais il nous reste encore la bergerie. Puisqu'il faut bien vivre, pourquoi n'essayerions-nous pas d'y ouvrir une auberge ? »

Jean-André Charial lève son verre pour marquer la fin de son récit. Évelyne lui lance alors :

« Voilà une belle histoire fantastique comme je les aime ! Mais qui est ce mystérieux Sarrasin, cet Abd al-Rahman ?

– Ah, mais ceci est une autre histoire ! Il faut savoir que juste avant l'an mil, les Sarrasins avaient étendu leurs conquêtes jusqu'en Provence. L'un d'entre eux, le calife Abd al-Rahman, tenta d'assiéger Les Baux-de-Provence mais perdit la bataille. Il s'enfuit alors avec son homme de confiance à travers les montagnes environnantes. Le seigneur maure voulait cacher le butin de ses pillages avant d'embarquer dans le vaisseau qui les attendait près de la côte. Les Alpilles escarpées étaient une cache idéale pour son or. S'il ne voulait pas être rattrapé par les Baussenques, il valait mieux qu'il s'en débarrasse. Il reviendrait le récupérer plus tard avec le calife et des renforts.

Ils abordèrent alors le val d'Enfer, rempli de grottes profondes et de sources secrètes. Avisant une petite chèvre sur un chemin caillouteux, le Sarrasin décida de la suivre, certain qu'elle lui signalerait quelque corniche abrupte suffisamment inaccessible pour dissimuler son trésor. La chèvre, se sentant poursuivie, cavala jusqu'à une brèche rocailleuse. Abd al-Rahman vit qu'elle ouvrait sur une grotte profonde, exactement ce qu'il cherchait. Le serviteur tenta de l'en dissuader, l'expédition lui paraissant trop dangereuse, mais son maître ne prêta aucune attention à ses mises en garde. Il s'engouffra dans la pénombre d'un étroit couloir.

Au bout d'une heure, le valet, resté dehors, fut surpris par d'étranges bruits provenant de la grotte, l'écho d'effroyables cris, de coups d'épée contre le roc, comme si un combat y faisait rage. Les chocs étaient entrecoupés d'inquiétants silences. Jusqu'à ce fracas qui fit trembler le sol. On aurait dit que le plafond d'une des cavernes s'était écroulé.

Le souffle coupé, le valet du calife demeura un long moment à l'entrée de la grotte, espérant en voir ressortir son seigneur sain et sauf. Mais il ne revint jamais. Seule la petite chèvre finit par réapparaître, tremblante. Son corps était étrangement recouvert d'or. Elle s'enfuit bien vite dans les rocailles du val d'Enfer.

Le valet comprit alors qu'une des parois de la grotte s'était effondrée sur le trésor de son maître, et sur Abd al-Rahman lui-même, l'emprisonnant pour toujours dans le trou des Fées. L'or avait dû être soufflé par les éboulis, maculant de paillettes le pelage de la chèvre. L'animal s'en était sorti, pas le calife. On retrouva le serviteur errant dans le val d'Enfer, pleurant la mort de son maître tué par une chèvre d'or... Certains cherchent encore la trace de la chèvre d'or et du trésor enfoui dans le val d'Enfer. Mais il est vrai que personne ne les a jamais vus, qui soit encore vivant ou sain d'esprit pour le rapporter ! »

Enchantée par notre escapade aux Baux, Évelyne a tout de même préféré que l'on ne s'attarde pas trop dans le val d'Enfer, de peur peut-être que je ne parte à la recherche de la chèvre d'or ! « Mais je l'ai déjà trouvée ma chèvre d'or, c'est la table de Jean-André Charrial ! » Quant au trésor des Baux, on peut le voir, le soir de Noël, en l'église Saint-Vincent où se déroule la messe de minuit des bergers, la « pastorale du Noël des Baux » merveilleusement décrite par Daudet dans *Les Lettres de mon moulin.*

La bergère et le Saint-Trou

Ce matin-là, j'étais attendu à Lacoste, une commune du Vaucluse qui borde les douces montagnes du Luberon, et dont l'ancien château surplombe le village de l'ombre de ses ruines abandonnées. C'est le château du marquis de Sade. Le célèbre et sulfureux écrivain y avait vécu et j'avais rendez-vous avec l'un de ses descendants. L'interview s'était fort bien déroulée et, en sortant du château, sur le chemin qui descend du pont-levis, j'ai aperçu un homme assis sur un muret de pierre, mangeant un morceau de fromage.

Alors que je le saluais en passant, il me proposa courtoisement de partager son casse-croûte et un verre de vin dont il gardait une bouteille à l'ombre. La chaleur était assommante, l'interview s'était prolongée et je me sentais épuisé. Un petit verre de vin frais me sembla une félicité, après l'évocation détaillée des préférences sexuelles auxquelles le divin marquis a donné son nom.

« Vous êtes de Lacoste ? demandai-je à cet homme afin d'engager la conversation.

– Oui et non ! J'emmène mes chèvres dans les pâturages alentour. Regardez-les... Elles adorent paître ici. »

J'aperçus un troupeau dans le vallon.

« Vous êtes berger ? Tout ce troupeau est à vous ?

– Oui. Je suis d'ailleurs le seul berger du coin. Ma famille a toujours vécu de l'élevage des chèvres. Ma grand-mère, par exemple, était déjà bergère, tout comme moi. C'est elle qui m'a légué la bergerie. Pourtant, vous ne me croirez pas, mais elle a aussi été la maîtresse de ce château.

– Une bergère devenue châtelaine, c'est un conte de fées ! Vous allez me raconter ça ! »

Ma grand-mère s'appelait Marie, elle était née dans l'un des cabanons qui entourent Bonnieux et que l'on peut apercevoir depuis la route. Vous avez dû passer devant. Elle était bergère et emmenait toujours son troupeau dans la clairière là-bas, vous la voyez ? On en distingue l'herbe toujours verte entre les grands arbres de la vallée... Elle s'allongeait parfois à l'ombre pour prendre un peu de repos et admirer au loin les remparts du château.

Un jour, le propriétaire traverse cette clairière et l'aperçoit. Marie est étendue dans sa petite robe de bergère, elle porte autour du cou un sifflet pour rappeler ses chèvres, et son bâton de marche est à portée de main. Elle s'est endormie à l'ombre d'un pin. Avec beaucoup d'audace, l'homme s'approche d'elle et, trouvant le visage de la dormeuse ravissant, ne peut résister à une légère caresse. Le geste la réveille. À la vue de cet inconnu penché sur elle, elle s'écarte vivement, se redresse et s'enfuit. Comment se peut-il qu'un homme se laisse aller à de telles privautés ? En ce temps-là, les filles avaient la vertu sourcilleuse ! Marie se souvient des recommandations des villageoises à propos de ce châtelain réputé pour ses mœurs libertines et sa main leste. « Il ne faut pas lui parler, ni rester seule en sa compagnie. » Elle n'avait guère pris ces conseils au sérieux ; de plus, elle trouvait que ce châtelain avait beaucoup de charme et d'allure. Mais son geste lui semble tout de même osé envers une jeune fille endormie et sans défense. Les femmes de Bonnieux ont raison : il faut se méfier de cet homme !

Le châtelain, quant à lui, est bouleversé par cette rencontre. Est-il amoureux ? Oui, comme chaque fois qu'il rencontre une jeune fille inconnue. Il faut dire, d'après ce que ma famille m'en a rapporté, qu'il n'était pas mauvais homme, mais plutôt du genre à ne jamais s'attacher bien longtemps à une femme, dont il changeait souvent. Sa mère, qui vivait avec lui au château, l'encourageait dans ce libertinage, lui rappelant toujours de réfléchir à deux fois avant de se marier. Elle voulait demeurer la seule maîtresse de Lacoste et regardait toutes les jeunes filles comme des rivales qu'il valait mieux écarter. Si le châtelain souhaitait au fond de son cœur rencontrer une jeune fille qui pourrait devenir sa femme, sa mère veillait.

« Celle-ci est bien trop capricieuse... Celle-là n'a pas de bonnes manières, où l'as-tu trouvée ? Quand cesseras-tu de me présenter des filles qui ne te méritent pas ?

– Aucune ne trouve grâce à tes yeux ! Vais-je rester célibataire toute ma vie ?

– Non, bien sûr, mais je voudrais pour bru une femme moins ordinaire que celles que tu fréquentes.

– Les jeunes filles des plus grandes familles de la région t'ont été présentées, tu les as toutes rejetées !

– Leur sang ne fait pas leur vertu. Si tu en trouves une capable de passer par le Saint-Trou, celle-là, je l'accepterai.

– Le Saint-Trou ? Mais qu'est-ce que c'est ?

– Une grotte si étroite que seule une jeune fille vertueuse peut y entrer. Il y en a une dans la forêt, comme dans toutes les forêts de la région.

– Comment veux-tu que je convainque une jeune femme d'entrer dans une grotte ?

– Ce n'est pas n'importe quelle grotte ! C'est le Saint-Trou... »

Et tandis que le châtelain désespère de trouver

une femme vertueuse, et se console par des aventures sans lendemain, sa mère se félicite de cette nouvelle trouvaille, qui va clore définitivement le débat.

Marie, elle, est devenue très méfiante et ne se permet même plus une petite sieste dans l'herbe pendant que ses chèvres paissent. Et c'est bien éveillée que, quelques jours plus tard, elle aperçoit le châtelain à l'orée de la clairière. La bergère siffle aussitôt le rassemblement de son troupeau, qu'elle dirige prestement dans la direction opposée. Le jeune homme la laisse s'éloigner sans s'approcher mais revient le lendemain.

Dès qu'il paraît, Marie s'enfuit à nouveau. Cette fois, il lui emboîte le pas. Marie pousse ses chèvres qui lambinent, en brandissant son bâton ! Puis, voyant qu'il n'est plus qu'à quelques enjambées, elle abandonne son troupeau et, attrapant ses jupes à deux mains, s'enfonce en courant dans la forêt. Quand elle se rend compte que le châtelain la poursuit, elle redouble d'efforts et s'envole par un sentier qui grimpe le long de la colline. Mais le chemin s'arrête brusquement devant un mur de rochers qui se dressent abruptement devant elle. Marie, haletante, se voit piégée : impossible de rebrousser chemin ; elle entend les pas de son poursuivant qui se rapprochent. Soudain, elle repère dans la paroi une mince, une minuscule lézarde dans laquelle elle tente de se faufiler. Le passage est si étroit qu'elle s'écorche à plusieurs reprises contre les parois, mais en forçant, elle parvient à s'y faufiler.

Lorsque le châtelain, à bout de souffle, arrive, il a juste le temps d'apercevoir Marie qui disparaît dans la pierre comme engloutie par le rocher. Il comprend qu'elle lui a échappé en passant par cette fissure qui s'ouvre dans la roche. C'est le Saint-Trou. La jeune fille a donné la preuve de sa grande vertu. Il tombe à genoux devant l'étroit orifice en implorant la bergère de l'écouter. Il ne lui veut aucun mal, assure-t-il. Bien au contraire, il veut l'épouser. Il lui jure son amour, se repent de l'avoir effrayée et la supplie de le croire.

« Je vous aime depuis que je vous ai vue. Je respecte votre pudeur et mon plus cher désir est de vous faire mienne...

– Mais je ne suis qu'une bergère, allons, soyez raisonnable. Quand a-t-on vu un marquis épouser une bergère ?

– Dès demain, si vous acceptez de m'aimer, tous le verront ! »

Le jeune homme plaide tant et si bien qu'attendrie par ses propos et touchée par ses promesses, Marie accepte de l'écouter. « Mais, dit-elle, vous devez me promettre que vous attendrez chastement une année entière pour me prouver votre attachement. »

Une année s'écoule et le châtelain tient sa promesse. Sa mère a bien été contrainte d'accepter cette jeune fille qui, selon ses exigences, a réussi à passer par le Saint-Trou.

Les noces sont grandioses et durent plusieurs jours. Puis, Marie s'installe au château et mène le grand train que lui vaut son nouveau rang. Son époux la couvre de cadeaux plus somptueux les uns que les autres. Elle est comblée de bijoux, de toilettes sophistiquées, de parures étincelantes et on oublie vite la petite bergère en voyant cette femme aussi élégante que juste, généreuse et aimable qu'elle est devenue.

Ainsi jouit-elle du respect et de l'amour de tout le monde... sauf de sa belle-mère, dont la jalousie grandit au fur et mesure que la nouvelle châtelaine s'impose à tous. L'amour que son fils porte à Marie lui semble intolérable : « Il me faut trouver le moyen d'éloigner cette femme de mon fils. Je dois rester la seule maîtresse de ce château. Cette petite bergère commence à prendre trop de place. »

Elle mûrit alors un plan machiavélique. Elle va voir son fils et lui dit :

« Ta femme est vraiment tout à fait charmante !

Imagine que je suis allée la voir ce matin pour papoter et qu'elle m'a aussitôt invitée dans sa chambre où nous avons passé ensemble un moment fort agréable !

– J'en suis ravi, mère. Que les deux femmes de ma vie s'entendent bien me satisfait au plus haut point.

– Mais, dis-moi, tu sais comme je suis curieuse : que cache Marie dans la petite malle qu'elle conserve sous son lit ? Tu dois le savoir, toi, une femme aimante ne cache jamais rien à son mari.

– De quoi parles-tu ? Je ne savais pas qu'elle cachait une malle sous le lit.

– Eh bien, ce matin, lorsque je suis entrée dans sa chambre, la porte était grande ouverte. Je l'ai surprise en train de refermer précipitamment cette malle, comme si elle avait eu peur que j'en voie le contenu. Puis elle l'a vivement poussée sous le lit. Elle avait l'air gêné. Je lui ai demandé ce qu'elle gardait dans cette boîte à secrets, mais elle n'a pas voulu me répondre... Tu connais ma discrétion : je n'ai pas insisté, bien entendu. Mais comme elle s'est mise à rougir, à rougir tant et si bien qu'on aurait dit un coquelicot, j'avoue que j'ai été intriguée ! Tu n'es donc pas au courant de cette mallette ?

– Puisque tu fais référence à ta discrétion légendaire, continue donc ainsi !

– Bien. Mais enfin, si vraiment ta femme n'a rien

à te cacher, elle acceptera sans doute de te révéler ce que ce coffre contient, n'est-ce pas ? Ce ne sont certainement pas les lettres d'un galant ! Marie ne pourrait faire une chose pareille !

– Certainement pas. Je ne veux plus que tu me parles de ça ! »

Mais la marâtre vient d'insinuer de noirs soupçons dans l'esprit de son fils, aussi sûrement que si elle venait d'instiller un poison fatal. Il a beau lutter contre ce doute pervers, il ne peut y échapper, et décide brusquement d'en avoir le cœur net.

Suivi de sa mère, il se rend nerveusement dans les appartements de sa femme, qu'il somme d'ouvrir sa malle. Marie, bouleversée par cette attitude, tente de détourner son mari de ses exigences humiliantes.

« Je vous en prie, ne me demandez pas cela. Vous me mettriez dans un tel embarras que je ne pourrais vous le pardonner.

– J'insiste. Ouvrez ce coffre ! Je suis votre mari, vous ne devez rien me dissimuler !

– Très bien ! Vous l'aurez voulu. »

Son visage et son cou deviennent écarlates. Elle se dirige lentement vers son lit, tire la malle et l'ouvre devant lui. Ce ne sont pas les lettres d'un amant qu'elle aurait secrètement dissimulées là, mais tout simplement sa petite robe de bergère, son bâton de marche et le sifflet qui avait longtemps été son seul bijou. Elle avait conservé les reliques de son passé pour ne pas oublier qu'elle était née simple bergère.

« Vous m'avez rappelé d'ou je venais, vous me l'aviez presque fait oublié. Ma place n'est plus ici. »

Sur ces mots, Marie prend ses souvenirs, sort de la chambre et quitte le château. Le jeune seigneur, désemparé, comprend soudain qu'il a injustement douté de la plus vertueuse des femmes et qu'il vient de la perdre à jamais.

« Voilà comment ma grand-mère est revenue à sa bergerie après avoir été châtelaine, et comment je suis moi-même devenu berger aujourd'hui. N'est-ce pas le plus libre métier du monde ? »

Je finis ma gorgée de vin et lui souris. Les bergers sont la mémoire de la Provence, les passeurs du temps : ils colportent les légendes que le vent leur souffle et, les yeux dans les étoiles, content à voix lente et grave la belle et vieille histoire de l'humanité.

Maguelonne et Pierre de Provence

UNE NOUVELLE HISTOIRE m'est revenue ce matin en mémoire, lorsque j'ai allumé la radio. On diffusait un morceau de Brahms, *La Belle Maguelonne.* Pour composer cet opus, le célèbre compositeur s'est inspiré d'une légende provençale née à l'âge d'or de notre ère, au milieu du Moyen Âge. Les invasions avaient cessé, les Sarrasins s'étaient retirés, et seuls quelques pirates croisaient encore au large des côtes méditerranéennes. La région devenait prospère, en toute indépendance du royaume de France, et les troubadours allaient chantant de château en château l'amour et la beauté de la Provence.

Le jour où Maguelonne et Pierre se voient pour la première fois, c'est à l'occasion d'une visite que le comte de Provence rend à un grand seigneur voisin, le roi de Naples. Le coup de foudre est immédiat, réciproque et irrévocable entre la fille du roi de Naples, la belle Maguelonne, et Pierre, le fils du comte de Provence. Malheureusement, les deux suzerains, eux, ne s'entendent guère, et les négociations entre les deux royaumes tournent court.

Le roi de Naples, qui a surpris les tendres regards que sa fille lance au fils de son adversaire, tente fermement de s'opposer à cette idylle. Mais il est trop tard. Les deux amants n'ont plus d'autre choix que de s'enfuir ensemble, et Pierre convainc Maguelonne de le suivre jusqu'en Provence :

« Ma mère intercédera en notre faveur lorsqu'elle constatera toutes vos vertus et la beauté de votre visage. En vous voyant, elle comprendra pourquoi je vous aime. Elle nous aidera certainement.

– Croyez-vous vraiment qu'il nous reste la moindre chance de nous unir ? Nos pères sont près de se déclarer la guerre.

– Je souhaite de tout mon cœur ce mariage, mais il faut que nous partions cette nuit pendant que tout le monde dort au château. Mon page a sellé pour nous deux chevaux qu'il a laissés à la sortie de la ville.

– Êtes-vous sûr, Pierre, que nous prenons la bonne décision ? Nos pères peuvent finir par changer d'avis, et si nous insistons, peut-être...

– Nous n'avons pas d'autre solution, Maguelonnc. Vous savez qu'ils sont inflexibles. Leurs décisions politiques comptent plus à leurs yeux que notre amour. Partons. »

Leurs montures galopent depuis des heures à présent, ils ont passé les portes de grandes cités, traversé des petits hameaux inconnus, admiré l'horizon des plaines vallonnées et des crêtes alpines. Sous les sabots des chevaux galopant dans les champs ou sur les plages côtières, les brins de lavande écrasés par leur course dégagent tout leur parfum, les embruns des rives éclaboussent leurs jambes. Ce voyage les remplit de joie et d'espoir.

Mais la fatigue finit par les gagner. Le jeune homme repère une cabane déserte qui pourrait bien faire office d'abri pour la nuit, près d'un olivier auquel il attache les chevaux. L'endroit est romantique, ils sont protégés du vent et du froid. Après avoir fait un feu et étendu son manteau sur le sol terreux, Pierre tend la main vers Maguelonne et l'invite à s'asseoir près de lui. Malgré la fatigue d'un tel voyage, ils ne peuvent s'empêcher de se parler longuement, se confiant l'un à l'autre.

« Pierre, pensez-vous vraiment que votre mère m'acceptera ? Qu'elle me considérera comme sa propre fille ?

– Bien sûr, Maguelonne. N'ayez aucune inquiétude, elle vous aimera comme je vous aime.

– Vous savez, j'ai perdu ma mère alors que je n'étais encore qu'une enfant. Elle aimait passionnément les chevaux, c'était une excellente cavalière. Mais un jour, un accident est survenu, elle a fait une terrible chute qui lui fut fatale. Mon père a appelé à son chevet tous les médecins du royaume en espérant qu'ils pourraient la sauver, mais malgré tous leurs soins, elle a succombé à ses blessures. Mon père ne s'est jamais remarié. Pendant longtemps, j'ai rêvé d'elle chaque nuit, elle venait me consoler. Regardez... »

La jeune fille lui montre alors un collier d'argent qu'elle tient caché dans son corset.

« Que c'est beau, il vous vient de votre mère, n'est-ce pas ?

– Oui, elle me l'a donné avant de s'éteindre. C'est tout ce qu'il me reste d'elle à présent.

– Ma mère vous prodiguera tout l'amour maternel qui vous a tant manqué, Maguelonne, vous verrez. »

Rassérénée, la jeune fille finit par s'endormir la première. Lui tient dans ses bras la femme qu'il aime et garde les yeux sur elle.

Au matin, alors que Pierre a cédé à l'épuisement, une ombre survole le couple. C'est une pie, elle s'approche de Maguelonne, convoitant le collier d'argent qui brille au cou de la belle endormie. Au moment où l'oiseau s'en saisit, le jeune homme se réveille. La pie vient à peine de s'envoler. Elle passe juste au-dessus de lui, le bijou dans le bec. Pierre tente de la rattraper, mais l'oiseau vole déjà vers la mer. Il aperçoit alors une barque accostée sur la plage.

« Ce pointu est une chance, il me permettrait de suivre cette pie voleuse, pense-t-il. Il me faut récupérer ce collier, Maguelonne l'aime plus que tout. Son réveil serait trop triste si elle ne le retrouvait plus près de son cœur. »

Le jeune homme se rue sur l'embarcation et rame en direction de l'oiseau qui s'éloigne à tire-d'aile. Au bout d'une heure, Pierre ne distingue presque plus la côte. Quant à la pie, elle a disparu au large.

En ouvrant les yeux, Maguelonne se rend immédiatement compte que son collier a disparu. Pire, elle est seule dans la petite cabane, Pierre n'est plus à son côté. Elle le cherche des yeux, dans le brouillard d'un demi-sommeil. Peut-être est-il allé quérir un peu de nourriture, songe-t-elle, leurs provisions sont presque épuisées et la route s'annonce encore longue. Tout en guettant son retour, la jeune fille soigne les chevaux, restés attachés à l'arbre. « C'est étrange que Pierre soit parti à pied, il aurait pu prendre une monture », pense-t-elle, intriguée.

Après une attente interminable, Maguelonne décide de partir sur les traces de son bien-aimé. Elle arpente la plage puis tous les environs, en vain.

Désespérée par sa disparition, elle erre à sa recherche durant plusieurs jours, échevelée, fiévreuse, hagarde... Elle parvient à bout de forces devant une grande bâtisse isolée au milieu des marais. Épuisée, elle s'évanouit sur les marches.

Les sœurs du couvent aperçoivent le corps inerte de la jeune fille au petit matin. Elles recueillent la belle étrangère et la soignent avec des herbes de la garrigue. Ce n'est qu'après plusieurs nuits de délire, lorsque la fièvre est tombée, que Maguelonne reprend enfin conscience.

« Elle ouvre les yeux !

– Remercions le Seigneur ! dit l'une des religieuses en joignant les mains.

– Appelez dame Jeanne, murmure une autre. Notre bienfaitrice a souhaité être prévenue dès le réveil de notre jeune rescapée. »

Un cavalier est immédiatement envoyé au château voisin. La noble dame attendait avec impatience des nouvelles de cette inconnue dont l'apparence laissait deviner un sang royal. Elle se rend aussitôt au chevet de Maguelonne qui repose entre des draps blancs dans un grand lit carré. Les sœurs s'écartent respectueusement pour laisser place à la châtelaine qui s'installe à son chevet.

« Vous êtes sauvée : la fièvre est passée. Je suis heureuse de vous voir sortie d'affaire.

– Où suis-je ?

– Vous êtes dans un couvent et dans un hospice, que j'ai fait construire il y a plusieurs années. Les sœurs de ce couvent s'occupent des pauvres, des malades et des blessés victimes des raids que les Maures lancent encore sur les côtes de Provence. Ces infidèles veulent récupérer leurs fiefs... Mais vous, que vous est-il arrivé ? Voulez-vous que nous prévenions votre famille, elle doit être inquiète de votre absence ?

– Je me nomme Maguelonne. Je... Je n'ai plus de famille, lâche-t-elle avec un peu d'hésitation, tandis qu'une rougeur teinte ses joues. Ce qu'il m'est arrivé, je ne le comprends pas moi-même, comment pourrais-je vous l'expliquer ? Je vous remercie de m'avoir accueillie dans ce couvent, madame. Ne m'en demandez jamais plus, et je tâcherai de vous prouver ma gratitude. »

Maguelonne a décidé de rester dans ce couvent et de se consacrer à soulager les souffrants au côté des sœurs qui lui ont sauvé la vie. Un destin cruel l'a éloignée de son amour, aussi veut-elle vivre dans son souvenir, en s'acquittant de tâches ingrates, prodiguant sans compter ses soins à ceux qui souffrent. Ainsi s'écoulent paisiblement les années, au cours desquelles la belle Napolitaine ne parvient pas à oublier son cher prince disparu.

Un soir, alors que dame Jeanne a invité Maguelonne à dîner dans son château, la jeune femme fixe soudain la servante. Elle n'en croit pas ses yeux : au cou de la soubrette, le collier d'argent, son collier perdu.

« Fillette, cette jolie chaîne que tu portes ne m'est pas inconnue. Elle m'appartient : ma mère me l'a donnée sur son lit de mort pour que je la garde toujours près de mon cœur. Elle m'a été dérobée, il y a bien longtemps ; où l'as-tu trouvée ?

– Comment ? s'insurge la châtelaine en foudroyant du regard la petite servante. Réponds donc, où as-tu volé ce collier ?

– Je n'ai rien volé, je vous jure, on me l'a donné...

– Ne la sermonnez pas, ce bijou a disparu il y a des années, avant que je rejoigne le couvent. Mais qui vous l'a donné ? Je vous supplie de me le dire.

– C'est Gaston, marmonne la soubrette, il l'a acheté au marché, enfin c'est ce qu'il m'a dit...

– Madame, pouvez-vous demander à Gaston de venir ? Je voudrais lui poser quelques questions. Ce serait trop long à vous expliquer, mais comprenez-moi, il faut que je sache d'où vient ce collier, c'est très important !

– Il est aux écuries, je vais le chercher », dit la servante en tournant les talons.

Quelques minutes plus tard, qui laissent Maguelonne toute tremblante à l'évocation de ce terrible souvenir, Gaston, le garçon d'écurie, entre, penaud, dans la grande salle du château.

« Gaston, dites-moi d'où vous tenez ce collier, je vous prie.

– C'est un marchand qui me l'a proposé à un bon prix l'autre jour, alors que je cherchais un cadeau pour ma... fiancée. Parce que nous voulons nous marier et que je voulais impressionner son père. D'ailleurs, ça a marché, hein ? répond-il, tout en adressant un sourire complice à la jeune servante.

– Oui, très bien, je vous félicite. Mais qui est ce marchand ? Connaissez-vous son nom ?

– Vous pourrez le trouver à l'angle de la place du marché près de la fontaine. Il ouvre boutique très tôt le matin, je crois. C'est tout ce que je sais de lui.

– Nous nous y rendrons donc demain ! Maguelonne, puisque vous tenez tant à cette histoire, je vous accompagnerai », conclut dame Jeanne.

Aux aurores, les deux femmes se rendent sur la place de la fontaine pour interroger le marchand. La châtelaine interpelle l'homme : « Notre garçon d'écurie vous a acheté un collier d'argent il y a quelques jours : nous voulons savoir d'où il provient. Tout ce que vous nous direz ne vous causera aucun tracas, même si le collier a été volé... Nous sommes uniquement à la recherche de renseignements, c'est très important. »

Interloqué, le marchand dévisage la châtelaine.

« Vous me soupçonnez d'avoir volé ce collier ?

– Non, non, ne vous vexez pas... Ce que je veux savoir, c'est sa provenance, quelle qu'elle soit !

– C'est un chasseur qui me l'a vendu ! Me prenez-vous pour un ami des voleurs ?

– Où vit ce chasseur ? Nous devons absolument lui parler, intervient Maguelonne.

– À la lisière de la forêt voisine, c'est là-bas qu'il y a le meilleur gibier, répond le marchand radouci par le regard ému qu'elle lui adresse. Il s'appelle José.

– Merci infiniment ! » dit-elle.

Les deux femmes choisissent bien vite un bijou sur son étal pour remplacer le cadeau de mariage de la petite servante innocente et prennent la direction des bois.

En s'engageant dans un des sentiers qui longent la forêt, Maguelonne et la châtelaine aperçoivent un homme immobile perché dans un pin.

« Monsieur, s'il vous plaît ! Connaissez-vous un chasseur du nom de José ?

– C'est moi, mesdames, qu'est-ce que je peux pour vous être agréable ?

– Vous avez vendu récemment un très beau collier d'argent à un marchand de la ville. Nous voulons savoir d'où vous le tenez.

– Attendez que je descende de cet arbre, ce sera plus commode pour discuter.

– Qu'est-ce que vous fabriquez là-haut ? demande la châtelaine, intriguée.

– Je guette un grimpereau, c'est un oiseau qui se cache dans les arbres. Les oiseaux, c'est ce que je préfère chasser. Surtout les grimpereaux et les petites cailles, mais j'attrape aussi les fauvettes, les alouettes, les linottes, les perdrix...

– C'est tout à fait passionnant, mais dites-nous d'abord comment vous avez eu ce collier entre les mains, s'impatiente Maguelonne.

– Justement, l'autre jour j'ai trouvé un nid de pie dans un arbre. Un très vieux nid, tout délabré. Mais en m'approchant, j'ai aperçu au fond quelque chose qui brillait. C'était le collier d'argent. Voilà, vous savez tout. »

Maguelonne sent les larmes lui monter aux yeux. Pour cacher son embarras, elle se dirige vers la plage, scrutant la mer où elle a toujours pressenti qu'avait disparu son bien-aimé. La châtelaine la rejoint et la trouve prostrée sur le rivage, fixant les vagues sans les voir. L'espoir de retrouver Pierre s'est fracassé sur un malheureux nid de pie.

« Maguelonne, il faut rentrer maintenant. Allons-nous-en, les Maures rôdent, et leurs pirates pillent toujours notre région. Les lieux ne sont pas sûrs. L'autre jour encore, à l'endroit où vous êtes, nous avons recueilli un homme blessé qui avait été enlevé par une de leurs galères. Il était là, échoué sur la plage.

– Je ne savais pas que l'on avait ramené un nouveau blessé.

– C'est sœur Martine qui s'est occupée de lui. Après l'avoir nourri et soigné, elle a pu comprendre ce qui lui était arrivé. Cet homme a passé plus de dix ans prisonnier en pays mauresque, mais il a fini par s'évader. Il était caché dans les cales d'un vaisseau maure que nous avons coulé quand il s'est approché de la côte. Il a survécu et nagé jusqu'au rivage. Il se repose maintenant dans une des chambres du couvent... Maintenant, venez, rentrons vite. »

Maguelonne sent son cœur qui s'emballe soudainement. Serait-il possible... ? Ce serait un miracle ! Elle a hâte de rentrer à présent et court presque vers le couvent. Elle se précipite dans la chambre du blessé. Il est étendu dans la pénombre, endormi, et malgré les années passées et les blessures qui couvrent son visage, elle reconnaît ses traits : c'est bien Pierre qu'elle vient de retrouver.

Jean de l'Ours

C'EST ENTRE le mont Ventoux et la Sainte-Victoire que l'histoire de Jean de l'Ours m'a été racontée. J'étais alors enfant ; la main dans celle de ma mère qui m'emmenait partout, nous avions suivi ma tante Delphine qui souhaitait rendre visite à de vieux amis. « Jean de l'Ours » est le premier conte qui ait marqué mon jeune esprit, et son souvenir est irrémédiablement attaché au cœur du Vaucluse. Bien que les Pyrénéens fassent naître cette légende chez eux – car les ours y furent nombreux –, pour moi, il restera toujours un conte provençal, puisque c'est en Provence, à Valréas, que je l'ai entendu.

C'était la première fois que je quittais mes Bouches-du-Rhône natales pour aller dans le département voisin, au nord-est, en haut dans les terres. Pour pimenter le voyage, ma mère et ma tante me racontèrent l'histoire de ce « pays des vallées closes », où se dressent les plus hauts massifs de Provence, et où habitait un géant au grand cœur baptisé Jean de l'Ours.

Une jeune et charmante bergère, Orsane, se rend chaque jour dans la forêt voisine pour promener la seule chèvre qu'elle possède tant elle est pauvre. Mais dans les bois de ce pays pousse une plante dangereuse et maléfique qui a le pouvoir d'égarer les esprits, l'herbe d'oubli. Un jour, Orsane pose le pied dessus sans s'en rendre compte et perd immédiatement son chemin. Sa marche errante dure plusieurs jours, jusqu'à ce qu'elle se retrouve sur les flancs du mont Ventoux, la montagne la plus haute de la région, le « géant de Provence ». Plus haut, elle voit se dresser les Alpes et, vers le sud, les plaines verdoyantes du Comtat-Venaissin. Plus loin encore, par ce temps sec et clair, elle aperçoit les reflets de la mer. Mais elle est bien incapable de mettre un nom sur ce paysage.

Elle poursuit son errance au hasard des sentiers et s'arrête devant une caverne sombre qui l'intrigue : c'est l'antre d'un ours. Inconsciente du danger qu'elle court, elle s'allonge dans cet abri afin de reprendre des forces. À son réveil, l'ours se trouve près d'elle et la regarde paisiblement. Elle est tout d'abord effrayée par cette grosse bête poilue qu'elle ne connaît pas. Puis, rassurée par l'attitude de l'animal, elle découvre à ses pieds des fruits et des rayons de miel sauvage.

La bergère, affamée, se jette sur cette nourriture sous le doux regard de la bête qui se rapproche doucement d'elle. Si doucement qu'elle ne pense même pas à fuir. Au contraire, épuisée par sa longue course et ce festin, elle se blottit contre l'ours et se rendort. Le lendemain comme les jours qui suivent, l'ours rapporte dans la grotte de quoi manger et Orsane s'endort le soir dans sa douce chaleur, loin de la faim, du froid et de la misère.

Un an plus tard, le jour de la Saint-Jean, elle met au monde un garçon très beau mais étrangement couvert de poils, à qui elle donne naturellement le nom de Jean. L'enfant grandit très vite en force et en beauté, et sa hardiesse n'a d'égale que sa gentillesse. La montagne se mue en un immense terrain de jeu qu'il partage avec les louveteaux et les marcassins. Mais Jean devenant un homme, sa mère décide de le ramener vivre chez les humains. L'ours ne l'entend pas de cette oreille et refuse de les laisser partir : il bloque l'entrée de sa grotte avec un immense rocher que lui seul peut déplacer. Dès qu'il part chasser, il fait rouler le rocher, enfermant Jean et sa mère dans le noir jusqu'à son retour. Pourtant, chaque jour, Jean tente dc faire bouger le rocher jusqu'à ce qu'il parvienne finalement à le faire basculer. Ils sont enfin libres. Orsane sourit à son fils et tous deux prennent le sentier qui descend sur Valréas. Orsane ravale bien quelques sanglots en pensant à l'ours qu'elle ne reverra plus, mais la joie d'être libre est plus forte que tout.

Orsane et Jean marchent longtemps, s'arrêtant de temps en temps pour se reposer. Ils descendent ainsi les flancs du mont Ventoux, jusqu'à la source du Groseau, où ils se baignent et étanchent leur soif. Et le crépuscule noie déjà la vallée dans la brume lorsqu'ils aperçoivent les lumières des premiers hameaux de Valréas. Les villageois, qui ont cru la jeune bergère perdue à jamais, dévorée par les loups, se réjouissent de son retour. « Orsane est revenue ! » crient-ils à la ronde. Et tous sortent pour embrasser la rescapée. Tout le bourg est à présent en liesse. On installe la jeune femme dans son ancienne chaumière que son fils, dont la force est devenue extraordinaire, remet en état en quelques heures seulement.

Dès le lendemain, Orsane conduit Jean à l'école où il découvre les autres enfants de son âge. Cependant, plus vif et plus grand qu'eux, plus poilu aussi, il est craint et jalousé. Aussi ne tarde-t-il pas à attirer leurs quolibets qui raillent son origine énigmatique. « Jean de l'Ours ! Jean de l'Ours ! Jean de l'Ours ! » ricanent-ils en le voyant.

Jean réussit à se maîtriser jusqu'au jour où, n'y

tenant plus, il les assomme les uns après les autres d'un seul coup de poing... le maître d'école aussi, qui voulait s'interposer. Les gendarmes, alertés, l'enferment alors dans la prison du village. Mais Jean est déchaîné, il brise les verrous de sa cellule et parvient à s'évader. Il file d'abord chez sa mère à qui il raconte sa mésaventure et lui annonce qu'il ne veut plus rester au village... Orsane, désespérée, tente de le raisonner, mais Jean est déterminé.

« Les gens du village ne m'aiment pas, je ne me sens pas à ma place ici. Je dois partir. J'ai seize ans depuis peu, il est temps de découvrir le monde. Ne t'inquiète surtout pas, tu entendras parler de mes exploits bientôt.

– Eh bien soit, va, mon garçon, si c'est ce que tu souhaites. Tu me manqueras, mais je savais que ce jour viendrait et je m'y suis préparée. Bonne chance, mon cher fils. »

Jean emporte quelques affaires, des provisions pour trois jours, embrasse tendrement sa mère, puis quitte le village sans se retourner. Sa route va être longue, mais le jeune homme sent déjà le vent de la liberté qui le pousse en avant.

Respirant le parfum des fleurs en bordure des sentiers, sifflotant avec les oiseaux, rêvant de la fortune qui l'attend quelque part, Jean marche tout le jour. Le soir venu, il s'endort à la belle étoile.

Sans s'en rendre compte, Jean a repris la direction du mont Ventoux. « Sage qui n'y retourne pas, fou qui y va deux fois », dit le proverbe. Jean est né sur les flancs du géant de Provence, et son instinct le pousse à y revenir.

Longeant le Toulourenc, un mince torrent serpentant au pied de la montagne, il parvient un matin aux abords du village de Brantes. La première maison qu'il aperçoit est celle du forgeron. De loin, son atelier résonne du tintement de l'enclume, et au-dessus du toit s'échappent des jets d'étincelles et une épaisse fumée.

Le maréchal-ferrant travaille le fer d'une jument et le rythme de ses coups de masse qui martèlent l'enclume comme un tambour d'airain attire irrésistiblement le jeune homme. Jean se présente et propose ses services. « Tu m'as l'air vaillant et costaud, mon garçon. Je t'apprendrai à forger », lui promet l'artisan.

Jean se met de suite à l'ouvrage. Il scie, lime, cisèle, martèle et forge tant et si bien que son maître n'en revient pas. En une après-midi, Jean a abattu le travail de vingt ouvriers. Le forgeron finit par lui dire :

« Tu es trop fort pour ce métier, Jean, il te faut aller voir plus loin ce que la vie pourra t'apprendre.

Ici, tu vas bien trop vite en besogne et ma forge est si vieille qu'elle ne résistera jamais à tes coups.

– Maître, je m'en vais, mais pour gage de mon travail, je voudrais que vous me forgiez une canne avec votre meilleur fer. Je me souviendrai de vous chaque fois que je devrai l'utiliser.

– D'accord, mon garçon, je ferai ce que je pourrai. »

Le forgeron se met alors à l'œuvre. Il lui faut plusieurs jours pour satisfaire cette demande. Les premières cannes n'étant pas assez solides, elles se brisent comme allumettes dans la main de Jean. Finalement, le forgeron forge pour son apprenti une canne d'une demi-tonne que plusieurs hommes n'auraient pas pu soulever, mais que Jean fait tournoyer au-dessus de sa tête comme une simple tige de roseau. Il remercie son maître et reprend la route. Les villageois de Brantes se sentent soulagés du départ de ce curieux apprenti forgeron qui brandit sa lourde canne en sifflotant !

Jean entame alors l'ascension du mont Ventoux, cette immense montagne qui lui fait face. Soudain, un objet, haut dans le ciel, passe en lui cachant le soleil. C'est une meule de moulin ! Oui, une meule qui s'écrase un peu plus loin. Tout à coup, une autre meule traverse le ciel et s'abat tout près de lui. Intrigué, Jean se dirige vers l'origine du phénomène et aperçoit un géant qui est assis à côté d'une pile de meules et les lance l'une après l'autre en s'esclaffant.

« Eh ! Oh ! Que fais-tu donc, l'ami ?

– Je joue aux palets ! C'est très amusant. Veux-tu essayer ?

– Je te remercie. Je m'appelle Jean de l'Ours et je voyage à la découverte du monde. Et toi ?

– Appelle-moi Vire-Palet. Comme tu le vois, je passe le temps.

– Veux-tu m'accompagner ?

– Pourquoi pas ? »

Les deux compères repartent ensemble en se donnant de grandes claques de géant dans le dos. Ils marchent jusqu'au plateau du Vaucluse, tout en plaisantant et riant. Soudain, alors qu'ils abordent une forêt de chênes, ils entendent un fracas assourdissant. Un peu plus loin, un géant est en train de déraciner un arbre. Il le cueille comme une pâquerette et l'élague délicatement comme s'il effeuillait une marguerite.

« Eh ! Oh ! Que fais-tu avec cet arbre ? lui crie Jean de l'Ours.

– Je m'en fais une canne à pêche. C'est que les poissons que je voudrais prendre méritent bien une canne à leur mesure !

– Dis donc, tu n'exagères pas un peu ?

– Jamais assez, l'ami... Et vous, qui êtes-vous ?

– Jean de l'Ours. Et voici Vire-Palet. Nous cherchons l'aventure. Veux-tu te joindre à nous ?

– Bonne idée, je vous suis ! On m'appelle Tord-Chêne... »

Les trois géants se remettent en route. Ils arrivent quelque temps après en plein cœur du Luberon. Devant eux se dressent deux montagnes, le Petit et le Grand Luberon. Mais lorsqu'ils veulent les traverser, celles-ci semblent glisser ! À chacun de leurs mouvements, elles se retrouvent sur leur passage, comme pour leur interdire d'aller plus loin. Étonnés mais décidés à poursuivre leur chemin, les trois géants les contournent d'un bond. Ils découvrent alors, derrière les Luberon, un géant hilare qui s'amuse à déplacer les montagnes.

« Eh ! Oh l'ami ! Que t'ont fait ces montagnes pour que tu les déménages ainsi ?

– C'est que j'aime bien faire la sieste dans mon jardin à l'ombre. Mais comme ce satané soleil bouge tout le temps, je suis bien obligé de déplacer ces maudites montagnes !

– Viens avec nous au lieu de dormir ! Tu t'amuseras bien plus...

– Bonne idée... où allons-nous ?

– À l'aventure. »

Et Pousse-Montagne – car c'est son nom – emboîte le pas aux trois autres géants.

Après de longues heures de marche, le soir les surprend tandis qu'ils approchent du village de Vauvenargues, à l'est d'Aix-en-Provence. On leur indique une auberge où ils prennent un repos bien mérité, ainsi qu'une légère collation qui épuise toutes les réserves de l'aubergiste. Le lendemain, flânant dans les rues de la bourgade, ils tombent en admiration devant les tours majestueuses du château, éclairées par les rayons de soleil qui auréolent le sommet de la montagne voisine, la Sainte-Victoire. Mais soudain, Jean interpelle un des passants. Il a remarqué que les villageois qu'ils croisent dans les rues portent tous le deuil.

« Dis-moi, pourquoi faites-vous cette tête de six pieds de long et portez-vous du crêpe à vos chapeaux ? Ce n'est pas carême !

– Non, c'est en hommage à notre seigneur. Il a perdu sa fille bien-aimée, enlevée par un monstre.

– Quel est ce monstre ? demande Pousse-Montagne.

– Le génie des Vents ! Il a ensorcelé la belle Estelle et la tient prisonnière au cœur de la Sainte-Victoire, sans que personne n'y puisse rien. Cent chevaliers ont déjà tenté de lui porter secours, mais aucun n'est revenu à ce jour, leur confie une vieille femme en larmes.

– Alors nous la délivrerons, dit Jean de l'Ours.

– Quoi, tu veux escalader cette montagne !

l'interrompt Tord-Chêne. Qu'est-ce qui te prend ? Ne sais-tu pas qu'elle est dangereuse ? Ses forêts sont remplies de mascos, ces sorcières te guettent au détour du bois pour te jeter les pires sorts !

– Elle est maléfique, c'est sûr... Ces caillasses grisâtres sont les niches de tous les mauvais génies du coin, continue Vire-Palet.

– Personne ne s'y risque, regarde, elle est déserte. Son sommet est aussi chauve que tu es poilu ! clame Pousse-Montagne. Et ce génie des Vents doit être un vrai démon ! »

Jean de l'Ours lève la main et s'adresse solennellement à ses compagnons :

« Amis, écoutez-moi ! Notre rencontre n'est pas fortuite, nous sommes appelés à faire de grandes choses, à la mesure de nos carcasses, de notre force et de notre courage. À nous quatre, nous pouvons affronter tous les génies de la terre ! »

Ses compagnons, galvanisés, répondent par un triple « hourra ! » qui résonne jusque sur la Sainte-Victoire et fait trembler les cheminées du village. Les quatre géants se tapent sur les cuisses, puis se donnent l'accolade avec force claques dans le dos, ce qui provoque un petit tremblement de terre, abattant du même coup quelques murs mal construits. Et ils se dirigent d'un pas ferme vers la montagne mystérieuse.

L'expédition s'avère plus difficile que prévu, car

un épais et maléfique brouillard les empêche de s'orienter. Les cols escarpés qu'ils franchissent sont balayés par des vents à décorner les bœufs, qui forcissent au fur et à mesure de leur progression. Lorsqu'ils atteignent enfin le sommet, le mistral les cueille avec une telle fureur qu'il leur coupe le souffle et qu'ils doivent redoubler d'efforts pour rester debout face à ces tourbillons diaboliques.

Ils distinguent, malgré le brouillard, les contours d'une bâtisse de pierre. Ils s'en approchent péniblement, luttant contre les éléments déchaînés. C'est une chapelle abandonnée que la brume, d'un gris épais, enveloppe mystérieusement, lui donnant une allure fantomatique. Malgré l'étrangeté du lieu, les compères décident de s'y protéger en attendant une accalmie. Quelle n'est pas leur surprise d'y trouver une grande table dressée pour quatre où s'entassent les plats fumants d'un formidable festin ! Sans plus se poser de questions, les quatre géants, affamés, s'installent et ripaillent comme à leur habitude. Puis, roulant sous la table ou couchés sur les bancs, ils s'endorment d'un sommeil de géant.

Le lendemain, la tempête s'est calmée et Jean de l'Ours propose à Vire-Palet et Tord-Chêne de partir à la chasse, tandis que Pousse-Montagne gardera la bâtisse pour y accueillir les propriétaires et les remercier de leur festin.

Mais c'est un drôle de nain que Pousse-Montagne

voit tout à coup arriver dans la salle principale de la chapelle, un vilain nain à la barbe sale et aux doigts griffus. D'une petite voix criarde, le nain lui demande un morceau de pain. Notre compagnon lui tend une miche entière, que l'ingrat jette par terre.

« Ramasse-moi ça, géant ! Et vite ! »

Pousse-Montagne, bon prince, s'exécute. Mais profitant qu'il est penché, le nain lui saute sur le dos et, s'accrochant avec ses griffes, se met à lui labourer le dos en le bourrant cruellement de coups de pied. Le géant tente de décrocher cette teigne agrippée à son dos, mais ses bras ne peuvent l'atteindre et le nain arrache maintenant de grands lambeaux de chair ! Pousse-Montagne, au comble de la souffrance, se met à pousser des hurlements inhumains. « Ne reste pas en ces lieux, géant. Tu n'es pas chez toi ici ! » lui crie le nain dans l'oreille, avant que Pousse-Montagne ne s'évanouisse de douleur.

À leur retour, ses compagnons le trouvent allongé à terre, le dos en sang, presque mort. Lorsqu'il reprend connaissance, Pousse-Montagne, honteux, n'ose leur avouer qu'il a été rossé par un nain et prétend piteusement qu'il a fait une chute terrible dans les escaliers.

Le jour suivant, c'est au tour de Tord-Chêne de monter la garde, pendant que Jean de l'Ours, Vire-Palet et Pousse-Montagne vont chasser. Comme la veille, le nain entre dans la chapelle, lui demande du pain, que notre géant lui tend, et jette le quignon au sol. Tandis que Tord-Chêne le ramasse, il lui saute sur l'échine, lui plante ses ongles fourchus dans la peau, lui tailladant le corps si violemment que lui aussi s'évanouit. Lorsque ses amis rentrent de la chasse, le géant leur explique qu'il a trébuché sur le tisonnier et s'est cogné contre la cheminée.

Vire-Palet est désigné pour rester le lendemain à la chapelle, tandis que les autres partent traquer le gibier. Quand ils reviennent quelques heures plus tard, ils trouvent leur compagnon étendu dans son sang, inerte. On lui verse un seau d'eau sur le visage. Vire-Palet reprend ses esprits et, piteux, débite lui aussi un mensonge :

« Je me suis pris les pieds dans un banc...

– Si tu le dis, lui réplique Jean de l'Ours, sceptique, vous êtes tous les trois des maladroits. Mais demain, c'est moi qui garderai ce cloître étrange et nous verrons bien si je me cogne aussi quelque part. »

Ainsi, dès le jour suivant, Jean reste dans la chapelle cependant que les autres partent à la chasse. Quand le nain à la barbe grise surgit et réclame du pain, Jean le lui lance à ses pieds. Quand le petit démon lui ordonne de le ramasser, Jean se garde bien d'obéir. Et quand le nain se fâche, Jean brandit sa canne et l'assomme sans hésiter. Sans avoir eu le temps de réagir, le nain s'écroule inanimé et, pour le garder prisonnier, le géant lui coince la barbe sous un coffre.

Sur le chemin du retour, les trois géants rient sous cape à l'idée que leur compagnon a dû subir le même sort qu'eux et qu'ils vont le retrouver moins faraud ! Mais ce sont eux qui sont surpris de constater que le diable nain est étendu par terre, la barbe prise ! Jean de l'Ours ne se gêne pas pour se moquer de ses compagnons : « Vous êtes tous les trois des géants de pacotille ! Se faire rosser par un misérable nain ! Ah ! Ah ! Ah ! Ce n'est pas brillant, compagnons ! » Ses acolytes, vexés, ne répondent pas.

Personne ne remarque que, pendant ce temps-là, le nain a cisaillé sa barbe avec ses ongles crochus. Lorsqu'il détale comme un lapin, claquant la porte de la chapelle, Jean court à sa poursuite. Malgré la brumaille, il voit le démon sauter dans un des précipices de la montagne. Mais le gouffre est bien trop sombre et ses parois trop lisses pour qu'il le suive sans risquer de se casser le cou. Il appelle alors ses amis à la rescousse.

« Le nain a filé. Il a bondi dans un trou. Ce matagot est si vilain qu'il doit être un des sbires du génie des Vents. Il faut que nous trouvions un moyen de le rattraper, je suis certain qu'il nous mènera à la belle Estelle.

– Jean, tu es trop téméraire, objecte l'un des géants. Ce trou dont tu parles, c'est le Garagai, le puits de l'enfer ! Ce gouffre est si profond que toutes les cordes de tous les cordiers de Provence ne suffiraient pas à en toucher le fond ! Nous allons périr si nous nous risquons là-dedans.

– Décidément, le courage et vous trois, ça fait quatre ! »

Après moult débats, les compères acceptent finalement de tenter l'aventure car leur fierté en a pris un coup. Ils confectionnent un harnais qu'ils passent sous les aisselles de Vire-Palet, désigné pour descendre le premier. Ils le font ainsi glisser lentement dans le Garagai, mais au bout d'une dizaine de mètres, le géant hurle qu'on le remonte immédiatement : il tremble de tous ses membres. Tord-Chêne prend sa place et, après une vingtaine de mètres, il s'époumone comme son prédécesseur pour qu'on le retire de là : il pleure presque. Pousse-Montagne descend à son tour et, trente mètres plus tard, il vocifère aussi : « Enlevez-moi de ce trou de l'enfer ! Ramenez-moi sur terre, par pitié ! »

Jean décide de prendre les choses en main : « Vraiment, vous êtes des poltrons ! Je vais y aller seul. Attendez-moi ici, et n'oubliez pas de me remonter quand je remuerai trois fois la corde », leur lance-t-il.

Une fois harnaché, Jean de l'Ours plonge dans le vide. Il n'a pas descendu dix mètres que, déjà, il n'arrive plus à distinguer le haut du bas tant les vents qui s'engouffrent dans le Garagai soufflent avec véhémence, le projetant d'une paroi à l'autre. Mais Jean serre les dents et continue sa descente. Vingt mètres plus bas, il sent qu'on le frôle de tous côtés, qu'on essaie de le pincer, de le mordre ; des milliers de chauves-souris tournoient autour de lui, le faisant tanguer, menaçant de faire céder la corde. Mais comme elles s'approchent trop de lui, elles se coincent les ailes dans ses poils. Jean les retire une à une de ses cheveux et de sa barbe et éclate de rire en pensant que ses compagnons ont eu peur de ces petites bêtes inoffensives. Il persévère. Trente mètres après, il se retrouve dans le noir total. Les ténèbres ne le découragent pas. Il persiste et aperçoit, plusieurs dizaines de mètres plus bas, une lueur qui lui permet de deviner que son périple va prendre fin. Il vient d'atteindre le fond du puits.

Jean atterrit ainsi au milieu d'une clairière bordée d'une rivière sombre et bouillonnante d'où s'échappent des vapeurs putrides. Des armures rouillées, des lances brisées et des ossements jonchent le sol. « Je suis sans doute devant ce qu'il reste des valeureux chevaliers qui ont tenté de délivrer la fille du seigneur de Vauvenargues », pense-t-il.

Tout à coup, il voit au loin le nain à la barbe

grise qui lui crie : « Jamais tu ne sortiras vivant de ce caveau ! Cette rivière te conduira en enfer ! »

Il lui faut pourtant la traverser pour rattraper le diablotin. Il a alors l'idée d'utiliser sa canne en guise de perche. Par ce judicieux stratagème, il saute prestement sur l'autre rive. À peine a-t-il touché le sol qu'un énorme sanglier, portant à son cou un collier d'or, se précipite sur lui. Jean fait face à l'animal qui lui fonce dessus, évite d'un saut les défenses acérées et frappe, de toutes ses forces avec sa canne de fer, au passage de la bête. Le sanglier vacille et charge à nouveau. Le combat est terrifiant. Mais, dans un dernier effort, le géant parvient à fracasser le crâne du monstre. Il en jaillit une clef d'or qui tombe en tintant sur les rochers. Jean la saisit, intrigué, et devine bien vite qu'elle permet de déverrouiller les grilles qu'il aperçoit au loin. En effet, après un seul tour de clef, les portes s'ouvrent sur un jardin magnifique.

À gauche, un verger offre ses fruits mûrs dont la peau brille tant qu'ils semblent d'or ; à droite, un lac reflète les branches mélancoliques d'un saule majestueux ; au centre, alignés en tonnelles, s'épanouissent de magnifiques rosiers chargés de fleurs toutes différentes, aux couleurs les plus tendres et aux parfums les plus enivrants.

Un silence mystérieux règne sur cet éden. L'eau jaillit des fontaines, les feuilles des arbres s'agitent sous la brise, quelques oiseaux s'envolent des branches d'un poirier, tout cela sans qu'aucun son ne résonne. Jean avance dans cet étrange jardin et découvre une jeune fille à la beauté si pure que son cœur se met à battre intensément. Estelle est allongée sur un tapis de mousse que les roses dissimulent à peine, elle semble dormir profondément. À son côté, un loup, dont le cou est enserré d'un collier d'argent, monte la garde.

Décidé à sauver la belle, Jean se rue sur l'animal. L'affrontement est terrible. Le loup tente de prendre le géant à la gorge, mais notre héros, d'un coup de canne, lui brise la mâchoire. Le monstre crache alors des flammes d'enfer que Jean évite de justesse. Il enfonce le pommeau de sa canne dans la gueule de la bête et la maintient dans cette position, étouffant l'animal, qui s'effondre dans un dernier râle.

Et la vie se répand comme un écho dans tout le jardin, les oiseaux se mettent à chanter, l'eau à murmurer, les arbres à bruisser... La belle jeune fille se réveille. Son premier regard, plein de reconnaissance, est pour son sauveur. Elle cueille une pomme d'or qu'elle lui offre avec son plus charmant sourire. Jean se sent transporté, il est le plus heureux des hommes, il vient de tomber amoureux !

Quittant bien vite cet éden insolite, il entraîne la belle Estelle vers le fond du Garagai qui doit les ramener à la liberté. Jean confectionne une nacelle avec l'extrémité du cordage et y installe la jeune fille, qu'il veut faire hisser la première. Mais Estelle est effrayée à l'idée de traverser seule ce gouffre inquiétant et le supplie de ne pas l'abandonner. Jean, pour la rassurer, la prend dans ses bras, la serre contre lui, et lui promet qu'il ne lui arrivera rien. La belle Estelle embrasse alors tendrement son chevalier et l'un de ses longs cheveux dorés s'entortille dans la barbe du géant.

Tout en haut, les trois compagnons se sont endormis, ronflant à faire tourner les moulins. Lorsque Jean tire trois fois sur la corde, Vire-Palet, qui en a encerclé son poignet, sursaute. Il réveille les autres géants et la nacelle s'élève, plus légère qu'à l'aller.

Quand Estelle sort du gouffre, les géants restent interdits devant tant de beauté. Et puis, la jalousie les emporte : c'est Jean de l'Ours qui a délivré la belle, c'est lui qui va remporter tous les honneurs ! Ils se mettent aussitôt à comploter.

« Ramenons-la à son père, ce seigneur a tant pleuré sa fille qu'il accordera sûrement sa main à l'un d'entre nous, chuchote Tord-Chêne.

– Oui, mais auquel ? demande Vire-Palet.

– Pas à Jean de l'Ours en tout cas. Il nous a suffisamment humiliés, celui-là ! Et il est bien trop velu pour une femme si délicate. Laissons-le dans son trou ! » renchérit Pousse-Montagne.

Les trois complices emmènent alors la belle Estelle en la menaçant de lui ôter la vie à la première plainte. La jeune femme, terrorisée, reste muette.

Au fond du Garagai, Jean attend que la corde redescende à lui, en vain. Il comprend finalement que ses compagnons l'ont abandonné là. Comment pourra-t-il sortir de ce piège maintenant ? Découragé, il retourne dans le jardin mystérieux à la recherche d'une solution désespérée. C'est alors qu'il remarque, près du cadavre du loup, une clef d'argent que la bête a dû cracher avant de mourir. Il s'en saisit et aperçoit au loin le vilain nain à barbe grise, un baluchon sur l'épaule, qui semble fuir. Au passage, il lui crache : « Géant, ce jardin sera ta tombe ! »

Jean se lance de nouveau à sa poursuite, mais le nain disparaît derrière le grand saule sans qu'il ait réussi à l'atteindre.

Une immense cage d'argent se dresse devant lui. Un aigle blanc y est enfermé. « Décidément, le génie des Vents aime à retenir près de lui toutes les beautés de la Nature ! » pense le géant, tandis qu'avec la clef d'argent il libère l'oiseau-roi.

« Pour te remercier, géant, je vais t'emmener hors

de ce gouffre. Mais tu es bien grand et bien lourd. Il me faut de la viande fraîche, sinon mes forces seront insuffisantes pour nous sortir de là. »

Jean récupère les cadavres du sanglier et du loup et s'installe sur le dos du rapace. Ils s'envolent lourdement du fond du Garagai. Au bout de dix mètres, l'aigle crie : « De la viande ! De la viande fraîche ! De la viande ! » et Jean lui donne les restes du sanglier. L'oiseau, apaisé, continue son envolée. Vingt mètres après, ses forces déclinent et il réclame à nouveau : « De la viande ! De la viande fraîche ! De la viande ! » Le géant lui tend la dépouille du loup, que la bête avale d'une bouchée. Ils montent encore trente mètres et aperçoivent enfin une lumière qui ressemble à celle du jour : le ciel apparaît au loin, au bout de ce gouffre. Mais le rapace risque de ne pas l'atteindre car il faiblit encore. « De la viande ! De la viande fraîche ! De la viande ! » exige-t-il. Malheureusement, Jean n'a plus rien à lui donner. Alors, de son propre sang et de sa chair, il nourrit l'aigle pour que, d'un dernier coup d'aile, l'oiseau finisse son ascension.

Soudain, le soleil inonde son visage, Jean et l'aigle sont enfin libres ! Du sommet de la montagne Sainte-Victoire où la brume s'est dissipée, Jean distingue le château de Vauvenargues. Les tours sont pavoisées et le vent apporte des bribes de musique : il semble que la fête y batte son plein. En effet, le seigneur a commandé un banquet pour célébrer le retour de sa fille et tous les villageois festoient gaiement.

Jean décide d'aller régler ses comptes. Il fait ses adieux à l'aigle blanc et dévale la montagne comme un torrent rageur. Arrivé au château, il se présente aux gardes de la bastide, montrant la pomme d'or que la jeune châtelaine lui a offerte :

« Dites à votre suzerain que Jean de l'Ours souhaite le voir. J'ai délivré sa fille, je voudrais lui demander sa main. Cette pomme d'or prouve ma bonne foi.

– Qu'est-ce que c'est que ce matamore ! Notre seigneur offre un festin en l'honneur des héros du jour qui ont sauvé notre princesse. Ce sont eux qui l'ont ramenée ce matin et c'est moi-même qui leur ai ouvert les portes du château ! répond l'un des gardes.

– Espèce de menteur ! ajoute l'autre.

– C'est aussi un voleur ! Où as-tu chapardé cette pomme ?

– Arrêtons-le ! »

Les gardes se saisissent de Jean et se dirigent vers la place principale pour le présenter au seigneur, qui décide du sort des brigands. Jean se laisse faire sans broncher.

Au centre de la citadelle où une immense table est dressée, le vin coule à flots. Le châtelain trône au milieu de ses convives, embrassant tout le monde tant il est fou de joie. Les trois traîtres profitent de leur imposture sans vergogne au milieu des villageois qui les acclament. Tout bas et entre eux, ils se disputent :

« La belle Estelle me revient, c'est moi qui l'ai vue le premier malgré la pénombre du gouffre ! chuchote Pousse-Montagne.

– Si elle n'est pas défigurée, c'est grâce à moi ! marmonne Vire-Palet. J'ai jeté les palets qui traînaient dans mes poches sur les énormes mouches de l'enfer qui tourbillonnaient autour d'elle !

– C'est moi qui l'ai réchauffée après qu'elle a eu si froid à cause du mistral. C'est sûrement moi qu'elle aime..., proteste Tord-Chêne. Mais regardez ! C'est Jean de l'Ours, il a réussi à s'échapper du gouffre ! »

Tandis que les gardes le tiennent menotté, Jean cherche du regard la belle Estelle. Mais elle n'est pas dans l'assistance. Devant le seigneur, il se défend en narrant le détail de ses aventures, décrivant chaque minute en espérant y trouver un indice qui le convaincrait.

« Et voilà comment j'ai délivré votre fille, seigneur.

– Quel vantard ! Quel imposteur ! Ne l'écoutez pas ! protestent les traîtres.

– Approchez, Jean de l'Ours », tranche le seigneur.

Jean s'exécute. Le châtelain le fixe, plongeant son regard impérieux dans celui de l'accusé. Soudain, il remarque dans la barbe noire du géant un cheveu d'or qui brille comme un fil magique. Il fait immédiatement quérir sa fille, qui s'est enfermée dans sa chambre pour se protéger des trois géants dont elle a si peur. Mais, se devant d'obéir à son père, elle apparaît tremblante à son côté :

« Que voulez-vous, père ?

– Ma fille, cet homme affirme qu'il est votre sauveur. Pourtant, vous nous avez déclaré que nos trois amis ici présents vous avaient porté secours et ramenée jusqu'à nous. Je ne remets pas votre parole en doute, cet imposteur sera châtié s'il ment. Mais regardez-le bien, ne voyez-vous pas un de vos cheveux emmêlé dans sa barbe ? Vous le connaissez donc. Qui est-il ? Dites-nous la vérité. »

Alors Estelle, soulagée de voir réapparaître son véritable sauveur, avoue au châtelain de quelle manière les trois géants l'ont menacée, la contraignant au silence. Les traîtres, entendant ses paroles, s'enfuient aussitôt sous les huées des villageois. La belle Estelle se jette alors au cou de Jean : « Je veux l'épouser, père. C'est bien lui mon sauveur ! C'est Jean de l'Ours. »

La belle et le bon géant s'embrassent sous les vivats de la foule des habitants de Vauvenargues, ravis que la journée se termine dans la double célébration du retour d'Estelle et de son mariage avec Jean de l'Ours.

On dit que depuis ce jour, la montagne Sainte-Victoire change de couleur au coucher du soleil, passant du gris au rose pour rappeler les amours d'Estelle et de Jean de l'Ours. Le peintre Cézanne a peint cette montagne plus d'une soixantaine de fois pour exprimer toutes les nuances de ces tons délicats, depuis l'aube jusqu'au crépuscule.

La falaise sanglante

LE VILLAGE de Roussillon, comme son nom ne l'indique pas, est bien dans le Vaucluse. Il doit certainement son nom aux couleurs sanguines des collines qui dominent la région. J'y ai donc fait une halte qui, je dois bien l'avouer, s'éternise un peu depuis je me suis installé dans un petit hôtel de la rue du Jeu-de-Paume, où je me sens comme chez moi. Je flemmarde et, confortablement installé à la terrasse du café de la place de la Mairie, j'observe chaque matin les variations ocre de la colline en face de moi. Jouant de ses rayons, le soleil semble sculpter les arêtes rougeoyantes de cette terre oxydée.

En plissant les yeux, j'imagine le spectre de la femme qui s'est jetée de cette falaise ; son corps flotte encore librement entre le ciel et les fougères qui l'ont recouverte d'un linceul. Alors que je flânais dans le hall de l'hôtel, j'ai lu son histoire, en légende d'une sanguine, encadrée sur un mur. La jeune femme y tient contre elle un cœur, qu'elle contemple mélancoliquement...

Sermonde était mariée depuis plusieurs années à Raimond, le seigneur de Roussillon, mais avait cessé de l'aimer. Avant de la donner à cet homme qu'elle ne connaissait guère, son père lui avait fait promettre d'être une épouse dévouée, et Sermonde avait sincèrement cru qu'elle rencontrerait l'amour dans ce mariage arrangé.

Lors de leur première rencontre, elle avait trouvé à Raimond un certain charme, et non la grossièreté que certains lui prêtaient ; de la dignité aussi, derrière son air sévère, cette dignité qu'elle espérait gagner en devenant châtelaine. Mais dès les noces célébrées, elle se retrouva le plus souvent seule, dans un château désert, et perdit rapidement ses illusions romantiques.

Son mari partait chasser toute la journée, pour ne revenir qu'à la nuit tombée. Parfois, il préférait même dormir dans l'un de ses pavillons de chasse.

Le père de Sermonde mourut peu après son mariage, sa mère ne se remit pas de son chagrin et le suivit dans la tombe : Sermonde n'eut plus personne à qui se confier, vers qui se tourner, plus aucune famille. Sa solitude et son isolement en devinrent plus cruels encore. Parfois, Raimond, en rentrant de la chasse, faisait préparer le gibier et organisait un dîner pour sa femme, espérant qu'elle trouverait dans ces plaisirs gastronomiques quelques compensations à son isolement. Mais Sermonde refusait toujours de goûter au gibier. Elle considérait la chasse comme un rite barbare et ne voyait dans les délicieux plats de venaison que des morceaux de biches sacrifiées, symboles de la férocité de son mari. Elle se laissa alors doucement couler dans la mélancolie.

Jusqu'au jour où un jeune troubadour – dont la prestance ne suffit pas à assurer sa subsistance – vient chanter dans la cour du château, espérant y trouver quelques avantages. Sermonde l'accueille avec joie : il pourra certainement la distraire de ses longues journées maussades !

Guillaume de Cabestan, ainsi se présente-t-il, a l'allure d'un gentilhomme courtois et ses yeux ont la couleur des contes qu'il déclame de cour en cour et que Sermonde rêve d'entendre. De nombreux châtelains provençaux reçoivent ces poètes nomades afin qu'ils égayent leurs épouses et leurs invités avec ces chansons de geste où le fabuleux le dispute à l'amour. Mais Raimond a toujours refusé d'en inviter au château, car il trouve inutile de nourrir ces parasites en échange de quelques mélodies aussi futiles que le vent.

Cette fois, Sermonde lui tient tête : « Toute la Provence rayonne de l'art des troubadours, nous sommes les seuls à fermer notre porte aux baladins : votre réputation en souffre, c'est certain : on pense que vous n'êtes qu'un rustre. Prouvez donc que c'est faux et accédez à mon désir ! Vous me redonnerez le sourire. » Soucieux de la santé de son épouse et devant sa détermination à garder ce jeune homme auprès d'elle, Raimond cède et accepte que Cabestan s'installe au château.

Sermonde installe le jeune poète dans une des chambres du château, s'évertuant à ne le regarder qu'avec toute la réserve qui sied à une femme vertueuse. Mais tout au fond d'elle, la jeune châtelaine sent poindre un sentiment troublant.

« Vous pourrez rester aussi longtemps que vous le souhaitez. Dieu fasse que vous ne nous quittiez jamais », murmure-t-elle les yeux baissés, pleine d'un espoir nouveau.

Séduit par cette beauté si triste, Cabestan tombe immédiatement amoureux d'elle. Cette femme dont le sourire, désormais, ne masque plus le désespoir qui lentement l'empoisonnait inspire au troubadour quelques vers enflammés, qu'il ose lui chanter le jour suivant :

Le jour que je vous vis, dame, pour la première fois,
Quand il vous plut de vous laisser voir à moi,
Mon cœur se sépara de toute autre pensée
Et ferme en vous demeura tout mon vouloir,
Qu'ainsi vous me donnâtes, dame, au cœur le désir,
Avec un doux sourire et un simple regard,
Moi-même et tout ce qui est, me fîtes oublier.

Guillaume de Cabestan, accompagné de son luth, va ainsi écrire les plus belles chansons de la poésie provençale. On imagine l'enchantement qui saisit Sermonde en entendant cette déclaration qui à la fois la trouble et la fait revivre. Chaque jour, Guillaume lui dédie son cœur d'un nouveau refrain.

La douce pensée que me donne l'amour, souvent, madame,
Me fait dire de vous maints vers gracieux.
En méditant, je contemple votre corps précieux et séduisant
Que je désire plus que je ne le fais voir,
Et quand même je m'éloigne à cause de vous,
Je ne vous renie point.
Toujours devant vous je supplie avec fidèle amour,
Dame en qui la beauté s'embellit maintes fois,
Je m'oublie moi-même,
Car je chante vos louanges et je vous remercie.

Sermonde tente de résister mais la solitude dans laquelle Raimond la délaisse lui murmure que cet amour est une chance de salut. Son cœur dépérissait de ne plus battre et, dans le chaos de son mariage raté, quelques vers et un peu de musique ont su lui redonner la mesure.

Un soir, alors que Raimond ripaille avec ses compagnons de chasse, elle s'approche du troubadour et glisse dans les cordes de son luth un billet cacheté : « Votre audace m'interdit de vous parler d'une autre façon qu'en me cachant. Si vous souhaitez ne chanter que pour moi, venez me rejoindre demain matin à l'orée du chemin. »

Aux aurores, alors que Raimond s'enfonce dans la forêt avec ses hommes et ses chiens, Guillaume et Sermonde se retrouvent au lieu dit. Leurs chevaux, au pas, les emmènent vers un vieux manoir voisin qui devient l'abri secret de leurs amours. Guillaume quitte le château et s'installe dans le manoir abandonné où Sermonde le retrouve dès que Raimond est à la chasse.

Mais le soleil manque à leurs amours clandestines et l'ombre protectrice du manoir leur semble vite trop pesante... Quelquefois, ils s'aventurent imprudemment sur les remparts. Raimond qui, de la lisière de la forêt, scrute l'horizon à la recherche d'une proie, aperçoit un matin leur silhouette double qui se détache sur le ciel. « Ce manoir n'a plus de maître depuis bien longtemps ! Quelles sont ces ombres en haut de la tour ? Cette femme ressemble à la mienne... », pense-t-il, intrigué.

Ordonnant à ses hommes de l'attendre, il se lance vers la demeure abandonnée. Mais il a beau chercher, le manoir est désert. Sermonde et Guillaume sont parvenus à s'enfuir par un couloir secret jusque dans une grotte, creusée au flanc de la colline attenante.

Revenu à Roussillon un peu plus tôt qu'à l'accoutumée, Raimond trouve la porte des appartements de sa femme close. Sermonde s'est enfermée par crainte d'avoir à s'expliquer sur sa présence dans le manoir. Raimond frappe vigoureusement, mais la belle infidèle refuse de lui ouvrir, prétextant une migraine. Le seigneur n'est pas dupe, et décide d'en avoir le cœur net. Dès le lendemain, il ordonne que l'on prépare le départ à la chasse, s'éloigne avec ses hommes, mais prend la direction du manoir pour surprendre les amants. Lorsqu'il aperçoit Guillaume attendant sa belle à l'orée du chemin, Raimond est surpris.

« Vous êtes revenu, monsieur de Cabestan, je vous croyais parti depuis longtemps vers un autre château.

– Non, seigneur..., répond le jeune homme

embarrassé. Enfin, oui... mais j'ai pensé que mon départ avait été si brusque que je devais...

– Vous avez raison, revenez donc au château quelque temps. Ce soir, nous dresserons un grand banquet, vous pourrez montrer vos dons à mes amis, je les inviterai afin que l'on sache dans toute la contrée quel poète de grand talent vous êtes, lui lance Raimond d'un ton badin.

– Très bien, si tel est votre désir, je reviendrai ce soir à Roussillon, seigneur », promet Guillaume. Il le salue et part au galop.

Raimond retourne vers le château et donne ses instructions pour que l'on prépare un grand banquet et l'annonce ainsi à sa femme : « Ma mie, ce soir, je souhaite vous voir apprêtée. J'organise une grande feste pour vous distraire. Cela fait bien longtemps que vous n'avez eu d'amusement ! » Mais il tait la venue du troubadour, espérant déceler la confusion sur le visage de l'infidèle. Raimond est persuadé à présent que Guillaume est devenu son rival.

À la nuit tombée, les remparts illuminés annoncent qu'il y a fête au château. Sermonde, étonnée de l'initiative de son mari, fait bonne figure à ses côtés jusqu'à ce qu'elle aperçoive son amant dans la salle du banquet. Raimond l'observe à la dérobée et, voyant la pâleur qui envahit ses traits, la saisit brutalement par le bras.

« Eh bien, madame, que vous arrive-t-il ? Vous êtes bien pâle, seriez-vous fébrile ?

– Non, seigneur, je suis simplement surprise par votre attitude toute nouvelle, et par l'ampleur de cette fête... Que célébrons-nous exactement ?

– Votre loyauté, ma chère, votre grâce et votre loyauté... »

Sermonde rougit aussitôt ; l'ironie marquée de son mari l'affole, elle ne sait que répondre. Raimond n'a alors plus aucun doute. Pour lui, l'affaire est claire : la réaction de son épouse l'a trahie, son embarras apparaît comme une preuve irréfutable. Il devra prendre des mesures pour restaurer son honneur bafoué.

Dès la fin du banquet, il propose au troubadour de venir chasser le lendemain avec lui. Guillaume est bien méfiant, mais ne peut refuser.

Au petit matin, le jeune homme retrouve le seigneur de Roussillon devant son château. Tous deux galopent vers les bois voisins, suivis des chiens, jusqu'à une allée sombre et déserte. Raimond stoppe sa monture et descend de selle. Guillaume l'imite, comprenant maintenant que l'heure est grave : le seigneur saisit son épée, la pointe sur le jeune homme :

« Vous reconnaissez les lieux ! Vous savez qu'au bout de cette allée se trouve un manoir abandonné.

– Seigneur, je..., balbutie-t-il.

– Il me semble pourtant vous avoir aperçu sur les remparts d'une des tours. Vous n'y étiez pas seul. »

Le troubadour sait que le mari jaloux ne le laissera pas repartir. Il n'ose mentir et ne peut non plus compromettre sa dame. Sachant qu'il va mourir, il préfère garder le silence. Raimond, furieux devant l'impassibilité de son rival, le frappe de son épée et le tue sur le coup.

Le soir venu, tandis que le repas est servi au château de Roussillon, Sermonde, silencieuse et tendue, observe son époux, dont le comportement paraît encore plus singulier : Raimond masque sa colère et multiplie les attentions à son égard.

« Appréciez-vous ce mets ? Je l'ai fait préparer spécialement pour vous. Qu'en pensez-vous ?

– En effet, c'est délicieux. Le vin a un arôme incomparable...

– Le vin, le vin... je ne vous parle pas du vin mais de ce plat. Aviez-vous déjà goûté quelque chose de plus savoureux auparavant ?

– Non, c'est vrai, c'est exquis. De quoi s'agit-il ?

– Puisque vous me le demandez... Eh bien, ma chère, il s'agit du cœur de votre amant. Du cœur de troubadour que j'ai fait accommoder et que vous venez de déguster. »

À ces mots, Sermonde suspend son geste. Elle dévisage son mari, et comprend à la cruauté de son regard qu'il dit la vérité. Elle repousse avec horreur son assiette. Raimond a assassiné son amant, lui a arraché le cœur pour le lui faire servir comme un morceau de venaison ! Son propre mari s'est délecté en la regardant déguster son plat monstrueux !

Raimond ricane en regardant le visage décomposé de Sermonde. « Comment avez-vous dit que vous le trouviez ? Exquis ! C'est ça, exquis ! »

Sermonde repousse son siège et se lève droite et digne.

« Je n'avais jamais goûté de mets aussi exquis ! Je ne pourrais d'ailleurs plus jamais manger quoi que ce soit ! Tout me paraîtrait bien fade. Merci, seigneur ! » Puis elle chancelle, et perd connaissance.

Raimond, satisfait de lui, la fait transporter dans sa chambre, songeant à la belle leçon qu'il vient de lui donner. Cette femme-là ne lui sera plus jamais infidèle...

Lorsque la châtelaine retrouve ses esprits, elle est seule dans ses appartements, seule comme avant de connaître Guillaume, seule comme elle le restera à jamais. Elle entrouvre la porte, devine au silence de la nuit que tout le monde au château dort d'un sommeil profond, et s'enfuit. Elle court, espérant échapper à la souffrance qui la tenaille, elle court à perdre haleine dans la forêt. Sermonde hurle de douleur, pleure de tout son être son amour perdu. Sans se préoccuper du chemin qu'elle emprunte, elle gravit la colline voisine.

Mais arrivée au sommet, un grand calme l'envahit soudain. Sa course folle l'a menée au bord d'une falaise. Le vent, jouant dans ses cheveux, l'apaise doucement. Elle sait qu'elle ne souffrira plus ! Elle hurle alors vers le ciel le nom de son amant et se jette dans le vide.

Les villageois retrouvèrent le corps inerte de la belle Sermonde au bas de la falaise. Tous pleuraient leur châtelaine bien-aimée, et les rumeurs commencèrent à circuler sur les circonstances de sa mort. Le cuisinier parla, les servantes aussi. On comprit bien vite que la dame et son jeune troubadour avaient péri par la cruauté du seigneur de Roussillon. Une plainte fut déposée auprès du roi d'Aragon, suzerain du châtelain. Raimond fut arrêté, jugé et emprisonné. Tous ses biens furent saisis et son horrible forfait puni.

Mais les gens de Roussillon n'ont jamais oublié cette terrible histoire. Pour eux, le sang de Sermonde a coloré pour toujours les belles falaises de leur village. Là où la dame est tombée, une petite fontaine bâtie au pied de la montagne sanglante, au milieu des fougères, rappelle son souvenir à jamais.

La fontaine de Vaucluse

J'AI REÇU ce matin un coup de téléphone d'un vieil ami que je n'ai pas revu depuis quarante ans. Il venait de lire mon précédent livre où j'évoquais des souvenirs d'enfance. « C'est dommage qu'on ne se soit pas parlé avant que tu écrives ton bouquin, parce que je t'aurais rappelé certaines choses que tu as peut-être oubliées ! » Là-dessus, il est parti d'un grand éclat de rire qui faisait allusion à certaines frasques de notre jeunesse.

En calculant le nombre d'années pendant lesquelles Pierre et moi ne nous étions pas revus, je me suis rendu compte à quel point l'amitié, suivant le fleuve de la vie, se perd parfois dans ses méandres. Par association d'idées, j'ai repensé à l'histoire de ces deux seigneurs, dont l'amitié fut indéfectible jusqu'à ce qu'une rivière les sépare...

Ces deux suzerains vivaient chacun sur une des rives de la Sorgue qui coulait, tumultueuse et vive, entre les deux châteaux, en plein cœur du Vaucluse. Ils cohabitaient ainsi dans la plus paisible harmonie : les vignes de l'un poussaient sur la berge gauche, les oliviers de l'autre ombrageaient la berge droite. Des échanges de vin et d'huile maintenaient un équilibre de bon voisinage. Souvent, la fin des récoltes et des vendanges servait de prétexte à de grandes festivités, au cours desquelles les deux seigneurs se retrouvaient pour trinquer à leur amitié. L'estime réciproque qu'ils se portaient n'empêchait pas qu'une franche et saine compétition les oppose dans un esprit chevaleresque et de bonne camaraderie. Ainsi, lorsque l'un voulut épouser une des nobles jeunes filles des environs, l'autre chercha aussitôt une épouse afin qu'ils célèbrent leurs noces de concert. Lorsque le premier annonça qu'il serait bientôt père, l'autre s'activa de plus belle pour avoir, lui aussi, un enfant.

C'est au cours d'une nuit de printemps que vient au monde, dans le château de La Berge droite, un petit garçon, dont la venue remplit ses parents de bonheur. Mais dans celui de La Berge gauche, toutes les tentatives sont restées infructueuses et le châtelain se désole de n'avoir pas d'enfant. Un an plus tard, à La Berge droite, un autre garçon naît, puis un troisième l'année suivante. À La Berge gauche, on prie toujours, en vain. Enfin, après de grands efforts et on ne sait par quel miracle, un enfant voit enfin le jour. Mais c'est une fille. Or son père, qui veut des fils comme son voisin, a juré à sa femme qu'il tuerait l'enfant si c'était une fille.

La châtelaine, pour éviter à son bébé un sort aussi funeste, fait dire à son mari que le bébé n'a pas vécu, et place la fillette dans un panier d'osier qu'elle confie à la Sorgue. Mais le destin veille, et l'on sait qu'il a toujours été particulièrement attentif aux bébés qui voguent sur les rivières dans leur petit panier ! Il dirige adroitement la frêle embarcation entre les remous et le précipite directement dans les mains d'un brave meunier qui réparait les aubes de son moulin. L'homme ouvre le panier et découvre ce qu'il renferme : « Oh ! Qué beau pitchot ! N'aie pas peur... »

Il couvre le bébé de son manteau et le ramène à sa femme qui, selon la tradition, ne peut pas avoir d'enfants. Elle se saisit du bébé en disant à son mari : « Vé ! c'est pas un pitchot, c'est une pitchoune ! Nous la prénommerons Naïs. » Ce qui veut dire Grâce, en provençal. Naïs grandit, protégée par l'amour du meunier et de sa femme, et devient une jeune fille ravissante, pour la plus grande fierté de ses parents adoptifs.

Pendant ce temps, au château de La Berge gauche,

le seigneur se désespère toujours de n'avoir pas d'héritier ; la châtelaine se refuse de porter à nouveau un enfant, de peur d'avoir encore à le sacrifier.

Le château de La Berge droite, lui, résonne des rires enfantins. Le seigneur et sa femme élèvent leurs trois garçons, qui grandissent en force et en sagesse. Leur destin est déjà tout tracé, selon la volonté de leur père. L'aîné, Reinaud, déjà grand comme un homme, deviendra trésorier de Provence. Le second, Giraud, est destiné à être évêque, et peut-être plus... Quant à Arnaud, le cadet, il sera chevalier, même si, pour le moment, il n'est pas plus haut qu'un pied de tomates...

Chaque fois que le seigneur de La Berge droite parle de ses fils, il se plaît à évoquer avec suffisance l'avenir qu'il leur a réservé : « Trésorier, évêque et chevalier ! Pensez-vous que ce soit assez digne de mes fils ? » demande-t-il lorsqu'il rencontre son voisin de La Berge gauche. Celui-ci, sans descendance, tente de cacher son dépit et la jalousie qui le dévore. Les deux seigneurs s'enfoncent petit à petit, l'un dans sa morgue, l'autre dans le silence, et s'éloignent l'un de l'autre. L'amitié entre les deux hommes disparaît et leurs relations tournent bien vite à l'aigre. La Sorgue, qui était le symbole de leur entente, devient dès lors la frontière qui les sépare.

Reinaud, Giraud et Arnaud sont donc éduqués selon les rigides principes paternels et, arrivés à l'âge d'être des hommes, ils partent en suivant le cours de la Sorgue, chacun de leur côté, pour y rencontrer le destin qu'a choisi pour eux leur père.

L'aîné commerce avec les villages qu'il traverse, tout en s'exerçant à arrondir sa fortune, comptant bien que le poste de trésorier lui sera réservé. Le second se met à prêcher dans toute la région, et se consacre à la vie pieuse et studieuse d'un homme d'Église. Le petit dernier, qui est destiné à porter les armes et à faire la guerre, n'est pas du tout prêt, quant à lui, à accepter son sort ! Il ne rêve que de poésie et parcourt donc la Provence de château en château, en déclamant des vers qu'il accompagne des accords d'une mandoline.

C'est ainsi qu'il arrive dans le château de La Berge gauche, où on l'accueille avec plaisir. Il pourra peut-être distraire la châtelaine qui se meurt de chagrin. Arnaud tente de la faire sourire en jouant quelques mélodies joyeuses, mais rien n'y fait. Alors, touché par la détresse de cette femme, il ose un jour la questionner sur cette souffrance qu'elle traîne derrière elle. La châtelaine, qui ne s'est jamais confiée à personne, raconte à ce ménestrel inconnu de quelle manière elle a dû abandonner sa fille à la naissance. Et combien elle a du remords de ne pas même savoir si la petite a survécu.

Son désespoir est tel qu'Arnaud n'écoutant que son esprit chevaleresque, lui promet de tout entreprendre pour la retrouver. Il part sur-le-champ rejoindre ses frères et leur demande de l'aider dans cette entreprise. Reinaud prend une bourse d'or qu'il cache sous son manteau, Giraud emporte son chapelet et son livre de prières, tandis qu'Arnaud accroche sa mandoline en bandoulière. Puis tous trois se mettent en selle.

Les jeunes hommes auraient trouvé la belle Naïs sans peine si celle-ci avait écouté ses parents adoptifs qui la sommaient de ne pas gambader tout le jour dans la campagne avec tant d'imprudence. Mais Naïs aime tellement la couleur du ciel et des pâturages qu'elle part toujours plus tôt le matin pour avoir le temps d'en découvrir toutes les nuances. En remontant le cours de la Sorgue, elle parvient un jour à sa source. Elle s'arrête devant une immense fontaine dont les eaux jaillissent tumultueusement de la terre pour se jeter dans le lit de la rivière.

Naïs n'a jamais vu un tel phénomène. La fontaine de Vaucluse est un bassin naturel aux dimensions impressionnantes, sa surface bouillonne de tempêtes sous-marines. Quels monstres remuent ainsi dans ses profondeurs ? Naïs s'avance vers l'immense gouffre quand, brusquement, une créature prodigieuse sort des flots. Son visage est celui d'une femme, mais son corps tient plutôt du poisson. Naïs est face à une sirène qui, d'un seul regard, l'ensorcelle. La créature entraîne sa proie hypnotisée dans le fond d'une grotte où elle l'emprisonne avec ses maléfices.

« Donne-moi tes jambes, petite, je saurai m'en servir », dit l'ondine. Et, d'un geste, elle échange sa queue de poisson contre les jambes de Naïs.

« Donne-moi ta beauté aussi, j'en ferai bon usage », continue la sirène. Aussitôt, elle se pare des atours de la jeune fille. Perdant son éclat et sa grâce, Naïs prend l'apparence d'une vieille femme : ses joues se rident, sa bouche se plisse, un air malfaisant brille dans ses yeux.

« Donne-moi ton cœur enfin, je pourrai l'utiliser à mon profit », dit encore la sirène. Puis elle éclate de rire et s'en va en chantonnant, un peu chancelante sur ses deux nouvelles jambes.

Il ne reste plus à Naïs que ses yeux pour pleurer ! Son cœur ne bat plus dans sa poitrine, elle se sent vieille et impuissante, enchaînée dans cette grotte lugubre.

« Comment vais-je sortir de là, maintenant ? Oh, si seulement j'avais obéi à ma chère mère et à mon cher père ! Si j'étais restée près d'eux au lieu de jouer les filles intrépides ! » se désole-t-elle.

La sirène, qui n'a jamais senti sous elle la terre ferme, est enchantée de sa nouvelle condition. Enfin libérée de sa fontaine, elle s'enfonce dans la forêt en quête de découvertes, savourant à chaque pas la douce sensation de l'herbe humide sous ses pieds.

De leur côté, les trois frères décident de se séparer pour multiplier leurs chances de retrouver la fille de la châtelaine. Reinaud prend la direction de la forêt. Après plusieurs heures, il s'arrête à l'orée d'une clairière pour reposer sa monture. C'est alors qu'un bruissement se fait entendre. La sirène, qui s'était allongée sous un buisson, est tout aussi surprise par le hennissement du cheval de Reinaud. Elle se redresse vivement, fixe le jeune homme de son regard ensorceleur, et le hèle :

« Que viens-tu faire là, étranger ?

– Je suis à la recherche d'une jeune fille de noble ascendance qui a été perdue sur la Sorgue... Je donnerai une récompense à celui ou celle qui m'aidera. »

Se promettant de capturer cet homme dans ses filets, l'ondine rétorque aussitôt :

« Eh bien, suis-moi, je sais comment tu peux la trouver...

– Où allons-nous ?

– En remontant le cours de la rivière, nous trouverons une fontaine magique. Si tu as de l'or sur toi, tu devras lancer une pièce, et ton vœu sera exaucé. Suis-moi ! »

La sirène entraîne Reinaud vers la fontaine de Vaucluse, car il lui faut être à proximité de son refuge maléfique pour utiliser ses pouvoirs. Lorsque le jeune cavalier arrive devant l'immense source, il n'en croit pas ses yeux : c'est là que prend naissance la Sorgue, qui a baigné son enfance. Il n'ose s'approcher tant les eaux tremblent avec fureur et il reste en retrait, fasciné. C'est alors qu'il entend une voix, montant des profondeurs, une voix plaintive qui chante ainsi :

Cette fontaine est ma prison,
Possédée par un triton.
Il piégera celui ou celle
Qui s'approchera trop près d'elle.
Ne lancez pas un sou à l'eau
En espérant que votre vœu
Pourrait être exaucé sous peu
Fuyez au loin, fuyez plutôt !

Reinaud, alerté par le sinistre avertissement, frappe sa monture du talon et part au galop sans demander son reste. Dans la précipitation de sa fuite, son cheval heurte l'ensorceleuse qui tombe et se brise la jambe. Voyant que son piège a échoué et souffrant le martyre, la sirène se traîne jusqu'à son antre et rend à Naïs ses deux jambes : « Ma queue de poisson me sert bien mieux ! » lui lance-t-elle, furieuse.

Giraud, lui, a pris la direction du moulin. Le meunier, avec qui il a eu une conversation, lui a révélé toute l'histoire de la jeune fille, mais il ne peut lui fournir que peu de renseignements sur sa disparition : elle aimait se promener autour de la Sorgue, il faut peut-être en suivre le cours... Le jeune homme galope le long de la berge en scrutant les alentours. Il finit par arriver à la sinistre fontaine. La sirène l'interpelle :

« Approche, étranger. Que viens-tu faire ici ?

– Je cherche une jeune fille née au château de La Berge gauche, élevée dans un moulin, et qui s'est perdue sur la Sorgue... Notre seigneur récompensera la vertueuse personne qui m'aidera.

– Approche-toi donc ! Je peux t'aider. Cependant, il faut que tu viennes plus près de moi. Tu n'as aucune raison d'avoir peur. N'ai-je pas la beauté d'une femme vertueuse ? Fais-moi confiance. »

À cet instant, une voix gémissante, venue du fond du bassin, résonne :

Cette fontaine est ma prison,
Possédée par un triton.
Il piégera celui ou celle

Qui s'approchera trop près d'elle.
Sa beauté n'est qu'illusion,
Sa vertu mystification,
Vous le verrez bien assez tôt,
Fuyez au loin, fuyez plutôt !

Entendant cela, Giraud détale aussi vite que possible sans se retourner. La maléfique sirène fouette furieusement de sa nageoire la surface de l'eau, puis plonge vers la grotte où Naïs est enchaînée, pour lui rendre sa beauté : « Qu'en ferai-je ? Ces attraits n'ensorcellent personne. Pour cela, j'use mieux de mon regard pétrifiant. »

Arnaud, pour sa part, a longuement enquêté de château en château, espérant glaner quelque indice. Cependant, il n'a rien appris de plus que ce que la châtelaine lui avait confié. Il décide de suivre la rivière, si bien qu'il parvient lui aussi jusqu'au moulin où le meunier se lamente sur la disparition de la belle Naïs.

« Ma petite Naïs ! Qu'est-elle devenue ? La Sorgue me l'a donnée, puis reprise..., pleure le pauvre meunier.

– Je la retrouverai, je vous le promets », déclare Arnaud.

Il se remet alors en marche, empruntant le rivage

avec détermination. Il a la certitude maintenant que c'est la bonne route à prendre pour retrouver Naïs.

Aussi finit-il par arriver lui aussi devant la funeste fontaine. La nuit couvre le bassin, les eaux silencieuses frémissent à peine sous la brise légère. L'ondine diabolique dort d'un profond sommeil aquatique. L'obscurité enveloppe l'endroit d'une invisible protection. Arnaud pense se reposer un instant et, pour se détendre en attendant que le sommeil le saisisse, frotte les cordes de son luth :

Cette fontaine aux mille frissons,
M'attire et m'inspire une chanson.
Que cache-t-elle sous sa surface
Quels beaux trésors, quelles menaces ?
A-t-elle reflété le visage
De la belle et tendre Naïs ?
L'aurait-elle poussée au naufrage
Et retenue dans ses abysses ?

Depuis sa prison sous-marine, Naïs entend le poème et le son de la mandoline. Elle reprend espoir :

Poète, tu as deviné
Ce que le sort m'a réservé.
Délivre-moi, je t'en supplie !
Une naïade mon cœur a pris,

Et je ne peux m'en aller sans.
Si la sirène me le rend,
Sauvé du mal et de l'effroi,
Mon cœur toujours sera à toi.

Surpris, Arnaud cherche d'où provient la voix, remue l'eau, fait le tour du gouffre, en vain. La grotte est bien trop dissimulée pour qu'on puisse la repérer. Il s'assoit de nouveau et chante :

Se pourrait-il que tu m'aimes
Si de cette étrange fontaine
Je te sauvais...

Réveillée par la douce mélodie du poète, la sirène gagne la surface. Devant l'émotion dont le jeune homme accompagne ses vers, son cœur de jouvencelle se trouble. Elle fend l'eau jusqu'à lui en minaudant : « Beau troubadour, ai-je bien entendu, me parlais-tu d'amour ? » susurre tendrement la mélusine.

À sa vue, Arnaud comprend qu'il n'a pas affaire à Naïs mais à sa geôlière. En effet, l'ensorceleuse n'a plus de la jeune fille que le cœur ; son allure reste celle, glaciale, d'une méduse. « Tu n'es pas celle que je cherche, seule Naïs est la destinataire de ma chanson. Ta perfidie ne saurait connaître l'amour... »

La fierté de l'ondine se cabre. Mais surtout, son

cœur de jeune fille se remplit de tristesse. Elle émet un gémissement de déception, et retourne en pleurnichant dans les profondeurs de la fontaine rendre son cœur brisé à la prisonnière. Naïs, délivrée, nage rapidement vers la surface rejoindre son poète...

La châtelaine de La Berge gauche convia toute la Provence au mariage de sa fille et d'Arnaud. Le meunier et sa femme pleurèrent de joie en retrouvant leur petite Naïs. Les seigneurs de La Berge gauche et de La Berge droite purent se réconcilier. Retrouvailles qu'ils ne rechignèrent pas à fêter joyeusement, en même temps que le mariage de leurs enfants !

On dit que l'aîné des frères, Reinaud, rencontra lors de ces noces la fille du trésorier de Provence, et que celui-ci le prit pour gendre et successeur à sa charge. Quant à Giraud, il entra à l'évêché où il commença une belle carrière. Finirait-il pape en Avignon ?

La Sorgue, empoisonnée un temps par la présence de la maléfique naïade, reprit son cours, tumultueuse et vive, et elle coule toujours entre les châteaux des deux berges.

Le Drac

MA SŒUR Françoise vit à l'entrée du Var, le département voisin des Bouches-du-Rhône. Je passe la prendre chez elle, car elle veut nous emmener dîner chez Bruno, un restaurateur de Lorgues, un petit bourg à quelques kilomètres de Draguignan. Bruno, homme à la faconde exceptionnelle, a créé un restaurant renommé, dans lequel il a adapté – avec une belle liberté – les recettes transmises par sa grand-mère. De l'entrée jusqu'au dessert, il ne cuisine que des truffes !

Sur la route qui longe les montagnes rouges du massif des Maures jusqu'à Draguignan, je demande à Françoise si elle se souvient des contes qu'on nous disait lorsque nous étions enfants.

« Bien sûr, me répond-elle. Comment aurais-je pu les oublier ?

– Tu te souviens alors de l'histoire du Drac, le dragon de Provence ?

– Mais oui ! Figure-toi qu'il rôdait justement autour de Draguignan. D'ailleurs, la ville lui doit son nom !

– Le Drac de Draguignan ! Raconte-moi cette histoire. Elle te faisait toujours pleurer.

– Maintenant je suis grande... mais je vais peut-être encore pleurer avant la fin ! »

L'histoire se déroule dans les marais qui entouraient Draguignan, le long d'une rivière encaissée, la Nartuby. Un couple de jeunes gens, Céline et Michel, et leur petit garçon s'étaient installés dans une ferme à côté de la rivière. Céline venait souvent y laver son linge et Michel, son mari, l'accompagnait parfois pour l'aider à porter ses paniers sur les rochers qui tapissent le fond des gorges. Puis il repartait vers les champs fertiles qui entouraient leur petite ferme pour labourer, semer et récolter ce que la terre et le ciel voulaient bien lui accorder.

Mais un soir, Céline n'est pas rentrée. Michel a attendu sur le pas de leur porte, la guettant au détour du chemin qui menait jusqu'à la rivière. Inquiet, il décida d'aller à sa rencontre et se retrouva dans les gorges, à l'emplacement où sa femme avait l'habitude de laver son linge. Non seulement Céline n'était pas là, mais Michel aperçut dans la pénombre ses paniers renversés, les vêtements éparpillés sur le rivage, et du linge flottant dans l'eau à la dérive. Un morceau de tissu blanc s'était pris dans une branche et, battu par le courant, semblait un mouchoir qu'on agite pour un ultime adieu.

Affolé, Michel court dans les rochers, s'attendant à tout moment à tomber sur son corps inanimé. « Où est-elle ? Que s'est-il passé ? Qui a bien pu l'attaquer ? » Ces questions le taraudent tandis qu'il crie : Céline, pour qu'elle revienne ! Toute la nuit, il arpente les berges de la rivière, fouillant chaque buisson, sondant les trous d'eau, escaladant les gorges. En vain. Céline est introuvable.

Au petit matin, il remonte une dernière fois la rivière, redoutant de trouver son corps noyé qui serait remonté à la surface. Finalement, perclus de fatigue, désespéré, il se résout à rentrer chez lui. Il ramasse machinalement les paniers et le linge, fixe encore quelques minutes la Nartuby, les yeux vides, puis, la démarche lourde, il reprend le chemin de la ferme.

Les jours passent, et l'espoir de revoir Céline s'amenuise. Dans la petite ferme, la chaleur a déserté le foyer, le silence et la tristesse du deuil glacent hommes et bêtes. Michel n'a plus le goût de vivre, pourtant il doit se ressaisir, son petit garçon a besoin de lui. « À peine viens-tu de naître que la vie t'apporte déjà son lot de souffrances. Tu as perdu ta mère, tu as donc doublement besoin de ton père. » Il doit à Céline de ne pas abandonner leur enfant.

Mais le besoin de comprendre cette si soudaine disparition l'obsède et, même s'il a repris, pour son fils, les gestes quotidiens de la vie, il sait qu'il ne trouvera jamais le repos tant qu'il ne saura pas ce qu'il est advenu de Céline.

Un jour, n'y tenant plus, le jeune fermier décide de reprendre ses recherches, non pas au bord de la rivière, mais plus loin, à la ville. « Peut-être est-elle partie sans vouloir dire au revoir ? Quelqu'un l'a peut-être aperçue ? Et si des soudards l'avaient enlevée ? Peut-être a-t-elle pu s'enfuir et a-t-elle trop honte pour revenir... » Dans son égarement il évoque toutes les hypothèses, même les plus improbables. Mais il ne parvient pas à se résigner à ce que sa femme soit morte.

Michel arrive à Draguignan, déterminé à interroger toute la ville s'il le faut pour obtenir des informations. L'auberge lui semblant être l'endroit adéquat pour se renseigner, il s'y installe un soir en prenant soin de choisir une table centrale de façon à entendre les moindres conversations. Tandis que l'aubergiste note sa commande, Michel commence à le questionner :

« Dites-moi, aubergiste, vous devez bien connaître la région, n'est-ce pas ?

– Évidemment, je suis né à Draguignan. Et vous, vous êtes de passage ?

– Non, je suis du pays, même si je ne viens que rarement en ville. La vie de la ferme me prend tout mon temps ; j'ai une petite propriété au nord, près des marais de la Nartuby.

– Vous êtes bien courageux pour habiter dans les marais de la Nartuby. Ce n'est pas un endroit où j'aimerais vivre, et puis, il y a ces maudites gorges…

– Quoi, les gorges de la rivière ? Qu'ont-elles de particulier ?

– Vous habitez la région depuis longtemps ?

– Non, depuis deux ou trois ans seulement.

– Alors je ne vous ai rien dit. Je ne crois pas que ce genre de conversation fasse plaisir à ma clientèle. Mettons que je n'aie rien dit. Vous êtes en sécurité ici. Mon auberge est sûre, elle ! Bon, je vous compte un repas et une nuit ?

– Pourquoi ne voulez-vous pas en parler ? S'il y a du danger, je préférerais être au courant…

– Non, ce n'est rien, des racontars de bonne femme. Je ne veux pas vous inquiéter, oubliez ça ! Tenez, je vous offre une chopine de vin pour me faire pardonner ! »

Sur ces mots, l'aubergiste tourne les talons et file dans l'arrière-salle.

Michel retourne les paroles de l'aubergiste dans sa tête toute la nuit. Quel péril menace donc cette paisible région ? Pourquoi les gens refusent-ils d'en parler comme s'il s'agissait d'un mauvais sort ? Que cachent donc les gorges de la Nartuby ? Serait-ce à cause d'une malédiction qu'il a pu acquérir la ferme pour une bouchée de pain ? Les précédents propriétaires avaient l'air de vouloir s'en défaire à n'importe quel prix ! La disparition de Céline est-elle en relation avec ce danger inconnu qui se cache dans ces « maudites gorges » ?

Épuisé par ses émotions, Michel s'endort d'un sommeil agité où il imagine sa femme subissant les pires tourments et se réveille les yeux remplis de larmes. La présence de Céline à son côté lui manque terriblement et il craint que son garçon – confié à une nourrice le temps de son voyage – ne soit aussi en danger. La tristesse le submerge au matin car il a perdu à nouveau l'espoir de retrouver Céline saine et sauve. Pourtant, puisqu'il est là, autant essayer de savoir quel terrifiant mystère plane autour de sa ferme...

Michel erre depuis plusieurs heures dans les rues de Draguignan, abordant les passants, questionnant les commerçants, interrogeant les vieillards assis à l'ombre des tilleuls sur les bancs de la place.

Personne n'accepte de répondre à ses questions. Certains, visiblement, ne savent rien sur la Nartuby, mais d'autres se braquent dès qu'il prononce le nom des gorges et se dérobent à peine poliment. Pourtant, alors qu'il ne s'y attend plus, une vieille femme, prise de compassion, finit par lui chuchoter à l'oreille :

« Mon garçon, personne ne vous parlera de cette rivière et des gorges de la Nartuby. C'est un endroit maudit pour les gens de la région. Plusieurs femmes ont disparu là-bas, on ne les a jamais revues.

– Mais c'est ce qui est arrivé à la mienne ! Elle lavait le linge dans la rivière – nous habitons à côté – et elle a disparu aussi ! Je n'ai jamais retrouvé ni son corps ni la moindre trace d'elle. Je ne sais pas ce qui s'est passé. Ces femmes dont vous parlez, que leur est-il arrivé ?

– On dit que le Drac, un dragon, hante ces gorges. Il ne sort que rarement de sa tanière, mais quand il le fait, c'est pour se nourrir. Il remonte alors le cours de la Nartuby et guette une proie qu'il emporte pour la dévorer. Le dragon a déjà tué à plusieurs reprises, et il ne tue que des femmes ! Mon pauvre garçon, j'ai bien peur que votre femme ait été emportée par le Drac ! »

Michel se décompose à l'idée que sa femme ait pu être la proie d'un dragon. « Les paniers renversés, les vêtements éparpillés sur le sol sont les signes qu'une lutte a eu lieu », songe-t-il, affolé.

Lisant la panique sur le visage du fermier, la passante se mord la langue : « Je n'aurais pas dû vous parler de ça, moi non plus ! Je ne suis qu'une vieille folle qui ne raconte que des sornettes. Gardez espoir, mon garçon ! Priez pour le retour de votre femme. Là ! Le prieuré est juste devant vous... »

Michel, la tête basse, franchit le grand portail qui lui fait face, pénètre dans l'église et tombe à genoux devant la statue de saint Hermentaire, un saint homme que les habitants de Draguignan honorent avec ferveur.

Les années passent et Michel, qui s'est refusé à quitter sa ferme pour rester au plus près de l'endroit où Céline a disparu, revient chaque année en pèlerinage dans l'église de Saint-Hermentaire. « Elle reviendra », dit-il inlassablement à son fils qui grandit droit grâce aux soins que son père lui prodigue sans compter. « Quand ta maman reviendra, elle sera fière de toi ! » ajoute-t-il en détournant la tête pour que l'on ne voie pas les grosses larmes qui coulent sur ses joues. « Elle reviendra ! »

Jamais Michel ne se laisse aller à douter, même quand le chagrin l'envahit comme une vague qui lui emplit la poitrine à le noyer. Dans ces moments-là, il retourne à la rivière pour y rejoindre sa bien-aimée, mais au dernier moment, une petite phrase lui martèle la tête : « Elle reviendra. » Alors il abandonne ses tristes projets et retourne aux travaux de la ferme.

C'est au cours d'un de ces moments de découragement que Michel, une nouvelle fois, s'est approché de la rivière grossie par la fonte des neiges. Aujourd'hui est un jour particulier, c'est le jour anniversaire de la disparition de Céline. Comme chaque année depuis sept ans, Michel est venu jeter un petit bouquet de fleurs à l'endroit où Céline venait battre son linge. Il regarde sans un mot les flots se tordre, lorsqu'il aperçoit sur la berge la silhouette d'une femme qui marche, hébétée, le corps enveloppé d'une tunique aussi trempée que ses cheveux. Michel s'avance pour la secourir et reconnaît Céline. Il n'en croit pas ses yeux. Souvent, au détour d'un visage, dans une silhouette fugitive, il a déjà cru la reconnaître.

Il se frotte les yeux, se pince. Mais cette fois, il n'y a pas de doute : c'est elle. « Céline ? Céline, c'est toi ? »

La femme le regarde comme s'il était un parfait inconnu. « Qui êtes-vous ? Qu'est-ce que je fais ici ? »

Le fermier, fou de joie, se précipite vers elle, passe un bras autour de ses épaules. En la soutenant, à petits pas, il la ramène à la ferme pour qu'elle se réchauffe au feu de la cheminée, enveloppée de couvertures. Tandis qu'elle regarde autour d'elle, étonnée, son regard tombe sur son fils et une lueur apparaît dans ses yeux.

« Qui suis-je ?

– Tu es Céline, ma femme. Tu as disparu depuis sept ans et je te recherche depuis lors. Voilà ton fils, que j'ai élevé en attendant que tu reviennes. »

La femme fait des efforts pour recouvrer la mémoire, des bribes lui reviennent petit à petit :

« Je sais ! Je vous reconnais : je voyais votre visage lorsque vous marchiez le long de la rivière.

– Que t'est-il arrivé ? Tu as disparu alors que tu lavais ton linge.

– J'ai été enlevée et gardée prisonnière au fond de la rivière. Un dragon m'a enlevée. Il voulait que je sois la nourrice de son bébé. Tous les sept ans, ce dragon pond un œuf, mais sa progéniture est si fragile qu'elle demande des soins attentifs que le dragon ne saurait lui prodiguer. Alors, il enlève une femme pour en faire sa nourrice et efface ses souvenirs pour qu'elle ne puisse s'enfuir. Moi-même, si je ne vous reconnaissais pas, du fond de ces gorges, je vous voyais marcher souvent sur la berge du torrent. Je pouvais apercevoir votre reflet à la surface de l'eau. Puis, le bébé dragon a grandi et quand il a été suffisamment fort, le Drac m'a libérée. »

Céline se met alors à pleurer à chaudes larmes en prenant son fils dans ses bras. « Mon cher mari, si tu ne m'avais pas cherchée depuis toutes ces années, je n'aurais jamais retrouvé le chemin de notre foyer. J'aurais erré sans savoir où aller, comme les autres femmes avant moi. Peu d'hommes ont eu ta persévérance et continuent d'attendre leur épouse pendant tant d'années. Ton amour est rare, et je sais déjà que je t'aimerai à nouveau. »

La malédiction du serpent

LORSQUE nous étions enfants, j'adorais raconter des histoires de fantômes et de monstres à mes sœurs. Je prenais un malin plaisir à les terroriser ! D'ailleurs, elles adoraient – tout en s'en défendant – frissonner de terreur en écoutant mes contes invraisemblables. « Le serpent du Verdon » faisait partie des histoires qui avaient le plus de succès auprès d'Anne et de Françoise. Elle m'avait été racontée par mon ami Claude et, je dois bien l'avouer, elle m'impressionnait beaucoup moi aussi.

Le torrent du Verdon a creusé dans le plateau du haut Var des gorges profondes et verticales qui en font l'une des merveilles de la nature. Le succès de ce « spot » – comme disent les amateurs de sports extrêmes – tient autant à la beauté mystérieuse de ces falaises parallèles qu'à la difficulté d'y accéder. Car les gorges du Verdon se méritent, et ceux qui y descendent pour faire du kayak, du rafting, de l'escalade ou simplement pour les admirer en reviennent émerveillés.

Nous avions une vingtaine d'années lorsque Claude et moi avons découvert le Verdon. On nous avait mis en garde contre les serpents d'eau douce qui infestaient l'endroit, et Claude en avait profité pour me raconter une histoire légendaire dans le Verdon. Le soir même, je l'avais répétée à mes sœurs terrifiées. C'était « La malédiction du serpent » !

Un jeune chevalier venait souvent sur les rives du Verdon pour s'adonner à son loisir favori, la pêche. Un jour, après avoir tenu sa canne durant des heures sans parvenir à sortir un seul poisson de l'eau, il ne peut se résoudre à rentrer bredouille au château. Il décide alors de dormir sur place, à la belle étoile, espérant faire quelques belles prises au lever du jour.

Alors que l'aube commence à poindre, il est réveillé par un bruissement étrange, une sorte de clapotis qui monte de la rivière. Il fixe attentivement la surface de l'eau et distingue, fendant le courant, la tête d'un très gros serpent qui nage en ondulant entre les rochers. Le chevalier s'empare de son harpon et s'élance sur la berge, courant à la poursuite de l'animal. La rivière fait un coude et le jeune homme doit faire un détour pour éviter un éboulis. Lorsqu'il débouche de l'autre côté, l'animal a disparu. Les premiers rayons du soleil éclairent une jolie cascade. Et, au milieu de la cascade, une jeune femme couvre sa nudité d'une chemise blanche qu'elle presse contre son corps.

« Tournez-vous, monsieur, pendant que je remets ma chemise », ordonne la jeune fille qui semble plus en colère que gênée.

Le jeune homme est un preux chevalier et il obéit. Mais dévoré de curiosité, il lance un regard par-dessus son épaule.

« Je me nomme Bérenger de Castellane. Et vous, qui êtes-vous, belle inconnue ?

– Vous pouvez vous retourner. Mon nom est Fanélie...

– Comment dites-vous ? Je vous entends mal à cause du bruit de la cascade...

– Fanélie ! » répond-elle d'une voix plus forte.

La chemise, bien que très ample, est toute mouillée et Bérenger peut constater que Fanélie, outre qu'elle est très jolie, est fort bien faite.

« C'est un bel endroit pour se baigner. D'où venez-vous, Fanélie ?

– Je vous en prie, monsieur, laissez-moi tranquille. Je veux être seule.

– Je ne peux pas vous abandonner seule dans ces gorges. Vivez-vous ici ? Où est votre famille ?

– Oui, je vis ici parce que je n'ai pas d'autre choix. Maintenant, allez-vous-en, s'il vous plaît... »

La jeune femme refuse d'en dire plus et s'enfuit en sautant sur les rochers comme une chevrette. Le chevalier est conquis ! Il veut absolument revoir cette jolie naïade et, chaque jour, il revient près de la cascade pour l'attendre.

Elle réapparaît un matin, à l'aube, sous la chute d'eau.

« Que me voulez-vous ? Je vous supplie de me laisser tranquille et de ne plus venir m'espionner...

– Je ne viens pas vous espionner, je veux vous épouser ! Depuis que je vous ai vue, je ne pense à rien d'autre.

– Vous ne savez pas qui je suis et vous voulez m'épouser ! Proposez-vous le mariage à toutes les jeunes filles que vous surprenez au bain ? D'ailleurs, un mariage entre nous est impossible : ce serait contre nature. »

La belle Fanélie ne veut rien entendre, mais le chevalier est opiniâtre. Après plusieurs jours d'une cour assidue, Fanélie, pour se débarrasser de son soupirant têtu, finit par lui dire : « Si vous tenez vraiment à m'épouser, il faudra d'abord me prouver votre valeur et votre courage. Rapportez-moi un croissant de lune et je serai à vous ! » Et la jeune fille lui lance un éblouissant sourire de défi, persuadée qu'elle vient de le décourager définitivement.

Mais au bout de quelques jours, Bérenger est de retour. Il tend à Fanélie un petit sac en papier.

« Voici, ma douce, une pâtisserie que j'ai trouvée dans un petit village dénommé Lurs, à quelques jours d'ici. C'est un croissant de Lurs, comme vous me l'avez demandé.

– Je ne vous ai pas demandé un croissant de Lurs, mais un croissant de lune !

– Oh, il est délicieux celui-là aussi, vous verrez... »

Elle éclate de rire. Le chevalier a réussi à la faire rire, et femme qui rit...

« Vous êtes très amusant, vraiment ! Mais ce n'est pas le croissant que j'attendais.

– Un croissant de lune ! Ah oui... J'ai mal compris alors, c'est à cause du bruit de la cascade. Donnez-moi une seconde chance, je vous en prie !

– Très bien ! Alors, rapportez-moi le calice Dex, la coupe des dieux. Je veux y boire l'eau de ma source. »

Fanélie est sûre, cette fois, de ne plus revoir le jeune homme. Pourtant, quelques jours plus tard, Bérenger revient.

« Voici, ma mie, le calisson d'Aix que vous m'avez demandé ! Il y en a plusieurs, à la pâte d'amande, comme l'exige la tradition. Vous allez vous régaler...

– Mais ce n'est pas le calice Dex !

– Le calice Dex ? Oh, pardon, j'avais compris le

calisson d'Aix... Mais je vous ai apporté une gourde de Gordes, qui était sur mon chemin, pour boire l'eau de la source, si vous avez soif, ajoute-t-il malicieusement.

– Vous êtes un très charmant chevalier, mais ce n'est pas ce que je vous ai demandé. Auriez-vous quelque problème d'ouïe, par hasard ?

– Oh, je vous en prie, belle Fanélie, donnez-moi une dernière chance.

– Écoutez Bérenger, soyez raisonnable, il faut me laisser. Je ne suis pas faite pour vivre dans le mariage. Vous ne savez rien de moi..., murmure-t-elle en reprenant son sérieux.

– Confiez-vous à moi, je peux tout comprendre et tout accepter par amour pour vous.

– Pourriez-vous même accepter de ne jamais partager vos nuits avec votre épouse ?

– Si je vous vois le jour, je serai déjà le plus heureux des hommes !

– Alors, si vous jurez de ne jamais chercher à me voir ni à me rejoindre la nuit, je serai à vous !

– Je vous le jure sur ce que j'ai de plus sacré : mon épée de chevalier ! »

Ainsi, le mariage est célébré quelques semaines plus tard à Castellane, dans la plus grande allégresse. Les deux époux s'installent dans le château de Bérenger. Comme l'a souhaité Fanélie, un appartement lui est destiné, dont l'entrée est interdite la nuit. Les années passent sans un nuage sur leur couple. Le jour suffit à Bérenger pour aimer sa femme tout son saoul, et si la nuit les sépare, c'est pour mieux se retrouver au petit matin.

Mais un soir, un bruit étrange venant de la chambre de Fanélie réveille la maison. Inquiet, Bérenger accourt et frappe à plusieurs reprises à la porte en demandant à sa femme si elle n'a rien. Aucune réponse. Le silence envahit de nouveau le couloir, le chevalier retourne se coucher.

Le lendemain, à l'aube, Fanélie rejoint son époux.

« Que s'est-il passé cette nuit ? lui demande-t-il. J'ai entendu un bruit assourdissant dans tes appartements. Je suis venu cogner à ta porte, mais tu ne m'as pas répondu...

– Comment ? Et la promesse que tu m'as faite avant notre mariage ? Tu ne devais jamais tenter de me voir pendant la nuit ! rétorque-t-elle furieuse.

– Je n'ai pas voulu trahir ma promesse, ma mie. J'étais simplement inquiet, voilà tout. C'est bien normal de la part d'un mari de veiller sur sa femme, non ? Dis-moi au moins ce qui s'est passé : un vacarme incroyable a réveillé tout le château.

– Je ne te dirai rien du tout. Tu n'as pas respecté notre pacte !

– Mais enfin, je ne suis pas rentré dans ta chambre ! Je ne t'ai pas vue ! Et puis, après tout, pourquoi ne devrais-je pas te voir la nuit ? Maintenant, il va falloir que tu m'expliques les raisons de ce pacte ! Je l'ai respecté, mais il me semble que j'ai droit à une explication ! »

Fanélie s'aperçoit que son chevalier est très en colère et que les désordres de la nuit précédente ont piqué sa curiosité. Elle doit se résoudre à lui révéler son secret.

« Tu ne sais rien de moi. Alors écoute : il y a des années, bien avant que nous nous rencontrions, un homme est tombé amoureux de moi. C'était un puissant magicien dont les pouvoirs étaient considérables. Je ne partageais pas son amour, aussi l'ai-je repoussé. Vexé d'être éconduit, il a jeté sur moi un sort terrible, une malédiction. J'espère que tu m'aimeras encore quand tu sauras à quoi il m'a condamnée !

– Quel sort si terrible ? Parle !

– Quand la nuit tombe, et que tout le monde dort du sommeil du juste, moi, je me transforme en serpent. Un immense serpent qui rampe jusqu'aux gorges du Verdon pour s'y nourrir en chassant les mulots et les insectes, en gobant des œufs et en avalant des proies toutes crues. Au matin seulement, je redeviens femme. Le magicien a cru qu'ainsi je ne serais jamais aimée d'aucun homme. Mais je t'ai rencontré et ma vie a changé. Le jour, je suis une femme heureuse et comblée par ton amour, mais le soir, je redeviens cette vipère maudite. Je ne voulais pas que tu me voies comme ça, tu ne pourrais plus m'aimer. »

Pétrifié, le chevalier ne sait que penser. Sa femme si douce, si belle, si fine : un serpent ! C'est impossible. Des larmes coulent silencieusement sur le visage de Fanélie. Bérenger la prend dans ses bras pour la consoler. Et tous deux décident de ne plus jamais parler de cette étrange malédiction.

Pourtant, le seigneur de Castellane ne peut plus regarder sa femme comme auparavant. L'idée qu'il tient un serpent dans ses bras le mine. Il ne peut s'empêcher de penser sans cesse à cette incroyable révélation : que sa femme devienne un serpent la nuit lui paraît monstrueux. Ce que l'esprit ne peut concevoir, le cœur a bien du mal à l'accepter. Bientôt, le doute s'installe insidieusement dans son esprit.

« Sornettes ! Ma femme m'a raconté une histoire à dormir debout pour me cacher la vérité ! Ce n'est pas un serpent qui sort la nuit du château, c'est un amant qui entre pour la rejoindre ! »

Il ordonne alors à trois de ses archers de se tenir sous les fenêtres de Fanélie et se met à surveiller sa femme de plus près. La jalousie le tenaille chaque nuit, lorsqu'il guette l'entrée de son appartement.

Un soir, n'y tenant plus, alors que du bruit se fait encore entendre, il enfonce la porte et surgit dans la chambre, l'épée à la main. Fanélie n'est plus là. Mais la fenêtre est grande ouverte et Bérenger a juste le temps d'apercevoir la queue pleine d'écailles d'un serpent, qui disparaît dans l'embrasure.

Les habitants du plateau prétendent que, les nuits de pleine lune, on aperçoit parfois un serpent qui remonte des gorges du Verdon et hante les douves du château. Il glisse entre les herbes hautes et dresse sa tête en direction des fenêtres éclairées, dans l'espoir d'apercevoir la silhouette de Bérenger, le chevalier de Castellane.

Le barbier et les trois énigmes

JE SUIS tranquillement installé à la terrasse d'un bistrot de Grimaud – charmant petit village du Var – à l'ombre de deux micocouliers et je m'apprête à commander mon petit déjeuner au patron.

« Oh, mais... je vous reconnais, vous ! Vous êtes le monsieur de la télé, celui de l'émission où l'on pose des questions et où l'on gagne des millions !

– Un million, c'est déjà pas mal !

– C'est votre dernier mot, Jean-Pierre ? »

Et le patron du bistrot de se fendre la poire à cette bonne plaisanterie que j'ai déjà dû entendre un bon million de fois ! Eh bien, je ne m'en lasse pas ! Enfin... Je souris poliment.

« Vous savez que nous, à Grimaud, on est très forts pour répondre aux questions ! On a un don très ancien pour les devinettes ! C'est même une pratique ancestrale.

– Tiens donc, eh bien, il faut vous inscrire à l'émission. Et d'où vous vient ce... don très ancien ?

– D'un de nos ancêtres, le roi des énigmes, Gibelin de Grimaldi. »

Je subodore une histoire comme je les aime : les deux pieds dans le terroir et la tête dans les légendes.

« J'adore les histoires, vous allez me la raconter, celle-là ! »

Le patron pose alors son carnet et, sans façon, s'installe à ma table.

Il y a longtemps, Grimaud appartenait à Gibelin de Grimaldi. Ce grand seigneur était connu dans la Provence entière comme un grand amateur d'énigmes, qu'il parvenait toujours à résoudre. Il était devenu incollable à ce jeu d'esprit qu'il affectionnait particulièrement depuis la disparition de sa femme. Cet engouement était en grande partie dû au fait qu'il s'ennuyait à mourir dans son château, où il vivait seul avec sa fille.

D'une beauté rare, Églantine, sa seule descendante, s'ennuyait aussi terriblement car, par jalousie, son père lui interdisait toute sortie. La jeune fille n'avait le droit de se rendre au village qu'une fois par mois, pour aller à confesse ! Confesser quoi ? me direz-vous. Sa réclusion la rendait aussi vertueuse qu'une nonne cloîtrée. Encore que... Enfin, son plus grand péché consistait, une fois par mois, à désobéir à son père...

Car au lieu d'aller chez le curé, la jeune fille préférait faire soigner sa chevelure chez un des barbiers de la Grand-Rue. Grimaud était à l'époque connu pour la valeur de ses barbiers : le petit village n'en comptait pas moins d'une vingtaine et on venait de plusieurs kilomètres à la ronde, les femmes pour se faire coiffer, les hommes pour se faire raser. Seul le seigneur Gibelin refusait de descendre au village pour se faire couper les cheveux et la barbe. Et pour cause ! Quelques années plus tôt, dame Grimaldi, sa tendre épouse, avait disparu... avec un barbier. Depuis cette trahison, le visage de Gibelin disparaissait complètement sous ses poils et sa tignasse.

Pourtant, un jour, las de sa réclusion volontaire et fatigué de tourner en rond, il décida d'organiser un grand tournoi. Il fit proclamer dans tout le pays qu'il offrirait sa fille en mariage à celui qui parviendrait à lui poser trois énigmes qu'il serait incapable de résoudre. Aussitôt, tous les princes et chevaliers doués d'un peu d'esprit se précipitèrent à Grimaud pour relever le défi. Attirés par la beauté légendaire d'Églantine, mais également, reconnaissons-le, par sa dot conséquente, tous étaient sûrs de connaître la devinette qui tue ou la charade foudroyante !

Gibelin, aux anges, fut ainsi confronté à des centaines de questions perfides, d'énigmes tordues, de logogriphes incompréhensibles, de charades en chausse-trappes, de rébus pervers et de casse-tête infernaux. Partout dans le château, on entendait dans les pièces des : « Mon premier est... », « Qu'est-ce qui est vert et... », « Quelle est la différence entre une blonde et... » ...

Mais les compétiteurs avaient à peine ouvert la bouche que Gibelin de Grimaldi avait déjà trouvé la réponse. Pourtant, la plupart de ces énigmes auraient rendu fou plus d'un amateur. Certaines n'avaient ni queue ni tête, d'autres étaient si compliquées qu'il fallait connaître le latin. Mais ni les plus abstraites, ni les plus obscures, ni les plus complexes n'étaient parvenues à mettre en échec la sagacité de Grimaldi.

« On me met sur la table, on me coupe et pourtant on ne me mange pas. Qui suis-je ?

– Un jeu de cartes, dit le roi en soupirant. Au suivant...

– Qu'est-ce qui est gros comme un pamplemousse et qui peut contenir toute l'eau de la terre ?

– Une passoire, répondit le seigneur, trop facile, beaucoup trop facile. Au suivant !

– Dès qu'on prononce mon nom, je n'existe plus...

– Le silence, répondit le seigneur. Au suivant !

– Je suis aussi grand que la tour du donjon de

votre château et cependant je pèse moins qu'une plume. Qui suis-je ?

– Son ombre, enfin ! Suivant...

– Un homme a une allumette. Il entre dans son logis pour se chauffer. Il y a un poêle à bois, un à l'huile et un autre à tourbe. Qu'allumera-t-il en premier ?

– L'allumette, dit Gibelin. Vous ne m'aurez pas avec des devinettes aussi faciles. Suivant !

– Je mords mais je n'ai pas de dents. Je siffle mais je n'ai pas de bouche. Je me déplace mais je n'ai pas de membre...

– Car il s'agit du vent, dit le seigneur avant même que l'homme n'ait terminé l'énoncé de son énigme. Du vent !

– Mes parents ont cinq enfants. La moitié sont des garçons. Comment expliquer cela ?

– Eh bien, l'autre moitié, ce sont aussi des garçons, parbleu. Suivant !

– Plus je suis frais et plus je suis chaud, qui suis-je ?

– Le pain, vous me donnez faim, mon vieux. Au suivant ! Et qu'on m'apporte à manger.

– Je ne parle jamais le premier mais je parle toujours le dernier. Qui suis-je ?

– L'écho, répondit le seigneur. Au suivant... suivant... suivant... suivant...

– Combien de gouttes d'eau peut-on mettre dans un verre vide ?

– Aucune, car sinon le verre n'est plus vide, dit le seigneur. J'ai soif maintenant. À boire !

Et comme l'homme en face de lui restait immobile : « Au suivant ! »

Il en fut ainsi pendant plusieurs jours, Gibelin se faisant un malin plaisir de rabrouer rudement ceux qui venaient pour le défier. Las, découragés, enroués, vidés, les prétendants repartaient aussi vite qu'ils étaient venus.

Si le prince était ravi de montrer au pays entier l'agilité de son esprit, sa fille, la belle Églantine trouvait le temps long... Il faut dire qu'elle n'avait que médiocrement apprécié d'être l'enjeu d'un jeu de mots. De plus, elle était secrètement amoureuse d'un jeune barbier du village. Précisément celui chez qui elle allait se faire coiffer le jour de sa sortie mensuelle. Jamais elle n'aurait osé le dire à son père, connaissant sa totale antipathie pour les barbiers. Aussi frémit-elle de joie en voyant arriver au château le jeune homme, décidé à relever le défi de son père !

En le regardant s'approcher dans sa tenue de barbier, Gibelin eut un geste méprisant :

« Que veux-tu, barbier ? Ne sais-tu pas que la vue de tes semblables me répugne ? Je hais les barbiers ! Je maudis les barbiers !

– Seigneur, répondit calmement l'homme, j'apporte à mon tour trois humbles devinettes. »

Gibelin fut bien obligé de l'écouter, il n'était pas dit que son offre était interdite aux barbiers !

« Vas-y, mais fais vite, l'heure du dîner approche et j'ai très faim.

– Voilà mon énigme. Vous venez de mourir...

– Tu commences bien mal, jeune arrogant, l'interrompit Gibelin.

– Pardonnez-moi, mais c'est seulement une image, seigneur.

– Continue...

– Vous venez donc de mourir et, arrivé au ciel, vous vous trouvez face à deux portes identiques gardées par des jumeaux complètement semblables physiquement, un à chaque porte. L'une des portes est celle du paradis et l'autre celle de l'enfer. Sachant que l'un des jumeaux ment toujours et que l'autre dit toujours la vérité, vous devez trouver où se trouve la porte du paradis en posant une seule question à l'un des deux. Quelle question poserez-vous, seigneur ? »

Pour la première fois, le seigneur de Grimaud resta muet comme une carpe. Après un long moment de réflexion : « Peux-tu me répéter tout cela ? » demanda-t-il au barbier en se relevant de son trône sur lequel il s'était quelque peu affalé.

Alors, d'une voix limpide, le barbier réitéra son

énigme. Cette fois, Gibelin l'écouta de ses deux oreilles, se concentrant sur chaque mot prononcé par le petit barbier : « Deux portes... des jumeaux... le paradis... l'enfer... »

« L'enfer. » Ce mot résonnait en lui comme un terrible glas : il ne trouvait pas ! Le silence s'était installé dans la grande salle du château, chacun retenait son souffle. Le seigneur regarda une dernière fois le jeune barbier, puis finit par lâcher : « Je ne sais pas ! »

Le barbier sourit. Églantine, qui assistait à la scène, aussi. La stupéfaction était générale : pour la première fois, Gibelin de Grimaldi avait failli.

« La réponse, ordonna-t-il d'une voix caverneuse. Et qu'elle soit pertinente !

– Elle l'est, seigneur, répondit le barbier. La question qu'il faut poser, à l'un ou l'autre des deux frères, est : "Si je demande à ton frère quelle est la porte du paradis, que va-t-il me répondre ?" Le jumeau va désigner une porte et le paradis sera derrière l'autre. Car le menteur mentira et désignera la porte de l'enfer, tandis que son frère désignera lui aussi la porte de l'enfer, car il sait que c'est celle que son menteur de frère aurait indiquée. » Gibelin hocha la tête en connaisseur. « Habile... très habile ! Barbier, il te reste deux énigmes encore. Seront-elles aussi astucieuses que la première ? Je ne me laisserai pas avoir aussi facilement. Je t'écoute... »

Cette fois, le seigneur de Grimaud se concentra et fixa attentivement le jeune homme.

« Bien. Voilà ma deuxième énigme : c'est mieux que Dieu, c'est pire que le Diable, les pauvres en ont, les riches en ont besoin, et si on en mange, on meurt. Qu'est-ce que c'est ? »

Pour la deuxième fois, Gibelin resta coi.

« Dieu... Diable... Diable ! pensa-t-il. Quelle est cette devinette infernale ? Les riches... les pauvres ? »

Il tourna et retourna la question en tous sens, mais rien ne lui vint. Regardant le jeune barbier, il lança avec impatience :

« Je sèche... Donne-moi la réponse.

– La réponse est rien. Car rien n'est mieux que Dieu. Rien n'est pire que le Diable. Les pauvres n'ont rien. Les riches n'ont besoin de rien. Et si on ne mange rien, on meurt.

– J'aurais dû trouver... j'aurais dû trouver ! se lamenta le seigneur de Grimaldi. Je m'en veux ! »

Un léger sourire apparut sur le visage du jeune homme.

« Tu peux sourire, barbier, dit le seigneur, rira bien qui rira le dernier ! Tu ne m'auras pas une troisième fois. Je t'écoute. »

Le barbier reprit, sous le regard rempli d'espoir d'Églantine qui encourageait des yeux son héros :

« Un barbier s'installe dans une rue du village de Grimaud. Sur sa devanture, il fixe une plaque où est écrit : “Au meilleur barbier de Grimaud”. Quelque temps plus tard, dans la même rue, s'établit un autre barbier. Voyant l'enseigne de son concurrent, il inscrit sur la sienne : “Au meilleur barbier du comté”. Puis vient un troisième barbier, qui monte son commerce en face des deux autres. À la vue des devises de ses rivaux, il marque au fronton de sa boutique : “Au meilleur barbier du pays”. Mais un quatrième barbier emménage encore dans la rue. Après avoir examiné les pancartes des trois autres, il décide d'apposer sur sa vitrine : “Au meilleur barbier du monde”.

– Il y a décidément beaucoup trop de barbiers dans cette rue », marmonna Gibelin dans sa barbe.

Le barbier continua :

« Enfin, au milieu de tous ces commerces, s'installe un dernier barbier. Voyant les autres enseignes, il inscrit... Mais qu'inscrit-il au juste pour surpasser tous ses confrères, seigneur ?

– Y a-t-il du vécu dans cette histoire, jeune homme ?

– Oui, seigneur : je suis ce dernier barbier !

– Donc, si j'étais allé me faire tailler cheveux et barbe, j'aurais eu la réponse à ton énigme ?

– Oui, en effet, mais vous n'êtes jamais venu...

Vous n'avez jamais mis les pieds chez moi, ni chez aucun autre barbier de Grimaud. »

Gibelin resta sans voix. Le barbier, devant son silence, osa alors lui suggérer : « Il faudrait un jour penser à couper tout cela. On me dit très habile de mes ciseaux : si je deviens votre gendre, je pourrais également devenir votre barbier, seigneur. »

Le seigneur esquissa un sourire, et toute l'assemblée se dérida, tandis qu'Églantine battait des mains en rosissant de charmante façon.

« Tu as gagné, mon garçon. Ma fille est à toi... ainsi que sa dot. Mais, dis-moi...

– Oui, seigneur ?

– Qu'as-tu donc inscrit de si malin sur l'enseigne de ta boutique ?

– Eh bien, seigneur, j'ai inscrit : "Au meilleur barbier de la rue" ! »

Je ris aux éclats en remerciant vivement le cafetier pour cette plaisante histoire. Je crois bien que le café que je savoure en ce moment m'a été servi par le meilleur cafetier de la place !

Je pensais en être quitte, mais le patron ne pouvait pas laisser passer une si belle occasion : « J'espère que c'est votre dernier mot, Jean-Pierre ! »

Arnaud le Fol et le prince alchimiste

LES MASSIFS varois des Maures et de l'Estérel sont des terres sauvages. Le brun verdoyant d'une forêt tourmentée par le mistral s'y dispute une place entre l'ocre et le carmin des roches. Par les chemins escarpés des Maures, on quitte la pénombre des forêts de chênes et de châtaigniers qui coiffent les sommets, pour déboucher en plein soleil, sur les pentes couvertes de garrigues qui descendent jusqu'au littoral méditerranéen. Quelques kilomètres plus loin, les falaises arides de l'Estérel, dont les roches cramoisies plongent dans la mer, sont les derniers escarpements avant la Côte d'Azur. L'Estérel, tel un rempart rocheux accoté au haut pays varois, arrête le vent et protège la Riviera de ses violences. Mais si l'on reste de l'autre côté, on voit le mistral tordre les arbres et fouetter les visages avec plus de vigueur encore, comme s'il était furieux de ne pas pouvoir franchir l'obstacle.

C'est dans cette forêt, qui s'étend sur les Maures et le massif rouge sang de l'Estérel, qu'Arnaud le Fol s'est caché pendant plus de trois ans.

En Provence, on dit que les fous ont, tout au fond d'eux, la sagesse du soleil. On ne sait pas très bien ce que cela veut dire, mais c'est joli, et puis ça fait expression du terroir.

Fou ? Arnaud ne l'était sûrement pas ! Tout juste avait-il une légère propension à rire pour un oui ou pour un non, l'habitude de croire tout ce qu'on lui disait, et le don de rester des heures sans rien faire, la tête perdue dans les étoiles. Arnaud était un peu simple, pas complètement fada mais, c'est vrai, un peu fol !

Il a beaucoup de mérite à sourire ainsi, Arnaud ! Parce que la vie n'a pas été tendre avec lui. Très jeune, il a perdu son père et sa mère, emportés par un torrent de boue, et depuis, un viticulteur l'a pris comme apprenti, sous prétexte de lui inculquer les secrets de la fabrication du vin. Arnaud le Fol est bien incapable de faire la différence entre les cépages et de doser le sucre dans le vin de Bandol. Il est tout juste assez dégourdi pour effectuer de menus travaux, que le paysan rémunère d'un morceau de pain et d'un oignon et, pour Noël, d'une orange.

Ce matin-là, Arnaud est au milieu des vignes,

caché par les larges feuilles, en train de grappiller du raisin, lorsqu'il aperçoit un carrosse lourdement chargé qui avance en brinquebalant sur les pierres du chemin. Un léger sourire apparaît sur son visage. Il sait qu'une ornière meurtrière attend la voiture, dissimulée dans le virage. Le cocher voit trop tard le piège : une des roues tombe dans le trou avec un bruit sinistre. Le moyeu se fend en deux, et la berline manque se coucher sur le côté. Enchanté de cette distraction, Arnaud sort comme un diable de sa cachette, le visage barbouillé de jus de raisin, et se précipite sur les lieux de l'accident.

Le cocher regarde impuissant la roue pliée, en tapant son fouet contre ses bottes. « Il y a tellement de trous et de pierres sur cette route que ce doit être le Diable qui l'a construite ! »

Un seigneur, suivi d'une ravissante jeune fille, descend prudemment de l'autre côté, provoquant chez Arnaud une crise de tétanie qui le laisse pantois, la bouche ouverte et les yeux exorbités.

« Dites-moi, jeune homme, y a-t-il, pour ma fille et moi, un endroit dans cette contrée où nous pourrions attendre qu'on répare notre voiture ? »

Arnaud le Fol sort de son ahurissement à ces paroles.

« Bien sûr, monseigneur. La maison de maître Bernard n'est pas loin. Je peux vous y conduire. Si la demoiselle est fatiguée, je peux la porter sur mon dos. Je suis fort, vous savez.

– Merci infiniment, jeune homme ! Mais je crois que ma fille se porte très bien sur ses deux jambes. »

La jeune fille, qui a entendu avec effarement la proposition d'Arnaud, lui jette un coup d'œil et comprend à sa mine que le jeune homme est inoffensif. Elle lui sourit donc et ajoute doucement : « Merci, monsieur, de votre prévenance. Mais marcher me fera du bien : nous venons d'Aix-en-Provence et nous nous rendons à Toulon. Nous étions donc bien proches du but quand cette roue nous a lâchés... »

Le seigneur s'avance au milieu des vignes ensoleillées, suivi de sa fille qui a sorti une ombrelle de la voiture pour protéger son visage de tout hâle. Arnaud court devant en sautant de joie, il n'a jamais vu jeune fille plus ravissante et se met à siffler comme un pinson !

Maître Bernard voit entrer dans son mas le curieux cortège. Arnaud est très excité et parle en faisant de grands gestes, mimant le carrosse, la roue cassée et lui, qui a tout vu, alors qu'il chapardait dans les vignes.

« Arrête de cabrioler, Arnaud ! On dirait que le mistral tourbillonne dans ma cour !

– Il faut aider ce seigneur, maître, je suis sûr de pouvoir réparer ce carrosse...

– Tu ferais mieux de réparer ta propre tête, mon garçon !

– Dites oui, maître, je les ai amenés jusqu'ici, la demoiselle aussi ! »

Le seigneur s'approche du maître viticulteur et s'adresse à lui d'une voix un peu condescendante :

« Je suis le seigneur de Villars et voici ma fille, Anne. Nous devons rejoindre le port de Toulon, monsieur. Un bateau attend notre chargement... Et sans cette roue, nous y serions presque. Y a-t-il un charron dans la région ?

– Oui, monseigneur. Je vais le faire quérir. Mais il ne pourra pas réparer avant demain. Pour cette nuit, je serais très honoré de vous accueillir dans mon mas. Vous prendrez ma chambre et la jeune fille pourra dormir dans celle de ma défunte épouse. Arnaud va vous préparer les lits. Arnaud ! »

Sur ces mots, le jeune apprenti fonce vers les chambres, non sans adresser un clin d'œil affectueux à la jeune fille, qui prend le parti d'en rire.

Le lendemain matin, le mas est réveillé par des bruits et des cris :

« Holà ! Du monde ! Que tous viennent ici !

– Que se passe-t-il ? demande maître Bernard en entrant dans la chambre où a dormi le seigneur.

– On m'a volé ! On a dérobé mes pièces d'or !

Cette nuit, pendant mon sommeil ! Je ferai pendre le coupable !

– Ce doit être ce maudit apprenti, il est parti à l'aube, monseigneur. C'est Arnaud le Fol qui a dû prendre votre or !

– Depuis combien de temps est-il en chemin ?

– Pas plus d'une heure ! Je vous fais seller un cheval, vous n'aurez aucun mal à le rattraper ! »

En effet, une demi-heure plus tard, le seigneur de Villars aperçoit le jeune Arnaud qui marche tranquillement en sifflotant sur la route de Bandol. Il se précipite sur lui en dégainant sa rapière. « Où sont mes pièces d'or, maudit brigand ? Où les as-tu cachées ? »

Arnaud le Fol n'a pas l'air inquiet, il sourit niaisement.

« De quel or parlez-vous donc, monseigneur ? Vous me reconnaissez, je ne suis qu'Arnaud, l'apprenti de maître Bernard !

– Je sais qui tu es ! Qu'y a-t-il dans ta besace ? Ouvre-la ! »

Arnaud s'exécute volontiers et vide le contenu de son sac à ses pieds. Au milieu d'un lot d'outils rouillés brille une pièce d'or.

« Je te tiens, canaille ! Où sont les autres ? Tu vas me montrer tout de suite où tu les as cachées.

– Mais, monseigneur, je ne comprends pas, je n'ai jamais rien volé, à part du raisin et un peu de lait ! Cette pièce n'est pas à moi, je ne sais pas d'où elle vient...

– Parbleu, je sais bien qu'elle n'est pas à toi. Allez, suis-moi ! Tu seras emprisonné jusqu'à ce que tu dises où tu as caché les autres pièces. Fou ou pas fou !

– Mais, monseigneur, je suis parti ce matin pour aller faire aiguiser les outils, comme maître Bernard me l'a demandé, et...

– Viens là, chenapan ! rugit Villars en saisissant le jeune homme. Je vais te jeter moi-même au cachot ! »

Le bagne de Toulon est une énorme forteresse lugubre, crasseuse et rébarbative. Au fond de sa cellule, Arnaud se demande combien de temps il supportera d'y rester enfermé. Il ne voit même pas le soleil ! Alors il ferme les yeux et se rêve au milieu des vignes baignées de lumière. Et puis, il s'endort du sommeil du juste.

Il est réveillé par la grosse voix du geôlier qui fait tourner les lourds verrous de la porte de sa cellule. « Tu as de la visite, petit, s'esclaffe-t-il en faisant un clin d'œil appuyé à Arnaud. Du beau linge ! »

Il s'efface pour laisser entrer une femme, dont le visage est dissimulé par le grand capuchon de son manteau.

« Bonjour, Arnaud, dit timidement la jolie Anne de Villars. Je suis désolée qu'on vous ait emprisonné, mon pauvre Arnaud...

– Comme votre visite me fait plaisir ! »

Arnaud rayonne de joie et son sourire éclaire la cellule comme celui des anges qui jouent de la trompette au plafond de l'église.

« Je crois en votre innocence... »

Elle s'interrompt alors pour lancer un regard noir en direction du geôlier. Celui-ci s'éloigne, gêné, vers le fond du couloir.

« La fortune de mon père est inépuisable. Il peut avoir autant de pièces d'or qu'il le souhaite. C'est un grand secret, mais j'ai confiance en vous, Arnaud ! Eh bien, cet or, il le fabrique lui-même.

– Ah oui, il fabrique de l'or ? Je ne connaissais pas ce métier ! Comment fait-il, j'aimerais bien apprendre ! »

Anne sourit devant ce naïf enthousiasme.

« Il transmute des métaux en lingots d'or, *Aurum arte factum*, l'or fabriqué par l'alchimie.

– L'alchimie... »

Arnaud est décontenancé. Anne parle le latin comme le curé et il a toujours pensé que le latin servait à prononcer des formules magiques. La jolie Anne serait-elle une masco et son père un puissant sorcier ?

« Arnaud, je ne veux pas que vous croupissiez

dans ce trou, confiné comme un champignon. Cachez ce sac. J'y ai mis des vêtements et de quoi regagner l'air libre au plus vite. Bonne chance, Arnaud ! »

Anne laisse le sac et s'avance avec détermination vers le geôlier. « Raccompagnez-moi ! Tenez, pour votre peine ! »

La jeune fille jette quelques pièces dans la main de l'homme, qui se casse en deux pour la remercier. « Ces cellules sont immondes, quelle odeur terrible ! » dit-elle en s'éloignant avec le gardien.

À l'intérieur du sac, Arnaud trouve des vêtements et un gourdin ferré. Le jeune homme échange bien vite ses haillons de bagnard contre une épaisse tunique de lin et un manteau de soie richement brodés. « Ainsi vêtu, on me laissera sortir », songe-t-il.

Il s'embusque en attendant le retour du geôlier, qu'il assomme proprement d'un grand coup de bâton sur l'occiput. Puis, imitant le seigneur de Villars dans ses riches atours, il sort du bagne d'une démarche assurée, saluant de la main les gardes postés aux grilles. Il ne lui faut que quelques minutes pour laisser Toulon et son bagne derrière lui, et il s'enfonce résolument dans les collines en direction du nord.

Devant lui s'étend la vaste forêt de la Sainte-Baume, mais un peu plus haut, au milieu de la falaise, Arnaud aperçoit une grotte difficilement accessible, et s'y réfugie. Le gazouillis d'un ruissellement attire son oreille et le jeune homme voit un filet d'eau qui s'écoule sur un des murs de la grotte. Son optimisme reprend aussitôt le dessus. « Une source ! Eh bien, au moins je ne mourrai pas de soif ! »

Après une nuit à la Sainte-Baume, Arnaud repart en direction de la mer avec l'idée de s'enfuir sur un bateau. Par la route de l'est, il parvient jusqu'au massif des Maures. L'immense et sombre forêt qui s'étend sur le mont est une aubaine pour un fugitif. Cette nuit-là, il dormira à la belle étoile, adossé contre un châtaignier, et reprendra sa cavale au petit jour. Les falaises de l'Estérel apparaissent bientôt, le carmin des pics dentelés découpe le ciel. Arnaud escalade le massif par un sentier rugueux, tout en ruminant ses pensées. Une à la fois... « Je ne peux pas fuir toute ma vie. Si je prends le bateau, je perdrai tout espoir de prouver mon innocence et de revoir la belle Anne ! Mais si je ne m'enfuis pas, ils vont me prendre avant même que je puisse prononcer un mot ! »

La forêt s'épaissit au fur et à mesure qu'il avance, les taillis recouvrent maintenant entièrement le chemin. Arnaud ne sait plus dans quelle direction se diriger. Il avise un torrent au creux des roches. « Si je suis son cours, j'arriverai jusqu'à la mer ! »

Soudain, il entend une voix qui semble portée par le vent.

« Méfie-toi de ces eaux, étranger.

– Qui parle ? Qui êtes-vous ?

– Je suis la maîtresse des lieux, et toi qui es-tu ? Que cherches-tu ici ?

– Je...

– Tu es en fuite, n'est-ce pas ? Et comme tous les repris de justice, tu viens te réfugier ici car tu sais que personne ne t'y retrouvera.

– Comment...

– Tu n'es pas le seul. Écoute bien, entends-tu la voix de tes compagnons ? »

Des murmures traversent l'air comme autant d'échos entre les roches, des dizaines de voix au souffle terrifiant lui parlent ensemble, sans qu'il puisse identifier leur provenance. Il distingue même des rires : se moque-t-on de lui ?

La femme reprend la parole :

« Arnaud le Fol, tu n'es pas fou ! Ces voix sont celles de tous ceux qui t'ont précédé.

– Mais qui êtes-vous ? lance-t-il, pas plus rassuré.

– Je suis la fée Estrello ! Je veille sur toutes ces âmes injustement condamnées. Nous allons t'aider, ne t'inquiète pas. J'ai entendu ta complainte et j'ai un plan pour toi. »

Pendant ce temps, les rues d'Aix, malgré la foule, semblent désertes à Anne, préoccupée par le sort du jeune Arnaud dont elle ne sait s'il a pu s'échapper. Plusieurs mois ont passé et elle ose s'en ouvrir à son père :

« Père, croyez-vous vraiment que ce jeune apprenti un peu simple ait dérobé votre or ?

– Pourquoi me dis-tu cela ? Tu as l'intention de prendre sa défense ? N'oublie pas que je l'ai rattrapé et qu'il avait une pièce avec lui !

– Père, s'il avait réellement volé cet or, pensez-vous qu'il aurait gardé sur lui une telle preuve de son forfait ?

– La preuve était bien là, en tout cas. Et, tu le dis toi-même, ce garçon est un peu simplet, alors...

– Justement, il était facile de faire accuser ce garçon en glissant une pièce dans sa besace. C'était le coupable idéal.

– Qui aurait pu faire une telle chose, alors ?

– Qui a envoyé Arnaud le Fol pour une course en ville en faisant croire qu'il s'enfuyait ?...

– Effectivement... J'en aurai le cœur net ! »

Maître Bernard chantonne en soignant ses vignes. Il pense à la fortune qu'il a soigneusement dissimulée dans un des murets de pierre qui entourent ses vignes. Il va bientôt pouvoir dépenser cet or, maintenant que les choses se sont apaisées.

Soudain, en plein soleil, il aperçoit, entre les rangées de ceps, une boule de feu qui flotte au-dessus du sol en s'approchant de lui.

Des flammèches bleutées jaillissent lorsque la boule rebondit sur un caillou. Le paysan, terrifié, a les jambes coupées à la vue du prodige. Il entend alors une voix d'outre-tombe qui l'interpelle :

« Maître Bernard, tu es un voleur !

– Quoi ? Qui va là ?

– Tu es coupable de vol. Et tu as fait accuser un innocent à ta place ! Tu brûleras en enfer et ce feu-là te déchirera les entrailles.

– De quoi parlez-vous ? Ce n'est pas moi !

– Sot, ne nie pas ! Les pièces d'or que tu as dérobées sont marquées du sceau de ta victime. Tu ne pourras jamais les négocier ! »

Le feu follet l'enveloppe maintenant dans un dernier tourbillon de flammes puis disparaît soudainement. Maître Bernard se retrouve assis par terre avec tous les poils du corps qui grésillent. Il n'a pas rêvé : l'odeur de roussi est là pour lui rappeler les accusations du feu follet.

Il se relève et, sans même vérifier s'il est seul, se précipite vers sa cachette. Il enlève quelques pierres et saisit les pièces au fond de la cavité.

À cet instant, le seigneur de Villars se matérialise devant lui. « Ma fille avait raison : tu es un voleur et tu as envoyé ton apprenti au bagne alors qu'il était innocent. Mais la justice t'a rattrapé ! Tu vas payer pour ta forfaiture ! »

Et c'est ainsi qu'Arnaud le Fol recouvra son honneur. Son séjour dans la forêt avec la fée Estrello lui avait été profitable. On ne sait pas comment l'esprit était venu au jeune homme, mais il fallut bien constater que, s'il n'était plus coupable, il n'était plus du tout l'innocent du début de l'histoire. Le seigneur de Villars, voulant réparer le tort qu'il lui avait causé, lui donna sa fille Anne en mariage et leur offrit à tous deux, en cadeau de noces, un monceau de pièces d'or.

Que devint maître Bernard ? Le viticulteur dut boire la coupe jusqu'à la lie : on lui infligea le supplice du tonneau qui consistait à déverser dans le gosier du condamné, par un entonnoir, des dizaines de litres d'eau !

Fatale prédiction

SALON-DE-PROVENCE est à jamais associé dans ma mémoire à un restaurant qui n'existe plus aujourd'hui, Chez Gu. C'était il y a trente ans, j'animais de grands shows pendant l'été, dans les arènes de Nîmes ou de Béziers, avec Claude François, Joe Dassin, Eddy Mitchell et tout le gratin des chanteurs des années 70. Tout le monde se retrouvait chez Gu, à la fin du spectacle, pour manger des pâtes au pistou en buvant du rosé dans de grandes bouteilles bien fraîches. C'était une tradition.

Mais l'histoire que je vais raconter est bien loin de chez Gu, des chanteurs yé-yé et de mes souvenirs de jeunesse. Elle se passe à Salon il y a cinq cents ans...

Un grand et étrange astrologue faisait la renommée de Salon-de-Provence. On se déplaçait de la

France entière et même de l'Europe pour le consulter. La régente elle-même, Catherine de Médicis, avait fait le voyage jusqu'à Salon pour le rencontrer. Il s'appelait Michel de Nostre-Dame mais il était plus connu sous le nom de Nostradamus. D'une manière générale, les Provençaux étaient friands des almanachs que l'astrologue publiait à cette époque, remplis de conseils de santé et de prévisions diverses. La renommée de Nostradamus était alors immense et ses prédictions astrologiques très recherchées.

Un homme vint un jour le consulter en sa maison de Salon. Nostradamus remarqua que l'homme regardait derrière son épaule en entrant dans son cabinet, puis qu'il baissait les yeux, n'osant pas fixer son interlocuteur. Alors qu'on l'invitait à s'asseoir, l'homme vérifia d'abord que le siège n'allait pas se casser et que personne n'était caché dessous. Enfin, il épousseta le plateau et s'assit du bout des fesses. Nostradamus l'observait sans rien dire, les mains croisées sur son giron, attendant que l'homme fût installé pour ouvrir la bouche : « Comment t'appel... »

Ces simples mots suffirent pour que l'homme se mette à trembler et à pleurer, manifestant tous les signes d'une incroyable panique. Nostradamus lui sourit alors affectueusement. « N'aie pas peur, mon ami. Tu es ici sous ma protection : tu ne risques rien. Je t'assure ! »

Mais l'homme restait absolument muet. Muet de terreur.

Cet homme avait toujours eu peur. Il avait d'abord eu peur de naître et fait attendre sa mère plus de dix mois avant de venir au monde. Ensuite, il avait eu peur de la nuit. Alors qu'enfant, ses parents le laissaient seul dans sa chambre, chaque bruit lui faisait imaginer le pire. Peur des autres aussi, depuis qu'à l'école il était devenu la tête de Turc de ses petits camarades. Peur des femmes, depuis sa première aventure désastreuse avec une jolie Arlésienne qui avait fini par s'en aller un matin sans rien lui dire. Peur des bêtes sauvages – même les plus inoffensives – depuis qu'un sanglier l'avait renversé alors qu'il accompagnait son père à la chasse. Peur de la maladie, depuis qu'il avait échappé à l'épidémie de peste qui avait ravagé plusieurs villes de Provence. Peur de son ombre même, depuis qu'un ami lui avait fait croire que ce double obscur qui le suivait partout était un monstre qui en voulait à sa vie.

Mais, par-dessus tout, il avait peur de mourir. Une peur terrible qui l'obsédait jusqu'à l'empêcher de vivre. Il en était arrivé à la conclusion que le seul moyen de ne plus avoir peur de la mort, c'était de savoir comment elle allait l'emmener. C'est pour cette raison qu'il avait décidé de rencontrer le grand Nostradamus, l'homme qui avait prédit le trépas du roi Henri II. Celui que Catherine de Médicis considérait comme le plus grand devin de son temps pourrait peut-être lui révéler les secrets de sa propre mort.

L'homme ne pouvait articuler un mot : il tremblait d'avoir osé cette démarche et ne savait plus comment présenter sa requête. Il n'était pas roi ! Le grand Nostradamus allait l'éconduire, c'est sûr !

Devant son mutisme, Nostradamus lui tend une petite boîte en argent délicatement ouvragée.

« Voulez-vous une pastille à la rose ? Je les ai conçues moi-même, elles donnent une haleine fraîche et délicate.

– Non merci, monsieur.

– Alors vous n'êtes point sourd-muet, remarque Nostradamus en souriant. Je finissais par le penser. Si toutefois vous l'aviez été, j'aurais pu vous concocter une potion à base de langue de pie qui a la faculté de faire revenir la parole. »

L'homme fronce les sourcils, se demandant si le vieil homme n'est pas en train de se moquer de lui. Nostradamus continue :

« Souffrez-vous d'un mal quelconque ? Avez-vous besoin de soins ? Ou alors est-ce la gourmandise qui vous a fait venir jusqu'ici ? Je fabrique des confitures délicieuses, ma dernière trouvaille est une confiture à la cerise dont la reine ne peut dorénavant plus se passer. J'ai une autre recette absolument exquise, celle de la confiture aux noix.

– Je n'en mangerai pour rien au monde.

– Et pourquoi donc, mon ami ?

– Les noix donnent des aphtes.

– C'est là que mes subtiles compétences entrent en jeu car, voyez-vous, j'ajoute à cette confiture particulière une potion qui protège des aphtes. »

Impressionné, l'homme regarde le vieux savant en pensant qu'un homme possédant autant de pouvoirs ne doit jamais avoir peur.

« Alors, êtes-vous décidé à m'expliquer les raisons qui vous ont conduit jusqu'à moi ?

– Je m'appelle Mateo, et... et si vous voulez bien m'écouter... je vais... je vais vous raconter... raconter l'histoire de... de... de ma pauvre vie. »

L'homme n'est pas sujet au bégaiement, mais des sanglots, des gestes de crainte et de brusques accès de terreur altèrent son récit. Nostradamus l'écoute attentivement. Il résulte de son histoire que Mateo est atteint de peur panique depuis sa naissance.

« Je comprends votre angoisse, qui est partagée par tous les êtres sur cette terre. Mais que puis-je faire pour vous ?

– Je veux savoir comment je vais mourir, se lance enfin Mateo.

– Impossible, lui répond le sage.

– Je n'arrive plus à vivre : la peur de mourir m'obsède. Le seul moyen de ne plus avoir peur serait de savoir ce que la grande faucheuse me réserve. S'il vous plaît, insiste Mateo, je peux vous donner beaucoup d'argent.

– Il suffit, je n'ai cure de votre argent, cela ne m'intéresse pas... D'ailleurs si j'ai besoin d'or... »

Nostradamus s'interrompt un instant, brusquement absorbé par la pensée des menaces que font peser sur les alchimistes et sur toutes les personnes soupçonnées de sorcellerie la congrégation du Saint-Office, la redoutable Inquisition. Puis, effaçant d'un geste de la main cette sombre idée, il reprend :

« De toute manière, je ne fais pas payer mes prédictions. Comment pourrait-on monnayer un don de Dieu ?

– Je vous en supplie, dites-moi comment je vais mourir, par compassion !

– Je ne peux pas vous révéler les circonstances de votre mort.

– Vous l'avez fait avec le roi.

– C'était un roi.

– En quoi suis-je différent d'un roi ?

– Vous n'avez pas le pouvoir de m'y obliger. »

Mateo reste bouche bée : il ne peut contraindre le mage de lui livrer sa prédiction. Mais peut-être parviendra-t-il à le convaincre ? Fixant le vieil homme avec détermination... il ne trouve pourtant rien à ajouter.

Après un temps de réflexion, Nostradamus demande :

« Pensez-vous réellement que le fait de savoir comment vous allez mourir peut vous aider à vivre ?

– J'en suis sûr.

– Très bien, je vais interroger les astres pour vous. Mais considérez qu'il s'agit d'une exception. »

Mateo se sent submergé de joie.

« Merci, monsieur.

– Ne me remerciez pas. Vivre tout en connaissant les conditions de sa mort est une malédiction.

– Je veux savoir !

– Vous allez d'abord me promettre quelque chose.

– Tout ce que vous voulez.

– Vous allez me promettre de ne pas chercher à interpréter mes propos ni à éviter cette mort.

– Je vous le promets.

– Bien. Je vais maintenant établir votre thème astral. Revenez demain dans la journée et je vous livrerai le résultat de mes recherches.

– Merci, monsieur.

– Ne me remerciez pas : à mon humble avis, vous commettez là une grossière erreur. Nul ne peut vivre tout en sachant comment il va mourir. »

Mateo ayant pris congé de l'astrologue, celui-ci se plonge dans un livre d'éphémérides et commence à tracer une carte du ciel. Autour d'un cercle divisé par douze rayons formant le Zodiaque, il ajoute les figures des différentes planètes d'un trait de plume. Puis il tire des traits, calcule les angles et les distances entre les symboles et griffonne d'indéchiffrables signes.

Une fois le thème astral terminé, l'astrologue saisit une noix de muscade qu'il croque lentement, avec concentration. Puis il remplit une bassine d'eau, s'installe sur un petit tabouret de cuivre et trempe ses pieds dedans. La transe qui lui permet de lire dans le futur commence à l'envahir. Il se tourne alors vers son astrolabe. Saisissant son compas qu'il tend d'une main vers le planisphère, il demeure ainsi immobile tout en méditant. Au bout d'un certain temps, une lueur apparaît devant ses yeux, venant de nulle part, et forme un écran où des images défilent, qu'il est seul en mesure d'interpréter. Fidèlement, le mage note toutes les visions qu'il vient d'avoir, puis se couche, épuisé.

Le lendemain, Mateo revient dans le cabinet de l'astrologue.

« Alors ? lui demande Mateo qui n'a pas dormi de la nuit, tant l'attente et la crainte de savoir l'obsèdent.

– Effectivement, vous n'êtes pas immortel ! Je sais comment vous allez mourir.
– Dites-le-moi, je vous en supplie.
– Je vais vous le dire. Mais avant, je vous le demande une dernière fois : promettez-moi de ne pas interpréter ma prédiction ni de chercher à éviter votre destin.
– Je vous le promets.
– Alors écoutez bien :

Un homme à vos jours mettra fin
Homme que vous connaissez bien
La gorge serrée il vous étouffera
Puis, petite danse il exécutera.

– Ah bon ? demande Mateo quelque peu déçu par le quatrain. Qu'est-ce que cela veut dire ?
– Il me semble que vous avez promis de ne pas l'interpréter. Maintenant, vous savez, même si vous ne comprenez pas. D'ailleurs, la mort ne se comprend pas, elle se subit. »

De retour chez lui, Mateo passe et repasse dans sa tête le mystérieux quatrain. « Un homme que je connais bien va m'étrangler, puis cet homme va danser. Quel charabia ! » pense-t-il tout haut.

Mais la nuit suivante est encore plus dure pour

Mateo, car il ne cesse de se demander qui pourrait bien en vouloir à sa vie, lui qui ne se connaît aucun ennemi. Il faut croire que lorsqu'on n'a pas d'ennemi, on s'en cherche. Mateo, lui, finit par s'en trouver : « Mes voisins ne voulaient-ils pas me racheter une partie de mon terrain pour y faire un potager ? Lui, avec ses grosses mains rugueuses, il pourrait étrangler un sanglier et danser de joie ! C'est sûrement ça. »

Négligeant sa promesse de ne pas fuir la prédiction du grand Nostradamus, Mateo vend sa maison dès le lendemain et part s'installer ailleurs, là où personne ne le connaît. En s'enfonçant dans l'arrière-pays, il traverse les montagnes du Luberon et l'immense plateau du Vaucluse, puis parvient jusqu'à Gordes, un petit village perché, aux abords quasiment inaccessibles. Si loin de sa ville natale, il est certain de ne croiser aucun ennemi potentiel qui pourrait l'étrangler.

Une fois installé, il prend soin de ne pas se faire remarquer ni de parler à qui que ce soit. Il vit ainsi dans l'isolement le plus complet, ignorant tant que possible son voisinage, ne sortant qu'à la tombée de la nuit, tel un renard traqué. Au bout de quelques mois, les gens du village se posent des questions sur cet étranger qui semble les fuir. Mateo est pointé du doigt, la cible de tous les soupçons, et calomnié par tout le village. Un matin, tandis qu'il dort emmitouflé dans son lit et sa terreur, il entend un grand fracas. On dirait qu'on mitraille sa porte. Il se lève, s'approche de la fenêtre et, tout en se cachant derrière un rideau, regarde en biais dehors. Des gamins bombardent sa maison de pierres en riant ! Il retourne en courant dans sa chambre et se cache sous son lit jusqu'à ce que les garnements se lassent et finissent par s'en aller.

Mateo décide une nouvelle fois de s'enfuir. Il quitte le centre de Gordes et se réfugie dans une petite maison de pierre isolée du village. Là, dans ce terrier que forme la borie, personne ne viendra le débusquer.

« Puisque quelqu'un va me tuer, je n'ai qu'à rester tout seul, pense-t-il alors. Je mangerai ce que je ferai pousser, je chasserai, je pêcherai. Si je ne rencontre personne, je ne risque rien et je vivrai éternellement ! »

Persuadé d'avoir trouvé la solution, Mateo cultive, chasse, pêche et vit comme un ermite, fuyant tout contact humain... Mais au bout de la première année, la solitude commence à lui peser. La deuxième année, son isolement est tel qu'il se met à parler tout seul. Les années suivantes, le délire s'empare complètement de lui : le pauvre Mateo est devenu fou.

Un beau jour, n'en pouvant plus de sa solitude, il accroche une corde à une branche, grimpe sur l'arbre, glisse sa tête dans le nœud coulant et saute. Alors que la vie s'échappe doucement de lui, ses pieds se mettent à bouger de façon étrange, comme s'il exécutait des petits pas de danse. C'est la danse du pendu.

L'illustre Nostradamus, né à Saint-Rémy et qui a fait la gloire de Salon-de-Provence où il vécut longtemps, fut un grand médecin qui sauva de nombreux Provençaux de la peste. Même s'il ne parvint pas à détourner Mateo de son funeste sort, on le considérait, déjà de son vivant, comme un voyant. Nostradamus, avec raison, recommandait lui-même de se méfier des propos des extralucides.

Paco Rabanne, qui n'a pas de ces pudeurs, et qui prétend aussi avoir des visions, me dit un jour, en direct à la télévision :

« Je me souviens très bien de vous, Jean-Pierre ! Vous étiez, dans une précédente vie, une prostituée sur la *via Appia* à Rome.

– Ah ? fis-je, étonné.

– Oui, j'ai été l'un de vos clients. On se connaît donc depuis l'Antiquité, vous voyez.

– En effet. Et... vous avez été satisfait de mes services ?

– Très satisfait ! »

Je vous demande, s'il vous plaît, de ne pas tirer de conclusion hâtive des propos de Paco Rabanne. Je vous en saurais gré !

Angelo et le cheval sauvage

J'AVAIS LU, enfant, l'histoire de Crin Blanc, ce cheval camarguais qui s'était lié d'amitié avec un petit garçon. Depuis, j'ai toujours rêvé de chevaucher en Camargue sur les étroits chemins qui surplombent les rizières, ou de m'élancer dans un galop furieux sur la plage en faisant jaillir des gerbes de gouttelettes. Mon ami gardian Jeannot est le guide parfait pour les promenades équestres dans une Camargue qu'il aime d'amour. De plus, Jeannot est un excellent conteur, passionné des légendes camarguaises. C'est un soir, alors que nous rentrions au pas, fatigués d'une journée de chevauchée, qu'il m'a raconté l'histoire d'Angelo et du cheval sauvage.

Angelo habitait non loin des Saintes-Maries-de-la-Mer, dans une petite cabane de gardian au milieu des marais, juste en face d'une plaine d'eau, de sable et de sel. Là, les chevaux blancs et les taureaux noirs galopaient au milieu des roseaux agités par le vent, tandis que des escadrilles de flamants roses tournoyaient dans le ciel. C'était une cabane qui avait appartenu à son père, gardian également, avant que celui-ci ne soit tué par un cheval sauvage alors qu'il tentait de le dompter.

L'été, Angelo aimait à dîner en plein air avec ses amis Nino et Alvera, l'un de leurs plaisirs étant de déguster de grandes tranches de pain frais tartinées de poutargue, une préparation à base d'œufs de mulets, salée puis séchée, relevée d'huile d'olive. Ensuite, ils se préparaient une plâtrée de spaghettis volgone, c'est-à-dire sautés avec des tellines, ces petits coquillages pas plus grands qu'un ongle qui ne vivent que dans l'eau saumâtre des canaux de Camargue et dans la lagune de Venise.

Au cours de ces soirées d'été, Angelo et ses amis ne parlaient que de chevaux, et plus particulièrement du mythique cheval sauvage à la crinière argentée. Un cheval indomptable qui parcourait la Camargue de long en large, et que personne n'avait jamais pu monter. En fin de soirée, quand l'alcool lui faisait tourner la tête, Nino se levait et affirmait, péremptoire : « Ce cheval de malheur, non seulement personne n'a jamais pu le monter, mais en plus, personne ne l'a jamais vu ! »

Et il se rasseyait ensuite d'un coup car, il en était

persuadé, le mystérieux cheval sauvage à la crinière argentée n'avait jamais existé, à part dans les contes pour enfants.

Alvera, lui, était indécis, comme d'habitude. Un soir, il était convaincu de l'existence du fameux cheval, le lendemain il était persuadé du contraire. Sacré Alvera, sans doute l'homme le plus irrésolu de toute la Camargue ! Une fois, alors qu'il s'était perdu, il était resté plusieurs jours à l'intersection des chemins sans savoir s'il devait prendre à droite ou bien à gauche. C'est son cheval qui, mettant fin à l'indécision de son maître, finit par choisir une direction au hasard.

Quant à Angelo, le plus jeune des gardians, il était sûr de l'existence du cheval à la crinière argentée ! Pire, il était également persuadé que c'était ce cheval qui avait tué son père. Quel autre cheval aurait pu abattre Diego Loscaballeros, le plus grand gardian de toute la Camargue ? Quand il évoquait l'idée que ce cheval sauvage avait causé la mort de son père, ses deux amis ne le contredisaient jamais, sachant qu'en Camargue on ne s'oppose pas à un homme quand il parle de ses morts.

C'est un de ces soirs d'été qu'Angelo rejoignit ses amis la mine contrariée. Il venait d'être mis à la porte de l'élevage de M. Lopez, un grand propriétaire de chevaux pour lequel il travaillait depuis toujours.

Ce matin-là, Lopez avait décidé de débourrer un jeune cheval que personne n'avait jamais touché. Mettant en pratique la méthode utilisée par ses ancêtres, Lopez avait d'abord étranglé l'animal jusqu'à ce qu'il finisse par s'écrouler au sol. Puis il avait un peu desserré son emprise et l'avait forcé à se relever à coups de bâton. Choqué par ces pratiques barbares de dressage, Angelo ne l'avait pas envoyé dire à son patron ! Vexé par l'arrogance de son jeune apprenti, Lopez l'avait aussitôt mis à la porte.

Angelo se retrouvait maintenant sans travail. Nino et Alvera proposèrent qu'ils se rendent tous à la féria d'Arles où l'on aurait certainement besoin de manadiers.

Le lendemain, Angelo, qui découvre cette somptueuse ville pour la première fois – il n'a jamais quitté ses marais camarguais depuis sa naissance –, est un peu déçu. La ville l'impressionne par ses dimensions, par ses rues encombrées et la richesse de ses boutiques, mais le jeune homme préfère sans conteste les côtes sauvages et plus calmes de la Camargue.

Harassés par leur voyage, les trois compagnons décident d'aller se désaltérer dans une auberge. Ils choisissent un établissement dont l'enseigne peinte de façon naïve annonce en grosses lettres : « L'œil noir d'el Toro ». Angelo avise dans la salle, installée seule à une table, une jeune femme brune d'une exceptionnelle beauté, au regard d'une tristesse infinie. Il s'informe aussitôt auprès de l'aubergiste qui vient les servir.

« Elle s'appelle Teresoun, elle vient ici chaque jour !

– Pourquoi reste-t-elle toute seule comme ça ? insiste Angelo.

– Elle attend qu'on lui ramène l'impossible ! » s'exclame avec un ton désolé l'aubergiste.

Intrigué, Angelo s'approche alors de la belle jeune femme et lui demande poliment s'il peut s'inviter à sa table.

« Madame, votre grande beauté m'a tout de suite frappé, mais c'est la tristesse de votre regard qui m'a poussé à venir jusqu'à vous. Puis-je vous être d'un quelconque secours ?

– Merci, jeune homme, mais seul un valeureux gardian pourrait me venir en aide et peut-être apaiser ma tristesse, lui répond-elle.

– Mais je suis gardian, rétorque-t-il, un peu vexé qu'elle ne l'ait pas remarqué. Si vous m'expliquiez les raisons de votre peine, je pourrais peut-être vous aider.

– Connaissez-vous la légende du cheval sauvage à la crinière argentée ? » lui murmure-t-elle, une vague lueur d'espoir dans les yeux.

S'il la connaît cette histoire ! Bien sûr, il s'est toujours juré de capturer l'animal en mémoire de son père.

« Ce cheval n'est, hélas, pas une légende. »

Teresoun lui fait signe de s'asseoir à ses côtés et se met à parler en tortillant un petit mouchoir de dentelle, qu'elle porte délicatement à ses narines de temps en temps.

Il y a de cela très longtemps, elle était tombée amoureuse d'un gardian qui l'aimait en retour. Pourtant, un obstacle de taille se dressait face à leur idylle : le gardian était marié à une tsigane. Malgré tout, ils avaient réussi à dissimuler leur liaison et à protéger leur amour pendant des années sans que personne se doute de quelque chose.

Un jour, malheureusement, la tsigane les surprit et, folle de rage, lança sur Teresoun une terrible malédiction. La jeune femme resterait toujours jeune mais ne tomberait plus jamais amoureuse. Quant à l'homme qu'elle avait aimé, elle l'oublierait définitivement. Cette malédiction frappait les deux amants : elle resterait à jamais désirable mais n'aurait plus un regard pour celui qui mourrait d'amour pour elle. Mais comme toutes les malédictions doivent avoir un remède, la tsigane édicta que Teresoun devrait briser en deux un poil argenté de la crinière du cheval le plus sauvage de Camargue.

La malédiction de la gitane prit effet immédiatement, et l'amour absolu que Teresoun portait à son gardian disparut définitivement. Le gardian, fou de douleur, partit à la recherche du cheval sauvage et personne ne le revit jamais.

Quelques jours plus tard, la tsigane, ne voyant pas revenir son époux, se jeta par désespoir sous les sabots d'un taureau sauvage pendant la féria.

Depuis, avoue Teresoun, elle attend de trouver un courageux gardian qui accepterait de pister le cheval sauvage à la crinière argentée pour lui arracher un poil de sa crinière.

« La vie et la beauté éternelles : j'en connais qui tueraient pour ça ! songe Angelo à voix haute.

– Vivre éternellement sans amour, c'est la pire des tortures, lui répond, d'une voix lasse, la belle Arlésienne.

– Je trouverai ce cheval, s'exclame-t-il, et une fois que je l'aurai dompté, je vous apporterai un poil de sa crinière.

– Ce cheval est impossible à monter, tous les hommes qui ont essayé sont morts.

– Je le dompterai, déclare Angelo, et il se frappe la poitrine en guise de défi. J'en fais le serment. »

Puis, rejoignant ses amis, il leur raconte cette étrange conversation. Nino, qui a déjà avalé plusieurs verres de rosé, le traite de menteur. Quant à Alvera, il ne sait pas trop quoi en penser. Peut-être dit-elle vrai, mais allez savoir…

De retour chez lui, Angelo n'a qu'une hâte : partir à la recherche du cheval sauvage à la crinière argentée. Un vieux gardian lui a expliqué que la meilleure façon de trouver l'animal mythique est de suivre ses traces, car elles sont uniques : ce cheval, en galopant, brûle le sol de ses sabots de feu et laisse la terre brûlée sur son passage.

Après plusieurs jours d'intenses recherches, Angelo finit par tomber sur d'étranges traces de sabots auréolées de cendre. La traque est longue ; semaine après semaine, le jeune homme suit les traces qu'il perd lorsque l'animal traverse des marécages. Il faut à Angelo toute la patience du chasseur pour retrouver les marques de feu sur la terre ferme. Puis il reprend sa quête sans fin.

Alors que l'espoir commence à l'abandonner, le jeune homme est soudain alerté par une cavalcade impressionnante. Et soudain, le cheval à la crinière d'argent se dresse devant lui. Le spectacle est magnifique et terrible : l'animal, qui se sent traqué, lui fait face, il se cabre sur ses jambes arrière en agitant devant lui ses sabots fumants ; de la vapeur blanche jaillit de ses naseaux et des flammes crépitent sous ses pas. Un terrible hennissement retentit. C'est un cheval échappé de l'enfer qui s'élance vers Angelo les dents en avant.

L'affrontement va durer trois jours et trois nuits. Sans arme, Angelo ne peut compter que sur son agilité et ses réflexes pour éviter les terribles morsures, les ruades mortelles et les sabots qui tentent de l'écraser. L'animal, qui semble infatigable, exécute toutes les figures de ce formidable ballet dont Angelo est le pivot central. Alors qu'il va écraser le jeune homme d'une charge féroce, celui-ci se glisse entre ses sabots et évite de justesse les morsures d'une torsion du buste, tournoyant sur place comme un torero devant l'animal sauvage.

C'est au cours de la troisième nuit qu'il parvient à mystifier l'étalon blanc qui le frôle, lancé comme un train à pleine vitesse. Angelo tend sa main vers le col de l'animal et touche sa crinière, arrachant un seul et unique poil qu'il serre fort dans sa main. Le cheval exécute une dernière ruade et disparaît dans la nuit, laissant derrière lui des flammèches qui embrasent les roseaux secs.

Angelo, son trophée argenté à la main, court vers sa monture et s'élance au galop vers Arles. En chemin, il se retourne à maintes reprises pour s'assurer que le cheval sauvage ne le suit pas, mais l'animal prodigieux a disparu.

À l'auberge de « L'œil noir d'el Toro », la belle et triste Teresoun attend toujours, assise au fond de la salle. En voyant s'approcher Angelo, son visage s'illumine d'un large sourire. Le garçon s'assoit en face d'elle et lui tend sa main ouverte : le poil argenté arraché à la crinière du cheval sauvage est là, posé sur sa paume, brillant comme un éclat de soleil sur l'eau de la mer. Teresoun s'en saisit et, d'un geste solennel, le brise en deux. Aussitôt, son visage se met à vieillir, retrouvant son véritable aspect après toutes ses années immuables, et Angelo a maintenant devant lui une femme d'une cinquantaine d'années, toujours très belle.

La mémoire de son amour perdu est revenue à Teresoun et, regardant Angelo, elle sourit tandis que des larmes emplissent ses yeux.

« Pourquoi me regardez-vous ainsi ?

– Comme tu ressembles à ton père, Angelo !

– Vous connaissiez mon père ?

– Oh oui ! Il s'appelait Diego Loscaballeros, n'est-ce pas ?

– Comment savez-vous cela ? »

Teresoun le prend alors dans ses bras : « Jadis, Angelo, j'ai tant aimé ton père ! Tu es aussi beau, aussi courageux et aussi chevaleresque que lui : j'aurais été très fière d'être ta mère ! »

La belle de Menton

À L'EXTRÊME SUD-EST de la côte méditerranéenne, juste avant la frontière italienne, existe une ville au parfum de citron, dont ce fruit est devenu l'emblème : Menton. La première fois que j'ai visité cette ville odorante, j'accompagnais mon père qui y faisait affaire. Nous devions rencontrer un négociant avec qui il avait à discuter d'une transaction portant sur plusieurs tonnes de ces fruits aux reflets de soleil.

Tandis que mon père traitait avec lui, sa femme m'invita à prendre le goûter. Alors que je me régalais de tartines grillées recouvertes d'une délicieuse confiture au citron et à la cannelle, elle me raconta l'histoire de Gisèle et Gilou, et de leur fille, mi-femme, mi-poupée.

Gisèle et Gilou se désespèrent de n'avoir pas d'enfant. Mais l'amertume n'a jamais flétri leur cœur.

Lorsqu'une vieille femme, que toute la ville considère comme une sorcière tant elle est laide et mal fagotée, vient leur demander de l'aide, ils lui ouvrent leur porte.

« Je sais que tout le monde me prend pour une masco, et peut-être qu'on n'a pas tout à fait tort d'ailleurs, mais jamais je n'ai fait de mal à personne. Pourtant, les gens refusent de me parler. Vous êtes bien les seuls à ne pas m'avoir claqué la porte au nez. Voilà, je n'ai plus de bois pour ma cheminée et il fait si froid que je vais en mourir si je ne trouve pas quelques bûches à brûler. Le charbonnier ne passera que la semaine prochaine, pouvez-vous m'en prêter en attendant ?

– Bien sûr, madame, nous vous donnerons quelques bûches, répond Gisèle. Venez vous réchauffer chez nous un instant, tandis que mon mari va les chercher. »

Les deux voisines entament une conversation qui, comme souvent avec les femmes, tourne rapidement aux confidences intimes. Gisèle confie à la masco qu'elle n'a jamais réussi à avoir d'enfant et combien elle en souffre. Son mari revient alors, les bras chargés de bûches, interrompant l'aparté, et propose à la vieille femme de l'aider à porter la charge jusque chez elle.

Arrivés sur le pas de sa porte, la masco le remercie et, prenant une bûche dans le tas de bois, elle dit à

Gilou : « Prenez cette bûche, j'en ai suffisamment ! Mais gardez-la avec vous et promettez-moi de ne jamais la brûler. »

Sur ces paroles énigmatiques, Gilou promet et repart avec sa bûche.

Sa femme s'en étonne :

« Pourquoi en as-tu gardé une ? Cette pauvre femme en aura besoin...

– Elle n'en a pas voulu.

– Ah bon ? Eh bien, mets-la dans la cheminée, le feu faiblit.

– Non, elle ne veut pas que nous la brûlions, elle me l'a fait promettre !

– Qu'est-ce que c'est que cette histoire, que veut-elle que nous en fassions alors ?

– Elle ne me l'a pas dit.

– Cette femme est bien étrange, tout de même... »

Quelques jours plus tard, voyant le morceau de bois traîner dans la maison, Gilou sort son couteau et, machinalement, commence à le tailler sans idée de la forme qu'il lui donnera. « Après tout, la masco m'a fait promettre de ne pas la brûler, pas de ne pas la tailler. »

Après plusieurs heures de labeur, la bûche a pris la forme d'une femme, une belle jeune femme aux traits gracieux, sculptée à même le bois. Gilou a même fait des rajouts de cire pour lui donner des formes séduisantes. Elle est d'une somptueuse beauté, et d'un réalisme saisissant : Gisèle bat joyeusement des mains en découvrant l'œuvre de son mari :

« Si nous avions eu une fille, elle lui ressemblerait tout à fait ! Tu ne crois pas ?

– C'est vrai, elle serait exactement comme cela ! »

Le couple, à partir de cet instant, considère la statue de bois comme si elle était leur fille. Lui a le cœur rempli de fierté dès qu'il la regarde. Quant à Gisèle, elle la coiffe, l'habille, et prend soin d'elle comme une mère le ferait avec son enfant. Le couple est enfin heureux.

Ils placent la figurine à la fenêtre pour que tout le monde puisse l'admirer, et dès l'arrivée du printemps, lorsque Gisèle soigne son potager, elle la transporte dans le jardin pour ne pas la quitter des yeux... On croirait qu'il s'agit d'une vraie jeune fille, bien vivante, qui se repose dans une chaise longue, et certains voisins viennent même saluer celle qu'ils prennent pour une jeune nièce en visite.

Un jour, le fils d'une des grandes familles de Monaco, dont nous tairons le nom, traverse Menton et aperçoit la poupée de bois. Il est immédiatement captivé par son port altier, sa tenue parfaite, son calme serein. Sans se douter un instant qu'il vient de tomber amoureux d'une statue. Quant à lui, sa prestance et son rang sont tels que, si la poupée de bois avait été de chair et de sang, elle aurait sans nul doute été charmée elle aussi.

Le printemps s'est installé à Menton et les citronniers commencent à embaumer dans les collines. La belle poupée de bois trône toujours dans le jardin les après-midi où Gisèle s'occupe du potager.

C'est alors que la vieille masco rend visite à ses voisins pour rembourser sa dette. Elle est chargée de bûches qu'elle peine à transporter.

« Ouh là là ! Pôvre mère ! Posez tout ça ici ! C'est bien trop lourd pour vous ! Vous auriez dû nous appeler : mon mari serait venu les chercher !

– Vous êtes bien bonne, madame, mais je me suis débrouillée seule. Mais, dites-moi, qui est cette belle jeune fille que je vois là-bas ?

– C'est notre fille... enfin, c'est une sculpture que mon mari a fait avec une bûche. Mais elle est tellement mignonne que nous la considérons comme notre fille. Vous savez, nous n'avons pas d'enfant et...

– Je comprends parfaitement. Mais mon Dieu ! On dirait qu'elle a bougé ! N'est-ce pas incroyable ?

– Mais non ! C'est impossible... Vous croyez qu'elle a bougé...

– Oui ! Enfin... Mais, comme ce n'est pas possible, il faut croire que j'ai rêvé.

– Non, bien sûr, ce n'est pas possible, vous avez dû rêver...

– Pourtant, on aurait dit qu'elle était... vivante. »

Gisèle, néanmoins troublée, n'en dit mot à Gilou, de peur qu'il ne se moque d'elle. Le couple remercie chaleureusement la vieille qui s'en retourne chez elle, non sans avoir, avant de partir, caressé la joue de la belle poupée de bois.

Quelques jours après le passage du prince de Monaco, Gisèle et Gilou reçoivent une lettre cachetée de son sceau : un bal est organisé la semaine suivante dans la Principauté et leur fille y est conviée.

« Qu'allons-nous faire ? Elle ne peut pas s'y rendre, c'est impossible.

– Nous n'avons qu'à répondre qu'elle est malade et qu'elle ne peut pas quitter le lit, tout simplement.

– Oui, tu as raison. »

Dès le lendemain, trois hommes frappent à leur porte : « Nous venons de Monaco prendre des nouvelles de votre fille. Le prince est très inquiet ! Est-ce grave ? Nous voudrions lui parler, nous avons un message à lui transmettre. »

Gisèle et Gilou, affolés, se regardent, sidérés.

« Monte la coucher, cache-la au mieux sous les draps, je m'occupe d'eux, murmure Gilou, je les retiens un moment. »

La supercherie fonctionne : les trois hommes entraperçoivent une silhouette immobile couchée dans la pénombre de la chambre, et n'osent la déranger. Celui qui semble le chef des messagers dit alors : « Pouvez-vous dire à votre fille que ce bal avait été organisé en son honneur et que le prince en reportera donc la date jusqu'à ce qu'elle guérisse. »

Puis les trois hommes saluent et repartent.

« Cette fois, je ne sais que faire. Si le prince s'aperçoit qu'il n'attend qu'une poupée en bois, sa déception sera immense...

– Oh, quel malheur ! Nous nous sommes mis dans un beau pétrin... »

Ainsi se lamentent les deux « parents ».

Les jours passent sans qu'aucune solution soit trouvée à ce dilemme. Le couple est plongé dans le désespoir, ils pleurent tant que tout Menton finit par croire que leur fille est réellement malade et au bord de l'agonie. On parle tant de cette belle malade en ville, que même la masco est mise au courant... et d'ailleurs elle est plus ou moins accusée d'en être responsable.

Elle se rend alors en visite chez ses voisins. « Que

se passe-t-il donc ici ? Toute la ville croit que votre fille..., enfin, que votre bûche est bien vivante, et que ses jours sont comptés tant elle est malade. »

Les deux pauvres gens expliquent alors toute la situation à la vieille, s'effondrant en larmes et avouant avec désespoir leur petite supercherie.

« Que dira le prince lorsqu'il saura la vérité ?

– Que pouvons-nous faire ? »

La vieille masco les observe, impassible, puis se tourne vers la poupée de bois, lui caresse la joue encore une fois et déclare : « Puisque tout le monde pense qu'elle est vivante, eh bien, qu'elle vive ! »

Et le miracle se produit : la poupée ouvre les yeux, s'étire, sourit et se lève pour embrasser ses chers parents !

La cigale et le papillon de nuit

« POURQUOI ne pas aller se promener sur les hauteurs de Grasse ? me propose ma femme. J'aimerais marcher dans les champs, et ramasser des fleurs... » Le programme me convient tout à fait, enchanté à l'idée de ne rien faire d'autre que d'admirer les beautés de ma Provence.

En déambulant ainsi tout autour de Grasse, cette ville ravissante construite à flanc de montagne, je me souviens d'une histoire que m'a racontée Paula. Ma mère me disait que Catherine de Médicis aimait aussi venir jusqu'ici. Grasse n'était à l'époque qu'un gros bourg, mais il avait séduit la reine.

La nuit s'étend sur Grasse depuis quelques heures. Martin se réveille brusquement, comme si un cauchemar l'avait secoué. En effaçant les dernières traces de sommeil avec un peu d'eau dont il asperge vigoureusement son visage, le jeune homme se rappelle les mots de la magicienne à qui il rendu visite la veille. Elle lui a demandé de rapporter trois moustaches de taupe, deux coquilles d'escargots et la queue d'un lézard des murailles. Il faut maintenant qu'il se les procure le plus vite possible. Comment ? Il n'en a pas la moindre idée, mais il trouvera.

Avant de quitter la maison, il regarde un instant le foyer crépiter dans la cheminée, les braises ne se sont pas encore éteintes. Un papillon de nuit volette devant les petites flammes. Il sourit tristement, tandis qu'une fugitive lueur d'espoir apparaît dans son regard.

« Je devrais pouvoir attraper une taupe dans le grand parc du couvent », se dit-il en avançant vers les remparts. Martin dépasse maintenant une des sept portes de la ville et s'approche du couvent. Le portail est solidement fermé. Il escalade alors le mur, utilisant comme une échelle naturelle le lierre dont il est couvert. Il lui suffit d'un bond pour atterrir sur la terre meuble.

En scrutant la surface du sol, il finit par déceler une bosse, un petit monticule de glaise juste à côté d'un cyprès. Martin, après avoir déblayé l'entrée du terrier, pose autour de l'orifice bien rond un petit collet. La taupe, qui déteste la lumière, va bien vite obturer le conduit et passera la tête dans le nœud coulant. En attendant que son piège fonctionne,

Martin part à la recherche d'escargots. Une trace blanchâtre et gluante qui serpente sur les pierres dénonce la présence de ces bêtes à cornes. Le jeune homme en débusque deux cachés dans la mousse et les enveloppe dans un mouchoir.

Revenu près du mur, il examine les pierres à la recherche d'une faille où pourrait se cacher un lézard. Il confectionne un piège autour de l'interstice en déposant un peu de sève recueillie sur un pin. Puis il plonge une paille dans le trou de la roche. Un lézard en jaillit comme une minuscule flèche d'écailles, mais ses pattes se prennent dans la sève collante et Martin a tout le temps de l'attraper avant de le glisser dans un bocal. Il revient au trou de taupe et dégage le petit mammifère aveugle qui s'est pris dans le collet, puis il le dépose dans sa besace.

Il sent alors un frôlement contre sa main. Comme s'il venait de se décoller de sa paume, un papillon de nuit s'envole devant lui, ses ailes battant silencieusement la pâle obscurité. Le jeune homme lui adresse un sourire et retourne chez lui.

Le jour se lève sur les remparts du petit bourg de Grasse. Une femme longe les créneaux en fixant les champs de fleurs qui s'étendent sur les pentes autour de la ville. Une immense étendue mauve limitée par de sombres arbustes, c'est ce que Magali cherche : un champ de lavande.

Là, aux premières touffes de fleurs, alors que les lueurs de l'aube traversent les ailes des abeilles, la jeune fille cueille trois brins de lavande. À l'extrémité du champ, un sentier file vers la mer, bordé de mimosas dont les lourdes branches chargées de l'or de ses fleurs ploient vers le sol en une gracieuse révérence. Magali saisit deux grains et ses doigts se couvrent de poussière de soleil. Elle les range vivement dans sa poche, avec les brins de lavande.

Les discrètes violettes préfèrent l'ombre de la forêt, Magali le sait et s'y aventure, les yeux rivés au sol... En voilà, cachées au regard, leurs feuilles rondes s'écartant pour laisser la frêle tige s'épanouir en un trèfle d'un velours violet. La jeune femme la cueille avec soin pour ne pas en abîmer les pétales et arrange la violette dans ses cheveux. Elle va rapporter sa précieuse récolte à la vieille sorcière.

« Tu as tout ce que je t'ai demandé ? Les trois brins de lavande, les deux grains de mimosa et la violette sauvage ? lance la masco alors que Magali franchit son seuil.

– Les voici, répond la jeune fille en lui tendant les fleurs.

– C'est bien, mais il me faudra encore d'autres

plantes. Retournes-y dès demain et rapporte-moi trois tubéreuses, deux brins de jasmin et une rose. En échange, je te donnerai ce que tu souhaites.

– Mais je croyais...

– Va, ne sois pas impatiente, tu seras récompensée de ta peine. »

Magali s'éclipse et, sur le chemin du retour, écoute les cigales qui craquettent allègrement dans toute la garrigue. Le chant de l'une d'entre elles accompagne la jeune fille jusqu'à son cabanon, que la nuit recouvre bientôt.

La grotte de Saint-Arnoux n'est plus très loin à présent. Martin perçoit déjà le clapotement de l'eau derrière le rideau de végétation qui se dresse devant lui. Au sud, il entend la rivière du Loup qui gronde au cœur des gorges. La sorcière ne lui a indiqué l'emplacement de la fontaine miraculeuse que de manière très approximative et le jeune homme est donc parti cette nuit en direction de Bar-sur-Loup sans plus d'indices.

Étrangement, un papillon de nuit a l'air de connaître le chemin et, en le suivant, Martin a marché jusqu'au torrent, l'a traversé et s'est frayé un chemin jusqu'à la grotte.

« Entre donc, l'eau est là ! murmure le papillon.

– Un papillon qui me parle ? C'est mon imagination qui me joue des tours ?

– Si tu entends ma voix, c'est qu'elle s'adresse à toi, répond le papillon. Remplis ta gourde ici ! Vois, une cascade s'écoule du mur et forme une petite nappe.

– Quelle étrange fontaine ! Crois-tu vraiment que cette eau fait des miracles ?

– La sorcière te l'a dit : seule l'eau miraculeuse de Saint-Arnoux pourra nous sauver. Mais reste sur tes gardes, la grotte est dangereuse, ne va pas vers le fond. »

« Cette source est peut-être magique, en tout cas il faut continuer d'espérer », pense Martin en tendant sa gourde sous l'eau.

« Tu as apporté l'eau ?

– Oui, répond Martin à la sorcière.

– Parfait. Donne-la-moi. Tu reviendras demain soir et je te confierai un baume.

– Si cette eau est miraculeuse, et si la potion que vous allez concocter me guérit, je vous serai infiniment reconnaissant.

– Ta dette ne se réglera pas avec de la gratitude, mon garçon. Mais ne t'inquiète donc pas pour le paiement. J'ai tout prévu... », dit-elle en souriant mystérieusement.

Au petit matin, Magali bondit de son lit. Il lui faut partir rapidement en quête des tubéreuses, du jasmin et de la rose. La cigale l'attend devant la maison, stridulant plus fort pour l'encourager. La jeune fille scrute les alentours, espérant apercevoir des tubéreuses.

Mais ces petites fleurs élégantes et frileuses, qui s'épanouissent sous le soleil méditerranéen, restent plus rares que dans leurs contrées d'origine, la Perse et l'Égypte, et Magali a du mal à en trouver.

Il lui faut plus d'une heure pour apercevoir enfin une touffe de cornettes, blanches de lumière. Elle en coupe trois branches, avec un sourire de satisfaction. La cigale l'interpelle :

« Il te reste encore à rapporter du jasmin. Et une rose aussi. Tu n'as pas oublié ?

– Ne t'inquiète pas, je sais où en trouver. Quand j'étais petite, j'en ramassais pour la grande fête du jasmin à Grasse. »

Tout en stridulant avec allégresse, la cigale suit Magali à travers champs.

« Quelle odeur envoûtante ont ces fleurs de jasmin ! Il t'en faut deux brins, Magali. Les as-tu ?

– Oui, les voilà. La rose maintenant. Allons vers la Colle. »

C'est à la Colle, un village voisin, que poussent de majestueux rosiers.

« Une rose de mai ! La voilà, regarde !

– Je vais choisir la plus belle, la masco sera satisfaite. »

À l'heure où la nuit descend, Martin frappe à la porte de la vieille sorcière. Lorsqu'il entre, un fumet odorant chatouille ses narines.

« Tu es ponctuel, c'est bien. J'ai ta potion.

– Mais... quelle est cette odeur capiteuse ?

– C'est le parfum de la tubéreuse.

– Et cette pointe entêtante ?

– Du jasmin, jeune homme...

– Quel parfum délicieux !

– Grâce à la rose », conclut-elle avec malice.

Le papillon s'approche de l'âtre, où deux marmites bouillonnent sur les flammes. Il volette un moment dans la fumée bleutée, imprégnant ses ailes des fragrances magiques.

« Tiens, bois ce breuvage », ordonne la masco d'un ton pénétré en montrant l'un des chaudrons.

Au moment où Martin saisit la louche plongée dans la marmite, le papillon, qui volait tout près du foyer, s'effondre sur le sol, inerte. Ses ailes frémissent légèrement, puis s'immobilisent contre la dalle de pierre. Le jeune homme tombe à genoux, fixant le minuscule corps inanimé, et tend les mains pour le saisir délicatement. C'est alors que le miracle se produit : le papillon de nuit se transforme en une jeune femme dont Martin connait bien les traits.

« Magali ! Mon amour, c'est toi, enfin !

– Martin, la malédiction est conjurée..., balbutie la jeune femme.

– Oui, Magali, tu ne te métamorphoseras plus en papillon de nuit », continue la sorcière.

Et se tournant vers Martin :

« Maintenant, mon garçon, bois la potion, et plus jamais tu ne deviendras cigale au lever du jour. Bois et vous pourrez à nouveau vivre tous les deux ensemble !

– Masco, vous avez réussi à briser ce sort avec... des moustaches de taupe, des coquilles d'escargots et un lézard ?

– Vous oubliez l'eau miraculeuse de Saint-Arnoux.

– Et tu oublies les fleurs : le mimosa, la rose de mai..., ajoute Magali.

– Non, ma fille, les fleurs n'entrent pas dans la composition du breuvage. Elles me serviront à créer un nouveau parfum. C'est une autre sorte de mélange magique ! Votre dette est réglée, les amoureux. »

Les fleurs de Grasse sont toujours réputées pour produire les parfums les plus délicats. C'est pourquoi les reines de France, après Catherine de Médicis, venaient y choisir les subtiles fragrances créées par le soleil et la terre de Provence.

Je soupçonne que mon épouse a voulu prendre le chemin de Grasse pour les mêmes raisons : elle a tout simplement envie d'un nouveau parfum !

Le ressuscité

J'AI SOUVENT tenté d'imaginer quelle pouvait être la vie en Provence, du temps de mes parents et de mes grands-parents. On a toujours tendance à croire qu'elle était plus simple et plus belle qu'aujourd'hui. En réalité, elle pouvait se révéler plus cruelle et plus dure pour les petites gens qu'elle ne l'est maintenant. Mais il faut bien reconnaître que dans cette région, même les drames tournent souvent au burlesque. La tragi-comédie a été inventée sous le soleil de Provence !

Il me vient une histoire qui illustre parfaitement cette propension toute méridionale... Celle de Jeanne et Jeannot, des amis d'enfance de ma tante Delphine. Je ne les ai vus qu'une seule fois, alors qu'ils étaient déjà très âgés, et moi bien jeune. Je garde donc de ce couple un souvenir un peu flou. Mais leur histoire, je m'en souviens très bien !

Jeanne et Jeannot s'étaient rencontrés à Cadenet, ils s'étaient mariés à Auriol où ils avaient toujours vécu, comme des cigales, d'amour et d'eau fraîche. Ils n'avaient jamais vraiment pensé à l'avenir, préférant profiter de l'instant présent. « *Carpe diem* », aimait à dire Jeannot qui pensait, en citant du latin, donner des lettres à son incurie ! Mais lorsqu'ils arrivèrent à l'âge de se retirer, ils n'avaient rien. Pas le moindre livret de Caisse d'Épargne, pas le plus petit sou d'économie. Rien pour garantir leur subsistance ! Jeannot n'avait plus la force de travailler et la misère les guettait bel et bien. « Oh, bien sûr, j'aurais pu les aider, ne manquait jamais d'ajouter ma tante Delphine, si seulement ils m'avaient parlé de leur situation ! J'aurais remué ciel et terre pour les secourir ! » Quelle détresse !

Jeanne, lorsqu'elle n'eut plus rien, vraiment plus rien, se rendit chez le curé, espérant une aide de notre mère l'Église, ou du moins de son serviteur...

« Ma fille, je suis désolé, mais je ne peux rien faire de plus que vous donner ces quelques légumes pour la soupe de ce soir. La mère Charoux me les a apportés ce matin. Prenez-les, ils viennent directement de son potager. Je partage ainsi avec vous les dons de mes fidèles, en toute charité chrétienne, lui déclara avec une certaine emphase l'aumônier.

– Mais, monsieur le curé, comment ferons-nous demain ? Et après-demain ?

– Je pourrai peut-être vous donner le souper de temps en temps, mais je ne vois pas de solution, vraiment... Je n'ai que les revenus de cette paroisse... et ils sont déjà bien maigres ! Les quelques objets dorés que renferme l'église appartiennent à notre Seigneur : je ne peux pas les vendre pour vous aider, je commettrais un sacrilège ! Ma fille, il ne vous reste plus qu'à prier le Bon Dieu ! »

Revenue chez elle, Jeanne ne parvient pas à dissimuler son désespoir. Jeannot décide alors de prendre les choses en main. Pendant que Jeanne prépare les légumes de la mère Charoux avec comme souci de les économiser au maximum, Jeannot, dans son fauteuil, réfléchit en tirant sur sa pipe vide. Il tourne et retourne le problème en tous sens, faisant régner un silence despotique pendant tout le repas. Jeannot réfléchit et réfléchit encore, tandis que Jeanne sanglote en silence. À l'heure du coucher, il livre enfin le fruit de cette intense cogitation.

« Jeanne, écoute-moi bien ! Nous n'avons d'autre solution que celle que je vais t'indiquer. Nous ne pouvons pas nous en sortir tous les deux ! Mais seule, tu y arriveras... Si je meurs, l'État te versera une pension qui te permettra de manger à ta faim tous les jours : une pension de veuve. Alors voilà, j'ai décidé de mourir !

– Quoi ? Oh, mon Jeannot ! C'est hors de question ! Qu'est-ce que je deviendrais sans toi ? Reviens à la raison, s'il te plaît, je t'en supplie...

– Ma décision est prise. Tu n'y changeras rien : elle est ferme et irrévocable. Demain, je serai mort... pour que toi, tu puisses vivre ! Adieu Jeanne ! »

Et il se couche sur le dos, les mains croisées sur la poitrine.

Jeanne, épouvantée par le discours de son mari, s'effondre en larmes. Elle pleure toute la nuit, surveillant entre deux gémissements la respiration de Jeannot. Et, au petit matin, elle s'endort épuisée.

Lorsqu'elle ouvre un œil, Jeannot ne respire plus. Il est aussi raide que le cierge posé à côté du lit conjugal. Tout le village d'Auriol entend le hurlement que pousse Jeanne à cet instant. On accourt aussitôt et l'on trouve la pauvre femme allongée sur le corps inerte de son mari, implorant le Bon Dieu et tous ses saints de bien vouloir le lui rendre. On appelle le curé, on tente de consoler la veuve... La mère Charoux l'invite chez elle pour la durée du deuil. Enfin, on transporte le mort jusqu'à l'église et on désigne le fils Charoux pour veiller le corps.

Le soir venu, le fils Charoux n'en mène pas large dans l'église déserte où le cercueil de Jeannot trône devant l'autel. Le garçon n'a pas été choisi pour cette corvée en raison de ses remarquables dons de piété : ce qui a orienté ce choix, c'est un évident manque de courage qui le pousse à une extrême docilité.

Il est seul depuis maintenant deux bonnes heures devant le cercueil du vieil homme et se sent totalement fébrile. Il serait prêt à prendre ses jambes à son cou s'il avait le courage d'affronter sa mère ! Mais l'idée de lui désobéir le terrorise plus encore que les ombres menaçantes qui ont envahi l'église avec le crépuscule. Le moindre bruit, le moindre courant d'air le fait trembler. Et lorsqu'un grincement provenant du cercueil résonne dans la nef, ses cheveux se dressent littéralement sur sa tête.

Pour se faire aussi transparent que possible, le garçon s'arrête de respirer, devient tout blanc, puis tout rouge, bat des mains et des pieds, et comme un noyé crevant la surface, se met à haleter, réveillant d'étranges échos sous les voûtes. Recroquevillé sur son prie-Dieu, il se met à bredouiller des prières, enchaînant les oraisons. « Je suis dans la maison de Dieu ! Dieu est là : il veille sur moi. Je suis en sécurité ! »

Mais juste à ce moment-là, un autre son étrange retentit. On dirait un fantôme qui lutte contre une quinte de toux, qu'il tente difficilement de réprimer. De plus en plus terrorisé, le garçon ânonne sa litanie, espérant vaincre, avec ces mots, la peur qui l'a envahi : « Dieu veille sur moi, Dieu veille sur moi... »

Quant à Jeannot, il se sent de plus en plus à l'étroit dans le cercueil où il s'est laissé enfermer. Il ne peut pas bouger un orteil sans faire craquer le bois bien sec. Et ce rhume qui ne le lâche pas, cette gorge qui le gratte !

Eh non, Jeannot n'est pas plus mort que le jeune Charoux ! Il est même beaucoup plus vif que le garçon qui, lui, est mort de peur. La mystification que le vieil homme a mise sur pied a parfaitement fonctionné et il s'en félicite du fond de sa bière... tout en se retenant d'éternuer. Son seul regret est d'avoir tant fait pleurer sa chère épouse. Mais il n'avait pas d'autre choix : le succès de sa ruse dépendait de la sincérité du chagrin affiché par Jeanne... S'il l'avait mise au courant de cette sombre comédie – et si elle avait accepté d'y souscrire –, elle n'aurait pu ainsi jouer la comédie du désespoir. Les larmes authentiques de Jeanne ont rendu la mascarade plus réaliste. Maintenant, il lui faut disparaître jusqu'à ce que l'État attribue une pension de veuve à sa femme, et le tour sera joué !

Ravi à l'idée de cette heureuse conclusion, Jeannot a un bref mouvement de contentement et le cercueil se met à grincer. Le fils Charoux bondit sur ses pieds, cherche d'où provient ce bruit, mais le silence est revenu. De plus en plus blême, il se rassoit sur le banc, en tremblant.

« Il faut que je sois plus prudent ! » songe Jeannot.

Soudain, un autre craquement se fait entendre, bien plus sourd et puissant. « Là, ce n'est pas moi, je n'ai pas bougé d'un millimètre... Que se passe-t-il ? »

Le fils Charoux a lui aussi entendu ces bruits inquiétants qui proviennent de la porte de l'église. Il se redresse, et voit le verrou de la porte d'honneur voler en éclats !

Il n'a plus qu'une idée, disparaître ! Mais où ? Il tourne la tête dans tous les sens et son regard tombe sur le confessionnal. Cette petite cabine lui semble la cachette idéale, et il s'y engouffre comme s'il avait le Diable à ses trousses. Claquant des dents, replié sous le siège du confesseur, il entend des pas qui résonnent sur les dalles de la nef... Et puis ce sont les voix de trois hommes qui s'interpellent sans vergogne.

Jeannot, dans son cercueil, a tout de suite compris. « Ce sont des cambrioleurs ! Quelle idée de dévaliser la maison du Bon Dieu ! » Les intrus, croyant être seuls, ont élevé le ton et, sans doute un peu ivres, chahutent entre eux sans crainte.

Bientôt, ils trouvent de quoi remplir leur besace : l'un y jette le calice, l'autre saisit les chandeliers, le troisième commence à déboulonner une statue de la Vierge. Puis, tout y passe : encensoir, goupillon, ciboire, custode, patène, ostensoir... Pour les trois malfrats, tout est bon à prendre. Comment comptent-ils écouler de tels objets ? Mystère ! Finalement, ils dégotent dans une petite salle l'argent de la quête. Quelle aubaine !

Sans façon, les voleurs s'installent sur les marches de l'autel pour se partager le butin :

« Tirons à la courte paille, propose l'un des hommes.

– Où as-tu vu de la paille ici ? On n'est pas dans une grange ! Non, tirons plutôt à pile ou face ! Avec toutes ces pièces, c'est facile !

– Ne touche pas à l'argent ! vocifère le troisième. Il n'est pas encore à toi ! J'ai une meilleure idée. Tenez, regardez le cercueil là-bas, on va faire un concours de lancer de couteau. Celui qui le plantera le plus près du cœur emportera la monnaie ! »

Jeannot, entendant cela, pousse le couvercle du cercueil qui tombe avec fracas et se redresse en hurlant : « Seigneur ! Au secours ! Venez à mon aide ! »

Et croyant qu'on s'adresse à lui, le fils Charoux sort de son engourdissement et se met à hurler du fond du confessionnal : « Je suis là ! Dieu est avec moi ! »

Les voleurs, terrorisés par le mort vivant et le fantôme du confessionnal, prennent leurs jambes à leur cou et déguerpissent en oubliant le butin sur place. Le fils Charoux jaillit tel un diable du confessionnal et se précipite chez sa mère pour lui raconter sa terrible nuit !

Les notables d'Auriol, le maire, le curé, tout le conseil municipal et même l'instituteur sont mis au courant des événements. Ils se concertent.

« Si on apprend cette histoire, toute la région va se moquer de nous !

– C'est sûr ! Nous allions enterrer un faux mort !

– Et le fada du village qui croit qu'il a parlé avec le Bon Dieu !

– En plus, on a failli se faire piquer l'argent de la quête !

– Il faut qu'on trouve une solution !

– On n'en a pas trente-six ! Il faut raconter l'histoire à notre manière ! »

Et c'est ainsi que le préfet reçut un rapport sur l'attitude héroïque du sieur Jeannot, parvenu à mettre en fuite les voleurs qui voulaient piller les œuvres d'art de l'église d'Auriol, aidé par un courageux jeune homme dénommé le fils Charoux.

Le préfet vint en personne à Auriol décorer le ressuscité et le gratifier d'une pension. Sa veuve et lui vécurent paisiblement plusieurs années encore, à l'abri de la misère, grâce aux bons soins de la République.

« Et que Dieu soit avec eux, maintenant », concluait invariablement ma tante, en faisant le signe de croix.

Le miracle de Carry

J'AI CHOISI le charmant village de Carry-le-Rouet pour m'établir dans le Midi. Il doit sa renommée à Fernandel qui venait y passer ses vacances. Carry est au centre de la Côte Bleue, entre Marseille à l'est, Martigues et l'étang de Berre à l'ouest. Autour, ce ne sont que calanques ensoleillées et criques abritées des vents. Le paradis.

Depuis que je m'y suis installé, fidèle à ma passion, je me suis arrangé pour me lier avec quelques anciens susceptibles de me raconter des histoires sur le village. Ils ne se sont pas fait prier.

Au siècle dernier, cette petite commune a immédiatement séduit le jeune docteur Parnoux. Il y a acheté une maison dont le rez-de-chaussée a été transformé en cabinet de consultation et le premier étage aménagé en appartement par son épouse.

Étant le seul médecin à plusieurs kilomètres à la ronde – son prédécesseur est mort l'année précédente –, le docteur Parnoux n'a aucune crainte : il va se constituer rapidement une clientèle.

Mais les jours passent et, depuis l'ouverture du cabinet – qu'il a fait annoncer par la presse et par de petites affiches –, personne n'a encore franchi sa porte. Le bon docteur Parnoux a d'abord pris la chose avec philosophie et s'est replongé dans ses bouquins de médecine, selon le sage principe qu'on n'est jamais trop savant. Pourtant, les mois passant, l'inquiétude, puis la colère commencent à l'envahir... à défaut des clients.

« Personne n'est donc jamais malade dans ce village ! La nature les a-t-elle faits en si bonne santé qu'ils n'ont pas besoin d'un médecin ? C'est trop fort ! tempête-t-il chaque soir devant sa femme. Pour aller à la messe, ça, ils n'oublient pas ! Mais consulter leur docteur, prendre soin de leur santé, non ! Ça ne les intéresse pas !

– Calme-toi, ils finiront bien par venir un jour ou l'autre... Si l'un d'entre eux tombe malade, il aura besoin de toi, et ensuite les autres suivront.

– Tu parles ! Je suis certain qu'ils préféreraient se laisser mourir ! Ils ne veulent pas de moi ! Le voilà, le vrai problème : ils ne veulent pas de moi ! C'est une cabale !

– Arrête de te ronger les sangs. C'est toi qui vas finir par tomber malade... »

Et tous les soirs, le brave docteur Parnoux rejoint son cabinet et continue à étudier, tard dans la nuit.

Malgré toutes les paroles d'encouragement de son épouse, le jeune médecin ne parvient pas à accepter cette situation. Il a beau retourner le problème dans tous les sens, il ne comprend pas cette animosité envers lui. Il n'a même pas eu l'occasion de tuer l'un de ses clients, puisqu'il n'en a jamais eu ! Son esprit rationnel se révolte contre ce qui ressemble bien à une malédiction ou à un mauvais sort.

Un beau soir, alors qu'il a vainement attendu qu'un patient, ne serait-ce qu'un seul, se présente à son cabinet, il décide d'en avoir le cœur net. Il traverse la place du village et pénètre dans la salle du bistrot. Toutes les conversations s'arrêtent aussitôt et c'est au milieu d'un silence plein de curiosité qu'il traverse la salle pour s'installer à une table du fond.

Le serveur, un petit sec à l'air bravache, s'approche en ricanant pour prendre sa commande.

« Une absinthe ! Une ! Pour le... soi-disant docteur ! »

Le docteur Parnoux manque s'étrangler !

« Comment ça, "le soi-disant docteur" ? Que voulez-vous dire ?

– Rien, rien, je ne veux rien dire... Qu'est-ce que j'ai dit ? répond le serveur, le regard fuyant et le sourire en coin.

– Eh bien, vous avez dit “le soi-disant docteur” ! Je vous ai clairement entendu !

– Et pourquoi je dirais une chose pareille ? »

Toute la salle glousse de rire. Le docteur Parnoux ne trouve rien à répondre et baisse la tête, furieux. Il s'agit bien d'une cabale ! Pour se donner le temps de la réflexion, il prépare son absinthe dans les règles, faisant couler goutte à goutte l'alcool sur un sucre maintenu en équilibre, au-dessus du verre, par une petite cuillère. Puis, d'un coup, il avale le breuvage favori des poètes maudits. « Ce sera toujours aussi efficace pour un médecin maudit ! » pense-t-il en commandant un autre verre.

« Et une autre absinthe pour... l'apprenti toubib !

– Quoi ? Là, j'ai bien saisi ce que vous avez dit : “l'apprenti toubib” ! Je n'ai pas rêvé ! Vous avez dit “l'apprenti toubib” !

– Ah ? Tiens donc ! Vous êtes toubib ? »

Et la salle de s'esclaffer encore plus fort !

Le docteur Parnoux se lève brutalement... puis se rassoit doucement. Aussitôt, le serveur lui apporte son deuxième verre, qu'il avale aussi sec en le faisant passer à travers le sucre qu'il tient entre les dents. À peine a-t-il posé son verre qu'il fait signe au garçon et lui en réclame un troisième sur un ton légèrement agressif.

« Et une troisième sorcière verte pour... le pseudo-guérisseur !

– Quoi ? Qu'est-ce... qu'est-ce ? bégaie le pauvre Parnoux qui commence à ressentir les effets de l'ivresse. Vous m'avez... gué... gué... pseudo-régisseur... »

Cette fois, la salle est écroulée de rire. Les hommes se tapent sur les cuisses et les femmes s'éventent en gloussant.

« Vous ne nous donnez pas un spectacle très conforme à ce que recommande la médecine, docteur ! renchérit le serveur, en adressant un clin d'œil à la salle.

– Mais enfin, que... qu'est-ce que vous voulez ? Pourquoi aucun d'entre vous ne me... ne me... respecte ? Est-ce... parce que je suis nouveau ici ?

– Allons, ne dites pas n'importe quoi. Carry-le-Rouet est le village le plus accueillant du monde...

– Alors pourquoi ne venez-vous pas vous faire soigner à mon cabinet ?

– Il faudrait peut-être que vous ayez terminé vos études !

– Mais comment, terminer mes études ! J'ai tous mes diplômes, voyons !

– Oh, nous, les diplômes... On sait bien que vous n'avez pas fini d'étudier parce qu'on vous voit tout le temps le nez dans vos bouquins ! Même la nuit ! Qu'est-ce que vous répondez à ça, hein ?

– Mais... mais... Le savoir est infini, on n'a jamais fini de savoir...

– Si vous cherchez le savoir, c'est que vous ne l'avez pas ! Donc vous êtes ignare. Et un ignare est incapable d'être médecin !

– Cornebleu, je suis capable de guérir n'importe quelle maladie ! Je suis médecin : c'est vous qui êtes un sombre crétin !

– Vous n'avez jamais guéri personne à Carry !

– Évidemment, puisque personne n'est jamais venu me voir. »

Et le docteur Parnoux se lève et engloutit sa troisième absinthe cul sec. La vigueur de l'alcool le fait vaciller. Il se rattrape à la table et, d'une voix un peu hésitante mais suffisamment forte pour que tout le monde l'entende, il prononce la phrase fatale :

« Non seulement... je suis parfaitement capable de guérir n'importe quelle maladie, mais en plus... oui, en plus, je suis capable de réveiller un mort !

– Ivre mort, voulez-vous dire !

– Non ! Mort, tout ce qu'il y a de plus mort !

– Voyez-vous ça ! Eh bien, parfait ! Rendez-vous demain au cimetière et vous y ressusciterez l'un des pensionnaires ! Vous êtes d'accord ?

– Je le ferai ! Oups ! ! »

Le lendemain, le Tout-Carry attend le jeune médecin, regroupé dans le cimetière. Personne n'a voulu rater ça !

En se réveillant, Parnoux est beaucoup moins fier que la veille. D'abord, il a très mal aux cheveux et lorsque le souvenir de ses rodomontades lui revient à l'esprit, il est encore plus mal. « Qu'est-ce qui m'a pris ? Je suis devenu complètement maboul ! C'est bien vrai que l'absinthe rend fou ! »

Mais comme le docteur Parnoux est un homme droit et honnête, il décide d'affronter les conséquences de sa bravade d'alcoolique devant ses concitoyens. Il se dirige donc vers le cimetière et se présente devant l'assemblée, très excitée par cet incroyable défi !

« Je vous ai promis de ressusciter un mort, chers concitoyens, eh bien soit. Voyons, il nous faut d'abord le choisir... Qui allons-nous faire revenir à la vie ? »

Le bon docteur examine les noms des défunts inscrits sur les tombes. Un silence complet a succédé aux gloussements qui avaient salué son arrivée. La foule ne bronche plus.

« Jacquot ! Tiens, tiens, Jacquot qui a succombé il y a quelques mois à une pneumonie parce qu'il a refusé que je le soigne ! Hein, Jacquot ? Bien, je vais ressusciter Jacquot ! Tout le monde est d'accord ?

– Hum... Docteur, excusez-moi, intervient une

femme dans la foule. Je suis la veuve de Jacquot et, comment vous dire, c'était un homme gentil, c'est sûr… bien qu'un peu radin, mais gentil vraiment… Cependant, docteur, ce ne serait pas une bonne idée de le ressusciter. Voilà, je vais me remarier et nous avons déjà envoyé les faire-part ! J'ai même reçu quelques cadeaux. Vous voyez, ce ne serait pas convenable de faire revenir Jacquot !

– Ah oui, évidemment, Jacquot risque d'être un peu contrarié… Bon, eh bien, je vais alors ressusciter Pascalou ! C'était un boute-en-train, celui-là ! Il doit vous manquer, non ? »

Une autre femme se glisse au premier rang.

« Il ne me manque pas, à moi, monsieur ! J'ai vécu dix ans avec lui : un cauchemar ! Tout le monde le sait : il me battait dès qu'il avait un verre dans le nez. Et comme il était toujours ivre, je peux vous dire que j'ai souvent dégusté ! Ah non, vraiment, choisissez quelqu'un d'autre, Pascalou ne manque à personne, ici !

– Bon, bon, bon ! Ne vous inquiétez pas : je ne ressusciterai quelqu'un qu'avec votre consentement. Je vous propose de ramener d'entre les morts… tenez, Manon, qu'en pensez-vous ? La gentille Manon qui riait tout le temps…

– Ma petite Manon ! crie sa mère. Oui, ramenez-la-nous, s'il vous plaît !

– Pardon, ma chérie, dit le père de Manon, tu

sais comme j'aimais ma fille et comme j'aimerais qu'elle revienne. Mais tu sais aussi que nous n'aurions pas les moyens de la reprendre à la maison. Une bouche de plus à nourrir, ce n'est plus possible depuis que notre petit commerce subit la concurrence acharnée de l'autre bougre de... En plus, comme aucun garçon n'en voulait pour femme à cause de cette manie de rire pour tout et n'importe quoi, sûr qu'elle nous resterait sur les bras jusqu'à la fin de notre vie. Docteur, laissez-la où elle est !

– Mais, ma Manon chérie...

– Suffit, femme !

– Mais enfin ! Qui voulez-vous que je ressuscite à la fin ? Toni ? Ou bien Pierrot ? Ou Josselin ?

– Ces trois-là m'ont ruiné ! hurle le patron du bistrot de la place. Les salopiots sont partis en me laissant une ardoise assez longue pour paver la descente de leurs gosiers ! Ils ne payaient jamais... Si vous les ressuscitez, vous m'enterrerez !

– D'accord, d'accord, ce n'est pas le but... Ah, j'ai une idée : certains d'entre vous aimeraient bien revoir la jolie Babette. Vous voyez de qui je veux parler, la Babette qui n'était pas farouche... »

À cette proposition, un grand concert de protestations se fait entendre : c'est le chœur des femmes de Carry.

« La Babette, jamais, au grand jamais !

– Très bien, très bien. J'ai compris. Je n'ai pas

envie de ressusciter l'enfer pour toutes les femmes de ce pays. Et le Gilou ? Peut-être que le Gilou... Il n'avait pas de famille, celui-là, personne que son retour parmi nous ne peut contrarier ! »

C'est monsieur le maire qui intervient alors.

« Docteur, c'est délicat. Comme il avait pas d'héritier, le Gilou, on a vendu sa maison, ce qui a servi à ravaler le clocher de l'église. Et comme Gilou, il croyait pas en Dieu, ça risque de faire vilain s'il revient !

– Alors, laissons le Gilou dans sa dernière demeure, puisque c'est la seule qui lui reste ! Bon, mes amis, maintenant, il s'agit de se décider... Tenez, j'aperçois la tombe de la petite Ninette, morte d'un arrêt du cœur, il me semble... Je pourrais la ressusciter, cette jeune innocente ?

– C'est sans doute elle-même que cela contrarierait ! Elle dort en paix, la pauvre Ninette. Et si elle revenait, ce serait pour trouver son fiancé dans les bras d'une autre : il s'est bien vite consolé, le traître ! Il s'était même consolé avant qu'elle ne meure !

– Pauvre Ninette... Mais enfin, il faut bien que je ressuscite quelqu'un, tout de même... Et votre curé, alors ? Ce brave curé dont vous m'avez tant parlé ?

– Il est au paradis, laissons-le, rétorque le nouveau curé. Il est à la droite du Seigneur, ce serait impoli de lui faire quitter le ciel. Ce que Dieu prend...

– Ça va, ça va, j'ai compris. Il vaut mieux qu'il n'entende pas tout cela, en effet... Bon, maintenant, ça suffit ! Vous ne voulez pas que je ressuscite un des morts de ce village. Vous avez tous de bonnes raisons, mais moi, je ne peux pas décider à votre place. Maintenant, si vous avez quelque chose à me demander, vous savez où se trouve mon cabinet. »

Et c'est ainsi que le docteur Parnoux sut préserver sa dignité, et gagner l'admiration des gens du village. Tout le monde à Carry avait pu constater que leur médecin était un grand savant ! C'est pourquoi ils se gardèrent bien dorénavant de se moquer de lui et décidèrent de lui accorder leur confiance.

Un médecin qui savait ressusciter les morts était certainement capable de garder sa clientèle en vie !

L'eau de Larnak

POUR QUE JE COMPRENNE pourquoi les Carryens ont une telle méfiance envers les médecins, un des anciens du village me raconta la mésaventure d'un habitant du village avec un dentiste de la région. Confier sa bouche à un inconnu, tout chirurgien qu'il soit, voilà une épreuve qu'il faut supporter avec courage !

Monsieur de Crestet n'avait jamais consulté de médecin de sa vie, n'ayant jamais eu à se plaindre de la moindre affection. Pourtant, depuis plusieurs jours, une douleur sourde a envahi sa mâchoire et la douleur s'est propagée d'abord dans sa tête, puis dans l'ensemble de son corps. C'est tout son organisme qui est saisi par cette douleur. Elle s'est diffusée comme des ondes de souffrance, à la manière de celles qui bouleversent le calme plat des eaux d'un lac, après qu'on a jeté un caillou à sa surface. De plus, la douleur va crescendo bien qu'il soit impossible de mesurer exactement l'importance de ce phénomène.

Aussi, monsieur de Crestet, ayant lutté jusqu'au bout, se résout enfin à consulter un dentiste. Mais pas n'importe lequel ! Puisque le besoin s'en fait sentir, il veut que sa bouche soit auscultée par le meilleur praticien. Carry n'ayant pas de dentiste, il se décide pour Marseille. Il choisit le plus cher car, pense-t-il, en matière de dentisterie comme ailleurs, si l'on veut être bien traité, il faut y mettre le prix !

Monsieur de Crestet se rend donc au cœur du plus beau quartier de la ville et sonne chez le plus coûteux des dentistes. On le reçoit avec civilité, on l'installe dans une belle salle d'attente, on lui apporte même une carafe d'eau et des journaux pour patienter plus confortablement. Ravi d'un tel accueil, sa satisfaction grandit encore lorsqu'il examine la décoration de la pièce : de grandes tentures encadrent les fenêtres, des tableaux de maîtres soutiennent les quatre murs, des meubles de style se chargent du reste. « Cet homme, assurément, sait faire marcher sa boutique ! Ce doit être un grand professionnel, pour sûr ! » songe-t-il.

Finalement, l'élégante secrétaire qui lui a ouvert la porte vient le chercher pour le mener dans le cabinet de consultation. Crestet se trouve face à un homme à l'allure la plus bourgeoise qui soit, ce qui achève de le rassurer.

« Bonjour, docteur ! Permettez-moi de vous féliciter pour la décoration de votre cabinet. Elle est somptueuse.

– Je vous remercie. Mais je suppose que vous n'êtes pas venu me voir pour parler décoration.

– Effectivement. Je souffre horriblement depuis quelques jours. Peut-être qu'une de mes dents est abîmée ou infectée ?

– Installez-vous dans ce fauteuil, cher monsieur, je vais regarder tout cela. Ouvrez grand votre bouche... Voilà... Faites "Ahhh".

– Ahhh...

– Voyons voir... Oh, mais cher monsieur, il faut que je vous soigne tout ça ! Votre dent au fond à gauche est toute gâtée. Nous allons devoir l'extraire.

– Anhanh...

– Bon, laissez-moi faire... Ouvrez bien grand la bouche. »

Et monsieur de Crestet se retrouve rapidement soulagé d'une dent et d'une confortable liasse de billets. Il rentre chez lui, songeant que la douleur provoquée par le traitement a l'avantage d'avoir remplacé la souffrance précédente.

Pas pour longtemps, hélas ! Le mal revient, plus lancinant encore. Et après toute une nuit d'insomnie, monsieur de Crestet retourne chez son dentiste, épuisé et mal en point.

« Ah, cher monsieur, cette bouche vous fait encore souffrir ! Installez-vous dans le fauteuil... Ouvrez grand... Faites “Ahhh”.

– Ahhh...

– Oh, mais je vois ce qui ne va pas, mon cher monsieur ! La dent d'à côté est elle aussi infectée, je vais vous soulager. Nous allons aussi l'extraire.

– Anhanh...

– Détendez-vous, ça ne prendra que quelques minutes. »

Une deuxième dent en moins plus tard, il se déleste encore d'une belle liasse de billets.

« Revenez me voir demain, je ne peux pas vous laisser dans cet état : vos dents se contaminent les unes les autres. Il faut que je surveille tout ça. Ma secrétaire va vous donner un autre rendez-vous. À demain donc, cher monsieur ! »

La nuit passe, mais pas la souffrance. Monsieur de Crestet n'a pas plus dormi que la veille, il a l'impression que sa bouche a enflé de toutes parts, non seulement là où le mal s'était initialement logé, mais également là où ses dents ont été arrachées. La douleur ne s'est pas déplacée, elle a envahi sa bouche.

Le pauvre homme se traîne jusque chez le praticien, fourbu, dans un état pré-comateux.

« Cher, cher monsieur de Crestet ! Ça ne va pas mieux, on dirait ? Vous voyez, mes craintes étaient justifiées. Mais je vais tout faire pour vous soulager de cette vilaine rage de dents. Ouvrez grand... Faites "Ahhh"...

– Ahhh...

– Oh, je vois que la contamination progresse ! Écoutez, je vais vous équiper d'un appareil efficace qui va écarter vos dents afin de les éloigner les unes des autres, cela réduira les risques de contagion. Cet appareil coûte un peu cher, mais votre santé dentaire est prioritaire, n'est-ce pas ?

– Anhan...

– Nous en aurons pour une petite heure, mais vous verrez, tout ira mieux ensuite. Détendez-vous... »

Une heure après, Crestet passe la langue sur ses gencives et s'écorche au contact de l'espèce d'échafaudage métallique que le dentiste a implanté dans sa bouche.

« Vous êtes bien sûr que je vais guérir avec cet attirail ?

– Eh bien, il faudra tout de même que je contrôle l'évolution des choses, n'est-ce pas ? Vous n'aurez pas à vous déplacer dorénavant, je viendrai en consultation à domicile dès demain. J'en profiterai pour vous apporter une bouteille de ma nouvelle potion cicatrisante et apaisante : c'est une concoction à base d'eau du lac de Larnak, que je prépare moi-même. Ce traitement est indispensable à votre guérison. À demain ! »

Tandis que la secrétaire lui soumet la note d'honoraires, monsieur de Crestet constate que le prix de cette consultation a considérablement augmenté. De même que son calvaire, qui se généralise à toute sa mâchoire.

Monsieur de Crestet vit une véritable nuit de torture. Ses gencives le tourmentent tellement qu'il accueille le lendemain le dentiste avec des supplications :

« Il faut que ce mal cesse, ça ne peut plus durer ! Par pitié, docteur, faites quelque chose...

– Ne vous inquiétez pas, cher monsieur, cette concoction de Larnak va vous apaiser immédiatement. Vous allez en prendre trois gorgées à chaque repas et... »

À peine a-t-il tendu la bouteille que le pauvre Crestet se jette dessus. Il en avale trois rasades, puis trois autres encore, espérant doubler ses chances de soulager la douleur. Le dentiste sourit : « Ce n'est pas mauvais, n'est-ce pas ? Je vous apporterai une nouvelle bouteille dès demain. Le traitement doit durer jusqu'à l'éradication du mal. Bon, voici ma note d'honoraires, plus les frais de déplacement et le coût du traitement... »

Crestet sort trois nouvelles liasses de billets et avale trois nouvelles gorgées pour faire passer le tout. « Ma foi, ça a le goût d'un mauvais whisky... C'est bizarre, mais cette eau de Larnak en a même l'odeur et la couleur ! » songe-t-il en posant le flacon sur sa table de nuit.

Ce soir-là, Marthe, la bonne amie de monsieur de Crestet, lui rend visite. Ils se connaissent depuis leur toute jeunesse et dînent ensemble régulièrement. En l'entendant se plaindre de ses douleurs aux dents, lui qui n'a jamais contracté le moindre mal, Marthe s'inquiète. Lorsqu'il lui parle de l'étrange et coûteux appareil que lui a posé le dentiste, elle demande à le voir. Il est un peu gêné, mais la douleur est tellement insupportable qu'il ouvre une large bouche d'acier devant Marthe. Celle-ci, après avoir procédé à quelques investigations dans l'orifice buccal, derrière la barrière métallique, s'exclame :

« Mon ami, vous n'avez rien de grave ! Ni carie ni infection ! Quel est ce dentiste que vous avez consulté ? Vous n'avez que quelques aphtes au fond de la bouche, à l'intérieur de la joue gauche ! C'est douloureux, bien sûr, mais cela passera en quelques jours...

– Mais alors, je me suis fait escroquer par mon dentiste ! Quel scélérat ! Quel gougnafier !

– Calmez-vous, je vais vous préparer une camomille, vous allez mâcher quelques feuilles de basilic, vous serez remis dès demain, le console Marthe.

– Ah, la canaille ! Il ne va pas l'emporter au paradis ! »

Au matin suivant, après une nuit paisible, Crestet se réveille en pleine forme : la douleur a disparu. La camomille a fait son effet. Néanmoins, il se rend au marché pour acheter quelques branches de basilic, afin de s'assurer d'une guérison totale. Alors qu'il flâne entre les étals, tout en mastiquant les feuilles de basilic frais, une pensée le taraude : comment se venger du dentiste véreux ?

La vue d'un pauvre homme qui mendie lui donne une idée. Il lui propose d'échanger leurs vêtements. L'autre saute sur l'occasion et, bientôt, Crestet a revêtu les fripes du mendiant. Il se barbouille le visage de charbon et s'en va sonner chez le praticien. La secrétaire lui ouvre, le toise, puis le conduit, l'air dégoûté, jusqu'à la salle d'attente.

Elle est bondée et, pour ne pas indisposer sa clientèle, le dentiste l'intercepte dans l'intention de s'en débarrasser rapidement.

« Alors ? Qu'est-ce qu'il se passe, mon brave ?

– Eh ben, j'ai mal à la bouche... à la joue gauche.

– Hum... Je ne vois rien du tout.

– Regardez bien quand même, au fond, à gauche. J'ai mal depuis trois jours !

– Non, vous n'avez rien, si ce n'est quelques petits aphtes, mais ça passera, ils sont presque résorbés. Je suis désolé, mon brave, mais j'ai des patients qui m'attendent, alors...

– Vous voulez dire que je n'ai aucun problème de dents, vous en êtes sûr ?

– Oui, oui, soyez tranquille. Allez, au revoir. Laissez-moi travailler maintenant.

– Mais alors... une dernière question : pourquoi le dentiste que je suis allé consulter auparavant a-t-il diagnostiqué une rage de dents ?

– Parce que c'est un escroc sans doute ! Doublé d'un incompétent ! Au revoir, mon brave !

– Je ne vous le fais pas dire, espèce de margoulin ! crie monsieur de Crestet, en se débarbouillant avec son mouchoir de soie. Vous me reconnaissez maintenant ? »

Le dentiste découvre alors les traits de sa victime, fort en colère.

« Eh bien, vous allez me rembourser immédiatement l'argent que vous m'avez escroqué ou je me mets à hurler et à me plaindre si fort que toute votre salle d'attente va se vider de peur ! Aïe, Ouille ! Arrêtez ! C'est trop horrible ! »

Crestet se met à pousser des hurlements à déchirer le cœur. La secrétaire se précipite, affolée :

« Docteur, faites-le taire, vos patients sont très inquiets !

– Alors, vous voulez que je continue ?

– Ça va ! Ça va ! Tenez, voici votre argent ! Mais taisez-vous et déguerpissez maintenant !

– Merci, docteur ! »

Monsieur de Crestet sort alors la fiole de sa poche et la renverse sur le beau bureau du dentiste. « Je vous rends votre eau de Larnak ! J'ai du bien meilleur whisky à la maison ! »

Un benêt d'âne

NOUS GARDONS tous le souvenir d'un professeur parmi tous ceux qui eurent la difficile tâche de nous instruire ! Celui que ma mémoire pare de toutes les vertus était professeur d'anglais, langue dans laquelle je ne brillais pas particulièrement. Pourtant, monsieur Rippert – il s'appelle ainsi – avait le don de fasciner sa classe par les histoires, les anecdotes dont il agrémentait ses cours. Apprendre avec lui était si facile, si évident que cela nous semblait un jeu d'enfant. Mais gagner le respect de ses élèves n'est pas donné à tous les enseignants. Certains doivent utiliser des stratagèmes diaboliques pour y parvenir, comme le bon monsieur Perrotin, par exemple.

Quand monsieur Perrotin s'installe à Carry, les parents de sa femme viennent d'y mourir, laissant un mas près du port, où le couple décide de s'installer. Les Perrotin ont hérité en même temps d'un âne prénommé Mathurin et qui se révèle être bien plus têtu que tous ses congénères. Impossible d'amadouer l'animal, qui refuse de porter la moindre charge sur son dos. Les Perrotin sont contraints d'emménager sans son aide et de porter eux-mêmes leurs affaires. Mathurin, dans son coin, les regarde faire en mâchouillant ironiquement un bout de paille. Les Perrotin espèrent qu'au bout de quelques jours, l'âne va s'habituer à leur présence. Mais rien n'y fait, Mathurin ne se reconnaît aucun maître et n'en fait qu'à sa tête.

« Pourvu que mes nouveaux élèves ne soient pas aussi butés que cette satanée bête ! » rumine monsieur Perrotin, alors que le jour de la rentrée des classes approche.

Le jour fatidique, à peine a-t-il franchi le seuil de l'école qu'un mauvais pressentiment le saisit. Le directeur l'accueille pourtant avec enthousiasme et l'introduit dans sa nouvelle classe.

« Silence, les enfants ! Voici votre nouvel instituteur, monsieur Perrotin. J'attends de vous obéissance, rigueur et discipline. Et que vous lui montriez le meilleur visage de notre école ! Bonne rentrée à tous ! » déclare le directeur avec solennité avant de quitter la salle.

Perrotin s'installe à son bureau et, d'un regard circulaire, prend la mesure de sa classe.

« Bonjour. Nous allons commencer par de l'algèbre. Ouvrez votre livre à la page... »

Une main se lève au fond de la classe.

« M'sieur, j'ai oublié mon livre d'algèbre, lance un élève.

– Comment t'appelles-tu ?

– Césari, m'sieur.

– Eh bien, Césari, tu liras la leçon d'aujourd'hui sur le livre de ton voisin. Mais n'oublie pas d'apporter le tien demain.

– Mais mon voisin, y veut pas me le prêter, son bouquin !

– Ça suffit ! Monsieur le directeur vous a recommandé de la rigueur et de la discipline... Bon. Ouvrez votre livre d'algèbre à la page cinq...

– Pourquoi qu'on commence pas par la page un, m'sieur ? » intervient Césari.

Toute la classe pouffe de rire et Perrotin est obligé de toiser la salle d'un air sévère pour rappeler les élèves à l'ordre, réservant à Césari son regard le plus noir.

En rentrant chez lui alors que le soir tombe sur Carry, Perrotin repense à cette première journée d'école. « Quel échec cuisant ! ressasse-t-il avec amertume. Mais ces galopins ne vont pas me faire tourner en bourrique toute l'année, foi de Perrotin ! »

Alors que l'instituteur approche du mas, il aperçoit sa femme qui bataille avec l'âne pour le faire rentrer dans l'étable.

« Qu'il est entêté, ce baudet ! s'écrie-t-elle à son encontre. Aide-moi donc, il ne veut rien savoir !

– J'arrive, j'arrive... Entre ces chenapans et ce bourricot, on dirait qu'ils veulent tous me rendre fou », répond Perrotin, excédé.

Après une bonne heure d'efforts à pousser et à tirer, les Perrotin renoncent. L'âne dormira à la belle étoile.

Une semaine plus tard, monsieur Perrotin ne parvient toujours pas à imposer la moindre autorité à ses élèves. Depuis qu'ils ont appris les difficultés de l'instituteur avec son âne, les galopins se régalent. Césari surtout qui, dès que Perrotin a le dos tourné, se met à braire :

« Hi han !

– Qui a fait ça ? » s'écrie l'instituteur, abandonnant la multiplication qu'il est en train d'inscrire au tableau pour se retourner brusquement vers la classe.

Personne ne répond. Perrotin observe un moment ces visages innocents dans l'espoir de déceler parmi eux le coupable. Las, il reprend le fil de sa démonstration.

« Hi han ! Hi han ! Hi han !

– Arrêtez de braire ! hurle-t-il dans une piteuse tentative pour exiger le calme. Bon, Césari, au tableau ! Tu vas me résoudre ce problème, et plus vite que ça !

– Oui, m'sieur. Mais ça a l'air bien difficile...

– Mais non, mais non. N'importe qui pourrait trouver la solution.

– Ah bon ? Même votre âne ? Parce qu'on dit qu'il est très intelligent. Remarquez, c'est normal, c'est vous qui l'avez dressé ! » rétorque Césari.

Toute la classe s'esclaffe. Perrotin, rouge de colère, renvoie le chenapan à sa place avec une punition.

Le soir venu, l'instituteur retrouve sa femme et se confie à elle : « Je n'en peux plus, tous les élèves se moquent de moi. Je n'arrive pas à me faire respecter. L'autre jour, ils ont mis une punaise sur ma chaise, je ne m'en suis rendu compte que quand je me suis assis ! Et ce vaurien de Césari a piqué toutes les craies, je ne pouvais plus rien écrire au tableau ! Ils n'apprennent pas leurs leçons, ils passent leur temps à ricaner dans mon dos, il y en a même qui imitent notre âne ! “Hi han, Hi han”, voilà ce que j'entends toute la journée...

– Eh bien, tu n'es pas le seul dont on se moque.

Cet âne, chaque fois que je veux m'en servir, me regarde comme si j'avais tué toute sa famille. Il me déteste, ça se voit ! Il ne veut pas se laisser diriger, ni porter quoi que ce soit. Et quand, finalement, il accepte de me laisser monter sur son dos, c'est pour me mener où bon lui semble ! En plus, l'étable n'est pas assez bien pour lui ! Ce midi, il est venu s'installer dans le salon ! Tout bonnement ! Impossible de l'en déloger...

– On dirait qu'il est aussi sot et obstiné à te ridiculiser que mes cancres d'élèves ! Nous allons le vendre, cet âne de malheur s'il pose autant de problèmes, qu'en penses-tu ?

– Tu parles ! Personne ne voudra de cette bourrique, c'est certain. Qu'allons-nous faire de lui ?

– On trouvera bien le moyen de s'en débarrasser... »

Effectivement, malgré tous les efforts de Perrotin pour trouver un acheteur potentiel, personne ne veut de Mathurin. Tout Carry connaît la réputation de l'animal. De plus, ses élèves deviennent de plus en plus odieux jour après jour. Césari a même dessiné ce matin sur le tableau noir, juste avant l'arrivée du maître, une caricature de Perrotin juché à l'envers sur son âne ! C'en est trop ! L'instituteur est au bord de la crise de nerfs.

Tandis qu'il marche dans les rues de Carry, après cette journée encore plus éprouvante que les précédentes, un tourbillon de brume se dresse soudain devant lui, l'empêchant d'avancer. Une créature à l'allure infernale apparaît :

« Perrotin, tes problèmes ne sont rien, je peux t'aider à les résoudre.

– Mais... qui êtes-vous ? Que voulez-vous ?

– Regarde-moi, tu sais qui je suis ! lâche la créature dans un grand rire. Ne me reconnais-tu donc pas ?

– Ces yeux rouges, ce corps velu et ces cornes noires... vous êtes le Diable !

– Oui, et je peux t'aider. Grâce à moi, tes élèves t'obéiront, ton âne fera ce que tu lui ordonneras de faire. Il me suffit de claquer des doigts pour que tout change pour toi.

– Laissez-moi tranquille, je ne veux rien avoir à faire avec vous. Passez votre chemin, je ne serai jamais un de vos sbires.

– Réfléchis, Perrotin. Tu n'auras pas de seconde chance avec moi. Et tes problèmes continueront jusqu'à ce que tu deviennes fou...

– Je sais ce que vous voulez en échange, mais je ne vous donnerai pas mon âme. Je ne pactiserai jamais avec le Diable !

– Oh ne t'énerve donc pas comme ça ! Ce n'est pas ton âme que je veux. Donne-moi simplement celle du plus mauvais de tes élèves, le plus cancre de tous, il fera bien l'affaire...

– Le plus cancre de tous ? »

Perrotin considère un moment la proposition du Diable. Il est vrai que si Césari disparaissait de sa vue, tout irait pour le mieux. Et si tous ses élèves lui obéissaient enfin, sa vie deviendrait plus acceptable. Quant à Mathurin, ce serait beau de le voir exécuter le moindre de ses ordres...

« De toute façon, si ce n'est pas moi qui vous le livre, ce chenapan de Césari, parti comme il est, il se donnera lui-même à vous. Marché conclu ! »

Le lendemain, Perrotin s'impatiente de pouvoir constater les effets du maléfice que son pacte avec le Diable aura produit. Et en effet, dès son arrivée dans l'école, tous les élèves le saluent avec respect. Ils se mettent en rang ordonné au son de la cloche et entrent dans la classe sans bruit. Les leçons ont été apprises, les exercices rigoureusement exécutés. Les écoliers sont aussi sages que des anges. Perrotin n'en revient pas : un miracle, si l'on peut dire, s'est produit dans la nuit. Même Césari écoute attentivement le cours sans mot dire. Au lieu d'envoyer des boulettes de papier mâché sur ses camarades pour les taquiner, comme il en a l'habitude, il hoche consciencieusement la tête à chaque phrase du maître, l'air concentré.

Perrotin rentre chez lui en sifflotant avec l'impression d'être un héros. Pendant ce temps, madame Perrotin est en train d'essayer de déloger Mathurin du milieu du salon où il s'est tranquillement étendu. Mais à peine l'instituteur a-t-il franchi le seuil de la maison que le baudet se redresse vivement, les oreilles baissées en signe de soumission. D'un geste de la main, Perrotin lui ordonne de regagner l'étable. L'âne file aussi sec vers sa couche de paille en trottinant sagement. Sous les yeux ébahis de sa femme, l'instituteur balance sa sacoche et son pardessus sur une chaise, s'installe près de l'âtre et se plonge dans la lecture d'un journal, comme si de rien n'était.

« Je n'en reviens pas ! Que lui as-tu fait ? Comment es-tu arrivé à te faire obéir de ce bourricot ? bégaie-t-elle.

– J'ai une autorité innée, il l'a senti. Il a compris qui était le maître ici », lâche-t-il avec une morgue tranquille.

Madame Perrotin reste bouche bée, les yeux fixés sur son mari.

« Eh bien quoi ? J'en impose, tu en doutais ? Et puis, il fallait lui laisser le temps de s'habituer à nous, pauvre animal. Mathurin est une brave bête, au fond...

– C'est un benêt, cet âne ! Il ne comprend pas les ordres qu'on lui donne, il fait comme bon lui semble, sans se soucier de nous. Tu as eu de la chance qu'il décide de quitter le salon au moment où tu le lui ordonnais, voilà tout. C'est une coïncidence, ça n'a rien à voir avec ta soi-disant autorité innée !

– Ah oui ? Eh bien, on va voir ça ! » s'écrie-t-il.

Perrotin se lève alors, fixe sa femme dans les yeux et pointe du doigt la cuisine. Instantanément docile, la voilà qui se dirige vers ses fourneaux sans mot dire, le menton bas et l'œil soumis.

Ainsi la vie de notre instituteur change radicalement depuis que règne sa dictature. Pourtant, madame Perrotin ne comprend toujours pas pourquoi Mathurin n'obéit qu'à son mari. En effet, si l'âne paraît attentif aux moindres ordres de son maître, il continue inlassablement de se moquer d'elle. Elle a pourtant tenté toutes les méthodes pour apprivoiser l'animal : douceur, colère, carottes et coups de bâton, mais rien ne vient à bout de son entêtement. Les ruades du baudet ont couvert la pauvre femme d'ecchymoses. Chaque soir, elle attend que son mari rentre pour rétablir l'ordre. Et chaque soir, l'âne se soumet mystérieusement, sous le regard dominateur de l'instituteur.

Mais vient le jour où le Diable exige sa récompense : l'âme du plus mauvais des élèves de Perrotin. « Lorsque le soleil se couchera, mon chariot démoniaque emportera Césari en enfer. »

Perrotin est au comble de la honte et de l'effroi. « Comment ai-je pu sacrifier cet enfant ? Moi, son instituteur, j'ai accepté un tel marché ! Je ne pourrai jamais vivre après un tel crime !

Et puis, Césari a changé, c'était auparavant un petit monstre, mais aujourd'hui c'est un élève modèle. Il est devenu si sage et si consciencieux. Qu'il s'agisse de sciences, d'histoire ou de géographie, il connaît toutes ses leçons. Qu'il était émouvant l'autre jour en lisant à voix haute pour toute la classe un passage des *Lettres de mon moulin* de notre cher Alphonse Daudet ! Oh, mon Dieu, dire que j'ai abandonné cet innocent... »

Pétri de culpabilité, l'instituteur pleure de honte sur le chemin de l'école. Il pleure encore, assis à son bureau, essayant de cacher ses larmes tandis que ses élèves le regardent avec étonnement. Il redouble de sanglots lorsque Césari lève le doigt pour lui demander avec compassion :

« Maître, est-ce que quelque chose ne va pas ? Nous voyons bien que vous semblez contrarié, pouvons-nous vous aider ? »

Perrotin s'effondre complètement lorsque la cloche sonne et qu'il entend frapper à la porte de sa classe.

« Allez-vous-en, maudit démon ! Jamais je ne vous laisserai toucher un seul cheveu de mes enfants !

– Maudit démon ? À qui parles-tu ? Que t'arrive-t-il donc ? lance madame Perrotin en passant une tête furibonde dans l'embrasure de la porte.

– Oh, ce n'est que toi..., murmure l'instituteur, soulagé.

– Quoi ? Que moi ? Merci bien de me recevoir ainsi...

– Qu'est-ce que tu fais là ?

– Figure-toi que Mathurin a accepté que je monte sur son dos aujourd'hui, j'ai voulu en profiter pour faire quelques emplettes au marché de Carry, mais cette bourrique a foncé au galop jusqu'ici et m'a désarçonnée devant l'école ! Je crois que je me suis bel et bien brisé un os, cette fois.

– Tu ne sais pas t'y prendre avec cette brave bête...

– Eh bien, puisque toi tu sais comment faire, tu n'auras qu'à le ramener à la maison. Moi, je rentre à pied !

– Mais oui, bien sûr..., acquiesce-t-il, l'air pensif. Rentre donc, ma douce. Et ne t'inquiète pas, je vais m'occuper de Mathurin. »

Et Perrotin fait rentrer l'âne dans la classe avant de lui assigner une place tout au fond en lui disant : « Assieds-toi là ! » Lorsque les enfants reviennent de récréation, l'instituteur le désigne ainsi : « Les enfants, voici votre nouveau condisciple, il s'appelle Mathurin. Il ne sait ni lire, ni compter, ni écrire : il ne sait que braire. C'est vraiment le plus mauvais élève de cette classe. N'est-ce pas ?

– Oui, maître ! »

Lorsque, à la tombée de la nuit, on frappe à la porte de la classe, Perrotin, la mort dans l'âme, crie d'entrer. Le Diable, qui a pris l'apparence de monsieur l'inspecteur, s'installe sur l'estrade, l'air important.

« Bien, je vais vous interroger, les enfants. Répondez à ma question et vous serez récompensés. Dis-moi, toi ! Tu t'appelles Césari, non ?

– Oui, monsieur l'inspecteur !

– Dis-moi donc ? quel est le plus mauvais élève de cette classe ? C'est bien toi, Césari !

– Ah non, répond la classe, dans un chœur attendrissant. Le plus mauvais élève de la classe, c'est Mathurin.

– Très bien, dit le Diable. Mathurin, viens ici, je t'emmène avec moi. »

À ces mots, l'âne se lève de son banc et s'approche du Diable qui, s'apercevant qu'il a été refait, s'envole dans un grand tourbillon de fumée en laissant échapper un terrible ricanement.

Et c'est depuis ce jour qu'on coiffe les mauvais élèves d'un bonnet d'âne.

La fameuse sardine

LA FIN DES VACANCES approche et, avant de retourner à Paris, ma femme et moi organisons toujours une grande fête dans notre maison de Carry. Nous dressons quelques tables sur la terrasse, pour dîner autour de la piscine et profiter des dernières douceurs de l'été. Nous avons invité plusieurs amis, et nous voilà donc rapidement une trentaine, à trinquer devant le soleil couchant.

Mon ami Claude est là bien sûr, accompagné de Gros-Minet, sa femme. Paul Léaunard et Christian Rousset aussi, mes copains d'enfance. Et Bertrand Mirabaud, un ami publicitaire avec qui j'aime bien passer les vacances, et que je soupçonne d'être descendu dans le Midi uniquement pour le plaisir de me mettre une sacrée raclée au tennis cet après-midi, et vider ma cave. Gérard Louvin, mon producteur, est également venu : il a lézardé en bouquinant au bord de la piscine toute la journée, et je crois qu'il a pris un coup de soleil ! Léon et Max, mes complices de RMC, sont en train de le charrier. Mes sœurs, Anne et Françoise, discutent avec mon épouse Évelyne, tandis que Jean-Claude Gaudin, mon ancien professeur d'histoire, devenu maire de Marseille, vient d'arriver.

« Alors Gérard, on fuit la grisaille parisienne ? C'est ici qu'il est, le paradis, hein ? lance-t-il en apercevant Louvin allongé sur un des transats, un pastis à la main.

– Certainement, monsieur le maire, je suis descendu pour vérifier si tout allait bien dans votre bonne ville. On m'a parlé à Paris d'une sardine qui boucherait le Vieux-Port ! Des racontars, sans doute...

– Ah, cette histoire de sardine ! intervient Paul, c'est une histoire de fadas, comme on dit ! Le Marseillais qui l'a inventée un jour a réussi à la faire avaler à la moitié des habitants du quartier. Comme tout le monde courait vers le port pour constater, de visu, le phénomène, il leur a emboîté le pas, se disant que s'ils y allaient tous, c'était sans doute vrai !

– Pas du tout, mes amis, rétorque Christian, la véritable histoire de la sardine qui a bouché le port de Marseille, moi je la connais ! Elle est très simple. Il y a longtemps, presque un siècle de ça, tout le monde appelait le pêcheur de sardines “Jojo la Sardine". Un jour, il a fait une fausse manœuvre avec sa barque et il s'est échoué à l'entrée du port, ce qui a provoqué un sacré embouteillage ! Les autres pêcheurs ont donc lancé que "la Sardine" avait bouché le port. Mais en fait, ce n'était pas une sardine, c'était Jojo, et voilà ! »

Tout le monde s'est maintenant rassemblé, le sourire aux lèvres et le verre à la main, autour de cette sacrée sardine.

« N'importe quoi ! réplique Léon. On ne le surnommait pas du tout "la Sardine", c'est son bateau qui s'appelait comme ça ! C'est la *Sardine*, la barque du gars, qui s'est échouée et a bouché le Vieux-Port !

– Faudrait pas confondre un pointu avec le *Normandie* tout de même, lance Max. Non, ce qui s'est passé, en vérité, c'est qu'un mouvement de colère a poussé tous les pêcheurs-sardiniers de Marseille à barrer l'entrée du port avec leurs bateaux. En signe de protestation contre leurs conditions de travail. Il n'y a qu'à Marseille qu'on peut faire d'un mouvement syndical une grosse galéjade !

– Où avez-vous pêché ça ? renchérit Gros-Minet. Cette histoire n'a rien à voir avec les sardines ou les sardiniers !

– Ma femme a raison, reprend Claude. La véritable histoire, la voici : figurez-vous qu'à la fin du XVIIIe siècle, alors que les Anglais et les Français se battent en Méditerranée, une corvette française est prise en chasse par l'escadre anglaise croisant au large du grand port de guerre de Toulon. Elle fuit, mais ne parvient pas à semer ses poursuivants. Le commandant se réfugie dans le port de Marseille, car en pleine mer, il n'a aucune chance. Une fois à l'entrée du port, protégé par les canons des forts qui en couvrent les abords, il décide de faire face à ses poursuivants en sabordant purement et simplement son navire en travers de la passe. Ainsi stabilisé, il peut faire tirer ses canons avec plus de précision et mettre en fuite ses adversaires.

– Quel rapport avec la sardine ? demande Gérard.

– La *Sardine*, c'était le nom de la corvette... »

Tout le monde proteste en riant.

« On n'a jamais donné un nom de poisson à un navire de guerre !

– Pourquoi pas la *Dorade* ou le *Maquereau* ?

– À la rigueur, le *Loup* !

– Ou la *Lisette* ! Mais c'est pas pour les mêmes raisons ! »

Jean-Claude Gaudin, de sa voix de tribun, interrompt ce joyeux brouhaha :

« Moi, je vais vous la dire, la véritable histoire de la sardine. Comme maire de Marseille, vous n'êtes pas obligés de me faire confiance, mais comme ancien professeur d'histoire, je vous prie de me croire ! C'est bien un navire de guerre qui a donné naissance à toute cette histoire. C'était en 1779, et des documents attestent que cet épisode naval est véridique, en particulier les mémoires d'un des passagers, le vicomte de Barras. Voici ce qu'il a rapporté sur cette affaire. Une frégate française a été désignée pour ramener à Marseille des prisonniers français, dont Barras, que les Anglais ont échangés contre des leurs. La frégate doit arborer un pavillon d'entente : le drapeau blanc, doublé du pavillon de l'ennemi, un drapeau anglais, afin d'éviter les attaques de l'escadre anglaise qui bloque les côtes françaises. Or, le commandant du navire, refusant de naviguer sous le drapeau honni, a hissé le drapeau français à côté du drapeau blanc.

– Honni soit qui mal y pense ! lance quelqu'un.

– Silence ! Chut ! Tais-toi ! »

L'assistance, captivée, fait taire l'amateur de jeu de mots, afin que Jean-Claude puisse poursuivre son récit.

« Au large du Portugal, donc, la frégate croise un bateau anglais qui, à la vue de l'ennemi, tire une première salve. Le commandant, se rendant compte des risques qu'il a pris, abat immédiatement le pavillon français, pour hisser le drapeau... honni ! Trop tard, il est atteint par la deuxième salve qui le touche dans ses œuvres vives. Le navire anglais comprend son erreur et escorte le vaisseau français, dont les marins tentent de colmater les brèches ouvertes en son flanc. Mais la frégate est gravement mise à mal et ne peut poursuivre sa course qu'à vitesse réduite. À bout de forces, le courageux navire atteint l'entrée du port de Marseille où il s'échoue, rendant les armes. Et savez-vous quel nom portait cette frégate ? Celui du ministre de la Marine de Louis XVI, monsieur de Sartine, comte d'Alby. »

Voici donc, racontée par le maire de Marseille lui-même, la véritable histoire de la *Sartine* qui a bloqué le port de Marseille ! Mais si vous connaissez d'autres versions de cette fameuse sardine, n'hésitez pas à me les envoyer. Comme vous le savez maintenant, j'adore les légendes...

Table

DU MÊME AUTEUR

Est-ce que la mer est belle aujourd'hui ?,
TF1 Éditions, 1991.

Le sourire aux larmes,
Calmann-Lévy, 2005.

Composition Nord Compo
Impression Bussière, mars 2006
Editions Albin Michel
22, rue Huyghens, 75014 Paris
www.albin-michel.fr
ISBN 2-226-16975-X
N° d'édition : 23866. – N° d'impression : 061069/4.
Dépôt légal : avril 2006.
Imprimé en France.